E. B

Andreas Jungwirth

Schwebezustand

© Alexi Pelekanos

DER AUTOR

Andreas Jungwirth hat am Konservatorium der Stadt Wien Schauspiel studiert und trat dann sechs Jahre lang zusammen mit dem Komponisten Wolfgang Heisig als das Duo »Zwirn« mit Dada und Neuer Musik auf. In dieser Zeit entstanden erste eigene Texte und Hörspiele. Für das Schauspielhaus Wien entwickelte und leitete er »Szene machen!«, einen Schreibworkshop für Jugendliche. Heute lebt und arbeitet er als Hörspiel- und Theaterautor in Wien. »Schwebezustand« ist sein zweiter Jugendroman.

Mehr zu cbt auch auf Instagram @hey_reader

ANDREAS JUNGWIRTH

schwebe-zustand

cbt

Sollte diese Publikation Links auf Webseiten Dritter enthalten, so übernehmen wir für deren Inhalte keine Haftung, da wir uns diese nicht zu eigen machen, sondern lediglich auf deren Stand zum Zeitpunkt der Erstveröffentlichung verweisen.

Dieses Buch ist auch als E-Book erhältlich.

MIX
Papier aus verantwortungsvollen Quellen
FSC® C014496

Verlagsgruppe Random House FSC® N001967

1. Auflage
Erstmals als cbt Taschenbuch Oktober 2017

in der Verlagsgruppe Random House GmbH,
Neumarkter Str. 28, 81673 München

Umschlaggestaltung: Suse Kopp
Umschlagmotiv: © Gettyimages/Kevin Fitzgerald
tp · Herstellung: eS
Satz: KompetenzCenter, Mönchengladbach
Druck und Bindung: GGP Media GmbH, Pößneck
ISBN: 978-3-570-31081-6
Printed in Germany

www.cbt-buecher.de

Für Florian

Erster Teil

1

»Gloria ist Gloria!«

»Und weiter?«

»Wie weiter?«, fragt Vanessa, als gäbe es über einen Menschen nicht mehr zu sagen als seinen Namen.

»Und woher kennst du diese Gloria?«, bohrt Sophie nach.

»Ihre Eltern haben eine riesige Villa am Stadtrand, mitten in einem riesigen Garten mit uralten Bäumen, und zwischen den Bäumen ist ein Swimmingpool, und sie haben Angestellte, und einer ist Tag und Nacht nur dafür zuständig, die Blätter, die ins Wasser fallen, aus dem Pool zu fischen …« Vanessa gibt sich Mühe, so zu klingen, als würde sie das nicht rasend beeindrucken.

»Und wieso weißt du das alles so genau?«

»Ich war schon dort.«

Sophie schluckt. Sie kann nur mit einem dort gewesen sein, das weiß Sophie auch, ohne Vanessa danach zu fragen.

»Und jetzt zieh dir endlich was anderes an«, drängelt Vanessa.

Fix sind die neuen schwarzen Skinny Jeans. Sophies Vater hat sie bei seinem vorletzten Wochenendbesuch finanziert. Nachdem Sophie sich hineingezwängt hat, zupft sie ein T-Shirt nach dem anderen aus dem Schrank. Das rote, das blaue, das grüne? Sie entscheidet sich für das mit dem Strass-Totenkopf, das auch Vanessa trägt, und streift es über.

»Muss das sein?« Vanessa lungert auf Sophies Bett, verdreht die Augen, hörbar genervt.

Widerspruchslos zieht Sophie das Totenkopf-Shirt aus und wühlt in dem Haufen zu ihren Füßen nach irgendwas anderem. Aber plötzlich schnürt sich ihre Kehle zu. Langsam steht Sophie auf und denkt: Ich will jetzt nicht heulen, ich will nicht, ich will nicht, das ist einfach idiotisch!

»He«, sagt Vanessa nach einer Weile, die Sophie endlos vorkommt. Dann umarmt Vanessa sie von hinten. »Ich hab dich lieb, Sophie, das weißt du doch«, flüstert sie ihr ins Ohr. »Das war schon immer so und wird immer so bleiben. Aber es ist kindisch, wie Zwillinge herumzulaufen. Findest du nicht auch?«

Sophie nickt zögernd, lacht ein wenig gekünstelt und zieht das weiße Shirt mit dem goldenen *Princess*-Aufdruck heraus. Vanessa und Susa besitzen das gleiche. *Die drei Prinzessinnen* sind den ganzen letzten Sommer damit herumgelaufen.

Mit gespitzten Lippen mustert Vanessa Sophies neues Outfit.

»Und das?« Sophie ist sich plötzlich nicht mehr sicher, ob

Princess auf Glorias Party nicht irgendwie komisch rüberkommen würde, eingebildet oder lächerlich oder tussig oder einfach falsch.

Statt sich dazu zu äußern, erklärt Vanessa: »Wir müssen los!«

Um es rechtzeitig ins Aquarium zu schaffen, sollten sie sich demnächst auf den Weg machen. Von dort werden sie dann alle zusammen weiterziehen.

»Können wir?«, will Vanessa wissen und schlüpft in den Flur hinaus.

»Augenblick! Ich muss meiner Mutter noch Bescheid geben!«

»Nicht wirklich, oder?« Vanessa zappelt in ihrer roten Lederjacke bereits ungeduldig in der offenen Wohnungstüre.

»Geht aber schnell.«

Sophie findet ihre Mutter im Wohnzimmer in dem flauschigen rosa Bademantel. Ihre schwarzen Locken hat sie unter einem Handtuchturban versteckt. Der Fernseher läuft, irgendeine dämliche Sitcom mit eingeblendeten Lachern, nach der Sophies Mutter süchtig ist, besonders nach der Arbeit, um von dem Stress runterzukommen, den sie als Krankenschwester den ganzen Tag über mit nervigen Patienten hat.

»Wir gehen zu Susa und übernachten dort«, erklärt Sophie, auch wenn sie erst nach Glorias Party dort landen werden.

»Was macht ihr?«, will Sophies Mutter wissen.

»Filme schauen«, ist das Erstbeste, was Sophie mit Blick auf den Fernseher in den Sinn kommt.

»Wenn ihr wollt, könnt ihr auch hier.«

»Wollen wir aber nicht.«

»Kommst du endlich!«, hört Sophie Vanessa im Flur quengeln.

»War's das?«, hakt Sophie überflüssigerweise nach.

»Wann kommst du morgen heim?«

»Sobald ich ausgeschlafen habe.«

Sophies Mutter gibt sich noch nicht zufrieden. Es sieht aus, als suche sie angestrengt nach irgendetwas, was sie noch sagen kann.

»Was denn?«, fragt Sophie ungeduldig.

Eine Weile betrachtet Sophies Mutter ihre Fingernägel. »Nichts. Schon gut.«

»Kann ich jetzt gehen?«

Ihre Mutter nickt und seufzt leise, dann dreht sie ihren Kopf wieder zur Glotze.

»Du hast es so gut, du bist kein Einzelkind«, meint Sophie, als sie im Flur auf den Lift warten, »du musst nie solche lähmenden Diskussionen führen.«

»Kann schon sein«, sagt Vanessa nachdenklich, aber ihrem Blick nach zu schließen hat sie überhaupt nicht zugehört. Das ist so typisch, in letzter Zeit sind Vanessas Gedanken immer ganz wo anders.

Sophie und Vanessa marschieren die Fußgängerzone hinunter, vorbei am Klamottenladen, wo sie die *Princess*-Shirts gekauft haben, einem Einkaufscenter, mehreren Schmuckläden, Handyshops, einem Buchladen, Supermärkten und einem Schuhgeschäft, in dessen Auslagen seit Neuestem *Wir-schließen*-Plakate prangen. Aus den türkischen Imbissläden wehen scharfe Gerüche zu ihnen herüber. Sophie hat Hunger, sie hat den ganzen Tag nichts gegessen, sie hat einfach nicht daran gedacht.

Das Handy in der Linken, tippt Vanessa eine Nachricht. Prompt kommt Antwort. Vanessa schaut auf das Display und grinst.

»Was hat er geschrieben?«, fragt Sophie neugierig.

Vanessa tippt erneut drauf los.

»Was schreibst du?«

»Komm, nehmen wir die Abkürzung!«, sagt Vanessa.

Gegenüber der Stern-Apotheke biegen sie von der Favoritenstraße in eine Seitengasse ein. Ab jetzt laufen sie auf eines der Häuser zu, die im vergangenen Jahr um den neuen Hauptbahnhof in den Himmel gewachsen sind. Je länger sie die Straße hinuntergehen, umso zahlreicher tauchen sie vor ihnen auf. Das dreizehnstöckige Hochhaus, in dem Sophie aufgewachsen ist, war bisher weit und breit konkurrenzlos. Jetzt wird es von mehreren Neubauten übertrumpft. Wie Zacken einer Krone, die man der Stadt aufgesetzt hat, staunt Sophie jedes Mal wieder aufs Neue. Zwischen den Neubauten stehen Kräne, für noch mehr Hotel-, Wohn- und Bankentürme. Um die Kräne kreisen ein paar Vögel. Sophie schaut zu ihnen hoch. Wie gerne würde sie jetzt die Arme ausbreiten und mit ihnen durch die Luft segeln können, hin und her, kreuz und quer, bis zu den Wolken, die gerade aufziehen.

Mit einem leisen Zischen gleiten die Schiebetüren zur Bahnhofshalle auf. Sophie und Vanessa jagen die erstbeste Rolltreppe ins Untergeschoß und dann weiter Richtung U-Bahn. Der Coffeeshop liegt kurz vorm Abgang zur Station zwischen einer Pizzeria und einem Burger-Lokal und hat eine breite Glasfront. Je nachdem, ob man vor dem Lokal steht oder im Lokal sitzt, die Menschen auf der anderen Seite der Scheibe sind die Fische, hat Susa einmal gemeint. Wir treffen uns im Aquarium, sagen sie seitdem.

Jonas sitzt bereits auf einem Hocker an einem der hohen Tische. Über ihm baumelt eine schwarze Lampe, die ihren Lichtkegel auf die Tischplatte schickt. Sein Gesicht liegt halb im Schatten. Die blonden Haare hat er zu einem Zöpfchen gebunden. Er nickt im Rhythmus einer Musik, die nur in seinem Kopf spielt. Auf einem zweiten Hocker liegt sein Motorradhelm. Kaum hat Jonas die beiden erspäht, öffnet sich sein sanft geschwungener Mund zu einem breiten Grinsen und er streckt den rechten Arm zur Seite. Mit einem kurzen Glücksschrei läuft Vanessa auf ihn zu und schmiegt sich an ihn. Er streicht ihr mit seiner großen Hand zärtlich über die Haare und lässt sie dann in ihrem Nacken liegen.

»He!«, begrüßt er sie leise.

Vanessa legt ihre ausgestreckten Arme auf seine Schultern und sie schauen einander tief und schweigend in die Augen.

Sophie steht reglos daneben und fühlt sich komplett überflüssig. Sie lässt ihren Blick durchs Aquarium gleiten, registriert ein paar Reisende mit Koffer, die hier alleine ihre Wartezeit überbrücken, einen alten Mann mit unruhigen Augen, der ein Stück Schokokuchen in sich hineinstopft, und ein paar Jugendliche in ihrem Alter, die um den Tisch im hinteren Winkel sitzen. Sophie glaubt sie von der Schule her zu kennen, weiß aber weder ihre Namen, noch in welcher Klasse sie sind.

Der Typ hinter der Theke grinst mit seinem Mund voller weißer Zähne zu Sophie herüber. Dass er Pavel heißt, weiß Sophie von seinem Namensschild auf dem grün-blau-roten Overall, den alle Angestellten im Aquarium tragen. Sophie schätzt ihn auf siebzehn oder achtzehn, also nur wenig älter als Jonas. Ein paarmal geht ihr Blick zwischen Pavel und Jonas hin und her, ohne zu wissen, was sie eigentlich herausfinden will. Eines ist allerdings sicher: Vanessa und Jonas haben nur Augen und Ohren füreinander, von ihrer Umgebung kriegen sie nichts mit. Sophie checkt ihr Handy, ob eine Nachricht von Susa gekommen ist. Nein. Dabei kommt Susa nie zu spät, sie ist immer pünktlich.

»Gehen wir eben ohne eure Freundin«, meint Jonas.

»Auf keinen Fall!«, platzt Sophie heraus. »Vielleicht ist irgendwas passiert?«

»Was soll denn passiert sein?« Jonas lacht und greift nach seinem Helm.

»Können wir nicht noch ein wenig warten?«, bittet Sophie.

»Du wartest«, bestimmt Jonas. »Es reicht, wenn einer von uns hier blöd herumsitzt. Außerdem können wir eh nicht zusammen. Ihr müsst mit der U-Bahn. Vanessa und ich können ja schon mal los.«

Sophie schickt Vanessa einen flehentlichen Blick.

»Geben wir ihr noch zehn Minuten«, schlägt Vanessa vor.

»Muss das sein?«

»Ist doch nicht so schlimm.«

Entnervt legt Jonas seinen Helm wieder ab.

Wann kommst du?, tippt Sophie hektisch in ihr Handy. Wir warten im Aquarium! Wir wollen los! Wo bist du?

Es vergeht eine ganze Minute ohne Antwort. Als Sophie Susa anruft, hebt sie nicht ab. Ratlos schaut Sophie in die Runde.

»Vielleicht ist ihr wirklich etwas passiert«, überlegt Jonas. »Ein Unfall. Oder Überfall. Oder noch Schlimmeres.«

»Was Schlimmeres?«, fragt Sophie vorsichtig. »Was meinst du?«

»Jemand hat sie vor die U-Bahn gestoßen, einfach so, ohne bestimmten Grund, nur weil er es einfach mal ausprobieren wollte«, vermutet Jonas, ohne lange nachzudenken.

»So ein Blödsinn!«

»Aber es gibt so arge Typen«, stimmt Vanessa Jonas zu.

»Hört sofort auf!«, fleht Sophie.

Jonas lacht.

»Jonas hat recht. Du musst nur die Zeitungen lesen«, ergänzt Vanessa, »täglich passiert irgendwas, das man nie und nimmer glauben würde.«

»Was bringt euch das, so zu reden?«, zischt Sophie.

»Wir überlegen nur.«

»Hört einfach auf damit!«

»He, kein Stress«, sagt Jonas »es muss ja nichts passiert

sein. Wir blödeln nur herum. Nimm dir das doch nicht gleich so zu Herzen.«

Hinter der Glasscheibe schwimmt gerade ein Schwarm bunter Fische aus dem U-Bahn-Schacht herauf und weiter Richtung Ausgang. Sie gleiten dahin, wie von unsichtbaren Fäden gezogen, zu unbekannten Zielen. Je länger Sophie sie beobachtet, umso weniger Unterschiede kann sie erkennen. Einer wie der andere. Aber dann schwimmt plötzlich eines dieser besonderen Wesen vorbei, die genau wissen, dass sie immer alle Aufmerksamkeit auf sich ziehen.

Langsamer als die meisten marschiert sie in ihren hochhackigen Schuhen von links nach rechts durchs Bild. Rote, schulterlange Haare und das Gesicht voller Sommersprossen. Und Brüste, die bei jedem Schritt wippen. Dass sie anderen im Weg ist, macht ihr nichts aus, im Gegenteil.

»Kennst du die?«, blafft Vanessa plötzlich und reißt ihre Arme von Jonas' Hals.

»Wen?« Jonas schaut, als hätte er keine Ahnung, wovon die Rede ist.

»Hast du das gar nicht bemerkt, dass du dieser Rothaarigen wie ein Affe hinterhergestarrt hast?« Vanessa streckt ihren Rücken durch und presst die Lippen zusammen.

Sophies Alarmglocken schrillen in maximaler Lautstärke. Sie kennt niemanden so gut wie Vanessa und sie weiß ziemlich genau, was jetzt kommt. Jonas scheint es nicht zu wissen.

»Ach, hör auf«, sagt er gelangweilt. »Ich hab gedacht, das ist eure Susa!«

Falsche Antwort, denkt Sophie.

Und richtig: »Schwachsinn!« Vanessa fuchtelt mit den Händen als wären es Luftschlangen. »Susa ist einen Kopf kleiner! Sie würde niemals solche Nuttenschuhe tragen. Sie ist nicht rothaarig! Sie sieht komplett anders aus ...!«

»Ist mir eben so vorgekommen«, schiebt Jonas in aller Ruhe nach. Er hat immer noch keinen blassen Schimmer, worauf das hier hinausläuft.

»Und warum hast du ihr dann von hier bis dort nachgeschaut?« Vanessa breitet ihre Arme aus, die ganze Spannweite. »Hat er doch?« Die Frage geht an Sophie. »Oder?«

Sophie zuckt mit den Schultern. Sie weiß, jede Antwort wäre jetzt verkehrt. Und einer von Vanessas Anfällen hat ihr gerade noch gefehlt. Gleichzeitig hofft sie, dass sich Vanessas aufkeimende Wut noch eindämmen lässt.

»Von hier bis dort, weiß ich nicht ...«, versucht Sophie die Sache herunterzuspielen.

»Du hältst auch noch zu ihm?«, fragt Vanessa empört.

»Reg dich nicht auf, Van«, sagt Jonas, »Blicke bedeuten nichts.«

»Aber du gibst es zu!«, triumphiert Vanessa.

»Ich habe sie einfach nur verwechselt«, erklärt er noch mal. »Das kann doch mal passieren.«

»Glaub ich dir nicht!«

»Dann eben nicht.« Jonas ist jetzt auch genervt und kratzt sich mit der Rechten am Hinterkopf.

Vanessa hat in der Zwischenzeit einen Meter Abstand genommen. Die Jugendlichen, die Sophie aus ihrer Schule kennt, haben zu kichern begonnen und verfolgen den Streit mit leuchtenden Augen.

»Okay«, lenkt Jonas ein.

»Wusste ich es doch!«

»Lass mich doch ausreden«, fordert er.

Ohne ihm die Chance gegeben zu haben, auch nur den Mund aufzumachen, faucht Vanessa ihn an: »Dann rede auch!«

Jonas atmet durch. »Nachdem mir das klar geworden ist, dass das nicht Susa ist, habe ich dieser Tussi eben noch zwei Sekunden länger …«

Okay, das war's, denkt Sophie. Wenn Jonas ernsthaft glaubt, so billig davonzukommen, dann hat er es nicht anders verdient.

»Was ist das denn für Schwachsinn?«, unterbricht Vanessa erwartungsgemäß.

Sophie schielt zu Pavel. Der ist auch nicht gerade glücklich über den Lärm.

»Hast du das gehört, Sophie?«

»Ja, hab ich«, stimmt sie Vanessa diesmal zu.

Vanessa nickt zufrieden.

»Aber du musst jetzt wirklich keine so große Sache draus machen!« Auch Sophie geht die ganze Sache langsam aber sicher auf den Zeiger. Warum muss Vanessa sich so aufspielen? Den ganzen Tag hat sie nur von Jonas geredet, sich einen Scheiß für Sophie interessiert, wegen ihm wollte sie unbedingt pünktlich im Aquarium sein, und jetzt …

»Wie bitte?«, kreischt Vanessa.

Gleich ist sie nicht mehr zu stoppen, Sophie kennt das schon.

»Natürlich rege ich mich auf!«

»Vanessa, beruhig dich!«

»Ich mich beruhigen?«, quiekt Vanessa. »Mein Freund lügt mich an, meine beste Freundin fällt mir in den Rücken und ich soll mich beruhigen?«

»He, hör auf, das ist doch scheiße«, mischt Jonas sich ein.

»Scheiße, scheiße, scheiße!«, brüllt Vanessa als überlautes Echo durch den Raum.

Das ist zu viel. Wenig später steht Pavel bei ihnen. Mit Blick auf Vanessa verlangt er, dass sie entweder mit dem Herumgeschreie aufhören soll oder …

»Oder was?«

»Ich bitte dich zu gehen.«

Vanessa starrt Pavel fassungslos an, fünf Sekunden lang, dann legt sie erst so richtig los: »Weißt du was, Jonas? Mach doch, was du willst! Und du«, schreit sie Sophie an, »weißt du was? Überleg dir, ob du noch meine Freundin sein willst. Und du«, schreit sie Pavel an, »weißt du was? Du und dein Laden seid mir so was von egal!« Und zack, Vanessa reißt ihre Lederjacke mit sich fort … Und weg ist sie.

Für eine Weile hört man noch ihre Sneakers auf den Steinfliesen quietschen. Dann taucht sie durch die Tür des Aquariums nach draußen, wenig später schwimmt sie die Rolltreppe hoch nach oben.

Von null auf hundert. Von total lieb zu plötzlich stinksauer. So schlimm wie heute war schon lange keiner mehr von Vanessas Wutanfällen. Und jetzt?, fragt sich Sophie. Es kann wohl nicht angehen, dass wegen Vanessas Launen der Abend auch für sie gelaufen ist.

Jonas zieht den Haargummi von seinem Zöpfchen. Seine blonden Haare fallen ihm bis auf die Schulter. Er nimmt seinen Helm und verkündet, dass er jetzt abhauen würde. Auch Sophie springt vom Hocker.

»Aber vielleicht taucht Vanessa ja doch wieder auf.« Sophie glaubt selbst nicht so richtig daran.

»Ganz ehrlich?«, sagt Jonas. »Mir wäre es lieber, wenn nicht.«

Einen Moment lang stehen sie unentschlossen nebeneinander.

»Fährst du trotzdem zur Party?«, fragt Sophie.

»Kommst du mit?«

»Sicher«, antwortet Sophie prompt, obwohl sie bisher nicht den Bruchteil einer Sekunde darüber nachgedacht hat. Aber plötzlich ist das eine verlockende Möglichkeit. Außerdem ist der Platz auf seinem Motorrad ja jetzt frei.

Jonas kann ein vollkommen ausdrucksloses Gesicht machen, ohne jede Regung, und niemand kann sagen, was er gerade denkt oder fühlt, ob er da ist oder weg, ob er sich für irgendwas interessiert oder für rein gar nichts.

»Dann komm«, sagt er schließlich.

2

Sollte in 100 Jahren jemand dieses Heft finden, werde ich tot sein, das ist sicher. Sicher ist auch, dieser Jemand kann mich dann nichts mehr fragen. Aber dieser Jemand in 100 Jahren soll ein paar Sachen wissen: Mein Name ist Paul, ich bin 14 Jahre alt, geboren in Wien, gehe in die vierte Klasse eines Gymnasiums im 21. Bezirk, was auf der anderen Seite der Donau ist, also nicht gerade in Zentrum. Ich konnte schon mit vier lesen, weshalb mich meine Mutter für ein Genie hält. Stimmt aber überhaupt nicht: Ich bin durchschnittlich. Genauso durchschnittlich wie ich aussehe: nicht groß, nicht klein, nicht dick und nicht dünn. Braune Haare, eher hell als dunkel. Meine Mutter findet, ich sehe super aus, aber ich bin ja nicht blöd, sie ist meine Mutter, was soll sie auch sonst sagen. Sport mache ich keinen, außer Skateboarden, zumindest früher. (Das Board ist in der alten Wohnung geblieben.) Obwohl ich mich mit Worten leicht tue, hätte ich nie und nimmer ein Tagebuch angefangen. Aber vor vier Tagen wollte mein Lehrer plötzlich mit mir reden, alleine, nicht vor der Klasse. Ich war sofort in Panik. Vielleicht war er sauer, weil ich seit zwei Wochen fast jeden Tag zu spät komme. Aber ich schaffe es einfach nicht früher. Das liegt an diesem verdammt langen Schulweg, den ich neuerdings habe. Sogar jeder Mathematikidiot weiß, dass eine halbe Stunde U-Bahn mehr bedeutet, eine halbe Stunde früher aufstehen zu müssen. Früher musste ich nur über die Straße. Das war einfach, wie überhaupt früher alles einfacher war. Das Zuspätkommen hat Herrn Valentin aber gar nicht interessiert. Er redete über meinen Umzug, meine Mutter, meinen Großvater, bei dem ich neuerdings wohne. Dabei kenne ich den überhaupt nicht. Dem Alten war meine Mutter nämlich bisher scheißegal. Und er war mir bisher auch scheißegal, kein Wunder, schließlich habe ich ihn in meinem bisherigen Leben nur zwei- oder dreimal gesehen. Auf jeden Fall hat Herr Valentin mir dann dieses Heft gegeben und gesagt, ich soll gelegentlich aufschreiben, was mir so durch den Kopf geht. Wozu das denn? Mein Leben ist ohnehin schon total kompliziert. Ich wäre fast ausgeflippt. Aber Herr Valentin meinte, ich soll es probieren, es würde mir helfen. Bei was, hat er nicht gesagt. Soll ich da jetzt raten, oder was? Dann musste ich mir auch noch ein paar Tipps anhören: Ich soll so schreiben, als würde ich das alles jemandem erzählen. Aber ich soll das, was ich aufschreibe, niemandem zeigen, weder ihm, noch meinem Großvater, noch sonst irgendwem. Damit ich nichts verschweige, aus Angst, jemand könnte es lesen und sauer auf mich sein. Aber ich soll mich auch zu nichts zwingen. Wenn mir nichts mehr einfällt, soll ich einfach aufhören. Zumindest der letzte Satz hörte sich gut an.

3

»Weißt du, wie viel so eine Karre kostet?« Jonas deutet auf das dunkelblaue Cabrio mit den grauen Ledersitzen, hinter dem er sein Motorrad abgestellt hat, einen Zweisitzer, der ziemlich flach auf der Straße liegt.

Sophie hat null Ahnung.

»Mindestens achtzig«, erklärt Jonas, sichtlich fasziniert von der Summe, »wenn nicht mehr.«

»Nicht schlecht«, sagt Sophie, als würde sie sich genauso dafür interessieren wie Jonas.

Das Tor zum Grundstück steht sperrangelweit offen. Sie schlendern über einen breiten Kiesweg auf das Haus zu, der Kies knirscht unter ihren Schuhen. Der mittlere Teil des Hauses hat zwei Etagen und einen Eingang mit Säulen, links und rechts gibt es ebenerdige Anbauten. Wow! Nur den Pool und den für die Blätter Zuständigen kann Sophie nicht entdecken.

»Was denkst du, was so eine Bude wert ist?«

Sophie zuckt mit den Schultern.

»Mindestens zehn Mille!« Wieder bebt Jonas' Stimme vor lauter Ehrfurcht.

Die Fenster im Parterre und ersten Stock sind alle schwarz, nur im Kellergeschoss flackern Lichter.

»Komm!«

Sie laufen ein Stück über den Rasen und gelangen zu einer Treppe, die nach unten führt. Hinter der Kellertür wummert Musik.

»Woher kennst du eigentlich diese Gloria?«

»Du musst dir die Anlage anschauen«, sagt Jonas, statt zu antworten. »Da kostet eine Box mindestens fünftausend und der Sound ist total abgefahren.«

Jonas reißt die Tür auf. Ein Schwall warmer Luft und die Vibration dunkler Bässe drücken ihnen entgegen. Dann stehen sie in einem Kellerraum, dessen Ende von hier aus nicht absehbar ist. Möglicherweise liegt es an seiner Größe, vielleicht ist es aber auch die matte Beleuchtung und der Zigarettenrauch, der in der Luft hängt. Und es riecht irgendwie süßlich, nach Energydrinks und Schweiß.

Neben der Tür lungert ein muskulöser Typ, etwa in Jonas' Alter, mit dem Rücken an einem riesigen Kühlschrank. Einen so großen Kühlschrank hat Sophie überhaupt noch nie gesehen. Er reicht fast bis zur Decke. Der Typ hat glasige Augen und kaut nervös auf seinen Lippen. Entweder ist er betrunken oder er hat irgendwas eingeworfen.

Hinter ihnen drängen ein paar Leute zur Tür herein, aufgedonnerte Tussen, jede mit einem Typen an der Hand. Jonas und Sophie stehen ihnen im Weg und müssen ausweichen. Eine der Tussen reißt den Kühlschrank auf und verteilt Getränke an die anderen. Jonas schnappt sich eines, Sophie geht leer aus.

Die meisten Partygäste hocken auf Sitzkissen, die über den Boden verteilt sind. Sophie und Jonas schlendern zwischen ihnen hindurch und Sophie zählt circa vierzig fremde Gesichter. Als sie auf ein Pärchen stoßen, das eng umschlungen mitten im Weg liegt, steigen Jonas und Sophie mit großen Schritten über die beiden hinweg.

Jonas hält Ausschau, vermutlich nach Gloria.

Plötzlich wird die Musik ruhiger, Gitarrengeklimper. *What we do, what we do, yeah we do what we do*, singt eine Frauenstimme dazu. Es ist ein Song, der gerade ständig im Radio läuft und jede Woche bei Youtube zehntausend Klicks mehr bekommt.

Sophie sieht sich nach Jonas um. Er hat Gloria immer noch nicht gefunden.

Mittlerweile sind sie am Ende des Raums angekommen. Hier tanzen ein paar mit geschlossen Augen und fühlen die Musik. *What we do, what we do, yeah we do what we do!* Sophies Körper nimmt langsam den Rhythmus auf. Sie lässt ihre Arme durch die Luft fliegen, die Füße fest am Boden.

Kurz entschlossen greift sie nach Jonas Hand, zieht ihn mit sich fort, mit auf die Tanzfläche, wo die riesigen, fünftausend Euro teuren Boxen von der Decke hängen. Eine Diskokugel schickt unzählige Lichtpunkte durch den Raum. Kaum hat Sophie Jonas' Hand losgelassen, verschwindet er wieder im

Dunkeln. Sophie tanzt noch, bis der Song zu Ende ist, erst dann schaut sie sich nach ihm um. In dem Gewühle dauert es eine Weile, bis sie ihn findet. Es steht bei einer großen schlanken Brünetten mit schulterlangen Haaren, sie ist in Sophies Alter, vielleicht aber auch schon fünfzehn oder sechzehn, grüner Minirock, mit ihren Schuhen fast so groß wie Jonas. Sie lehnt an der Wand. Jonas redet auf sie ein. Sophie stellt sich zu ihnen.

»Das ist Gloria!«, brüllt Jonas Sophie ins rechte Ohr.

»Das habe ich mir schon gedacht«, brüllt Sophie zurück.

»Willst du nicht einfach wieder tanzen gehen«, schreit Gloria ihr daraufhin ins linke Ohr.

Okay, alles klar.

Sophie dreht ab und macht einen Abstecher zum riesigen Kühlschrank beim Eingang. Sie fischt sich jetzt auch eine Flasche heraus, mit etwas, das wie Cola aussieht. Dann arbeitet sie sich zurück auf die Tanzfläche und lässt sich von der Musik aufsaugen. Ab und zu zersplittern die Partygäste für ein paar Sekunden im Licht des Stroboskopscheinwerfers. Wenig später setzen sich die Einzelteile wieder zu ganzen Menschen zusammen.

Sophie tanzt und tanzt und tanzt, bis sie klatschnass und völlig erschöpft auf ein Sitzkissen stürzt. Ihr ist heiß und ihr Herz schlägt wie kurz vorm Zerspringen. Ihre Füße schmerzen. Ihre Lippen schmecken salzig.

Nachdem das Stroboskoplicht erneut die Partygäste in ihre Einzelteile zerlegt hat, kommt es Sophie plötzlich vor, als hätten die einzelnen Splitter nicht wieder ihren richtigen

Plätze gefunden. Arme und Beine, Köpfe und Bäuche sind komplett durcheinander und keiner der Tanzenden sieht jetzt so aus wie noch vor einer halben Minute. Die einen haben unterschiedlich lange Gliedmaßen, andere haben auch fünf oder sechs davon. Erstaunlicherweise scheint das niemanden zu stören. Einer der Mutanten wankt auf Sophie zu. Hilfe! Bei dem Lärm hört das natürlich niemand. Sie schließt die Augen. Verdammt! Mit mir stimmt irgendwas nicht, denkt Sophie panisch und schüttelt den Kopf. Ich muss … ich muss … ich muss Jonas suchen, fällt ihr ein, er soll mich so schnell wie möglich hier wegbringen. Mit Mühe stemmt sie sich aus dem Sitzkissen hoch und taumelt durch den Raum.

Nicht einmal einen Meter von Jonas entfernt kommt sie zu stehen. Er lehnt an der Wand, Gloria schmiegt sich an ihn. Beide sehen aus wie immer: Arme, Beine, Nase, Ohren, alles hat seinen Platz. Erst atmet Sophie erleichtert durch, aber dann stockt ihr der Atem. Jonas hält Glorias Kopf zwischen den Händen, wie er im Aquarium Vanessas Kopf gehalten hat. Und er schaut Gloria tief in die Augen, wie er Vanessa in die Augen geschaut hat. Den kann ich erst einmal vergessen, weht es durch Sophies Hirn. Aber zwei Sekunden später hat sie ihr Handy in der Hand und richtet die Kamera auf die beiden, wartet, bis das Bild am Display scharf ist, dann drückt sie ab. Ein Scheißbild, kein Wunder bei den Lichtverhältnissen, aber Jonas ist eindeutig zu erkennen, auch das Profil von Gloria. Sophie schiebt das Handy zurück in die Hosentasche. Sie dreht sich um. Geht weg. Sie hat Durst.

Aber der Kühlschrank neben der Eingangstür ist verdammt leer.

Jemand tippt ihr von hinten auf die Schulter. Nachdem sie sich erschrocken umgedreht hat, sieht sie eine halbleere Flasche vor sich. Sophies Blick streift die Hand, die die Flasche hält, den Arm, das blaue T-Shirt. Das Gesicht ist schmal und älter als die Gesichter der anderen Partygäste. Danke! Sophie nimmt die Flasche und steuert auf die Tür zu. Sie stolpert die paar Stufen hinauf in den Garten.

Draußen läuft sie ein paar Schritte. Irgendwann bleibt sie stehen und nimmt einen Schluck. Das Zeug schmeckt bitter und ein wenig nach Alkohol. Dann pumpt Sophie ihre Lungen mit der nächtlichen Luft voll.

Sie schlüpft aus ihren Sneakers und den Strümpfen, lässt sie da liegen, wo sie sie ausgezogen hat, läuft barfuß über die Wiese, zwischen hohen Bäumen, sie schlägt einen Haken und noch einen und noch einen und lacht jedes Mal dabei. Immer weiter läuft sie, bis sich vor ihr ein großes, viereckiges finsteres Loch auftut. Gerade noch rechtzeitig kann Sophie stoppen. Um das Gleichgewicht nicht zu verlieren, streckt sie die Arme zur Seite. Die blaue Farbe des Pools schimmert im Mondlicht, aber es ist kein Wasser drin. Wäre sie gestürzt, hätte Sophie sich alle Knochen gebrochen. Langsam setzt sie sich hin und lässt die Beine baumeln. Vanessa hat mit dem Pool also nicht übertrieben.

Von hier hört man nur noch die Bässe aus dem Keller wummern, gleichmäßig und dumpf. Sophie lauscht auf die knackenden Äste, dann huscht etwas den Stamm herunter, ein Eichhörnchen vielleicht, es verschwindet in der Dunkelheit. Und tschüss! Sophie lässt sich nach hinten gleiten, Wirbel für Wirbel, bis sie mit dem Rücken flach am Boden liegt. Über ihr flattern die Zweige, der Mond ist groß und rund. Zeit vergeht.

Ein schmales Gesicht mit einem kräftigen Kinn schiebt sich zwischen Sophies Gesicht und den Nachthimmel. Obwohl der Typ ganz plötzlich da ist, erschrickt sie nicht, kein bisschen, als hätte sie die ganze Zeit gewusst, dass er in ihrer Nähe ist. Erst auf den zweiten Blick erkennt sie ihn wieder. Von ihm hat sie vorhin das Getränk bekommen.

»Hi.«

»Hallo.«

Er ist auf allen vieren, wie ein Tier. Sophie schaut in stechend blaue Augen, blau wie das Wasser, das nicht da ist.

»Bist du der Zuständige?«, fragt sie schließlich leise.

»Nein, ich bin Moritz.«

Sophie muss über die Antwort lachen.

»Zuständig wofür?«, fragt er jetzt doch. Seine Stimme klingt freundlich und sanft.

»Zuständig für die Blätter.«

»Für die Blätter?«

»Die in den Pool fallen.«

Moritz schaut sie nur an. Sophie spürt seinen Atem auf der Haut. Er riecht nach Minze.

»Bist du der, der Tag und Nacht nur dafür zuständig ist, die Blätter aus dem Wasser zu fischen, oder bist du es nicht?«

»Es gibt kein Wasser«, sagt Moritz, »und es gibt niemanden, der dafür zuständig ist.«

»Ach so«, sagt Sophie mit gespielter Enttäuschung, »dann hat jemand Vanessa wohl einen Bären aufgebunden.«

Moritz stößt sich mit beiden Armen vom Boden ab, setzt sich neben Sophie an den Poolrand. Sophie richtet sich auch auf. Ihr ist ein wenig schwindlig und sie hat ein flaues Gefühl im Magen. Moritz streckt seine Beine aus und starrt auf seine Zehenspitzen. Auch er trägt keine Schuhe und keine Strümpfe.

»Warum ist kein Wasser drin?«

»Er soll umgebaut werden. Größer. Länger. Breiter.« Dann liest Moritz den goldenen Schriftzug auf Sophies Shirt. »You are a Princess«, sagt er. »A Princess. A Princess.«

»A Princess«, wiederholt Sophie leise.

Moritz lächelt. »Woher kennst du Gloria?«

Wie alt ist der? Achtzehn? Neunzehn?

»Ich kenne sie gar nicht«, erklärt Sophie. »Ich bin mit jemandem mitgekommen.«

Eine Weile sitzen sie nur nebeneinander und lassen ihre Beine baumeln. Sophie muss daran denken, was da im Keller passiert war, diese unheimlichen Gestalten und Fratzen, die Sophie gesehen hat … es muss irgendwas in der Cola gewesen sein, etwas, das ihr das Gehirn derartig vernebelt hat.

»Warum hast du meine Schwester fotografiert?«, fragt Moritz plötzlich in die Stille.

Sophie ist einen Augenblick lang sprachlos. Ihr war nicht

im Entferntesten in den Sinn gekommen, dass jemand sie dabei beobachtet haben könnte, wie sie das Foto von Jonas und Gloria geschossen hat. Dann kombiniert sie: »Gloria ist deine Schwester?«

»Exakt.«

»Bist du mir deswegen in den Garten gefolgt?«

»Nicht nur deswegen«, sagt Moritz.

»Warum noch?«

»Auch weil du eine Princess bist.«

Sophie lässt sich zu einem müden Lächeln hinreißen, legt ihren Kopf in den Nacken und schaut in den Sternenhimmel. »Ich habe nicht deine Schwester fotografiert, sondern Jonas«, erklärt sie schließlich.

»Verstehe«, sagt Moritz knapp.

Er streckt die Arme durch und schiebt die Hände unter die Oberschenkel. Sophie wartet, ob noch etwas von ihm kommt. Nichts. Moritz starrt in das leere Becken. Das Mondlicht wirft die Schatten der Bäume über den Garten. Irgendwo heult ein Hund. Ein leichter Wind hebt an. Die Blätter rauschen und die Schatten beginnen zu zittern.

Sophies Gedanken streifen den Abend im Aquarium. Warum Susa nicht gekommen ist? Sie streifen den Streit zwischen Vanessa und Jonas. Wo Vanessa jetzt wohl ist? Sophie überlegt, wie sie ihre Sneakers und ihre Strümpfe dort in der Dunkelheit jemals wiederfinden soll.

Sie springt auf und läuft zurück zum Haus. Nach ein paar Schritten hört sie ihn »He, Princess!« hinter sich herrufen. Moritz klingt ein wenig ärgerlich. Sophie kümmert sich nicht darum. Sie sucht die Wiese nach ihren Schuhen und Strümpfen ab, vergeblich.

Barfuß kehrt sie zurück in den Keller, wühlt sich durch die Menschen. Die Luft ist jetzt noch dicker, wie zum Schneiden. Sophie durchsucht auch hier jeden Winkel, diesmal nach Jonas. Nichts. Sie findet weder Jonas noch Gloria.

Sophie läuft über den Kiesweg Richtung Einfahrt. Die Steinchen drücken sich schmerzhaft in ihre nackten Fußsohlen. Sie versucht nicht darauf zu achten. Jonas' schwarz-orange lackierte KTM steht noch auf ihrem Platz, okay, gut. Und Jonas?

Sie dreht sich zum Haus um. Hinter einem der Fenster im ersten Stock brennt jetzt Licht. Kann sein, dass Jonas mit Gloria dort oben ist ... und dann denkt Sophie nur noch: Arme Vanessa.

Elf Euro, dreiundsiebzig Cent. Vorhin waren es zwölf Euro und fünfundvierzig Cent. Bin ich auch schon zu doof zum Zählen, fragt sich Sophie. Sie steht auf der Straße, hat sämtliche Münzen aus ihren Hosentaschen zusammengekratzt und zählt sie so konzentriert wie möglich. Es ist in jedem Fall zu wenig. Ich bin hier am Arsch der Welt. Ihr Schädel brummt und sie will hier weg, einfach nur weg.

»Also«, sagt eine Stimme hinter ihr, »was ist?«

Sophie atmet durch, an Moritz hat sie überhaupt nicht mehr gedacht. Sie weiß auch nicht, ob sie froh darüber sein soll oder nicht, dass er abermals so plötzlich neben ihr aufgetaucht ist. Aber immerhin könnte er ihr helfen. »Kannst du mir Geld leihen?«

»Wofür?«

»Für ein Taxi.«

»Nein.« Moritz grinst frech. Aber er zaubert hinter seinem Rücken ihre Schuhe und Strümpfe hervor. »Wärst du ohne abgehauen?«

Sophie zieht ihre Sachen mit einer Hand an. Dann schaut sie wieder auf die Münzen in ihrer Rechten. Neun Euro zwanzig. Ich werde noch wahnsinnig, denkt sie.

»Ich kann dich irgendwohin chauffieren«, bietet Moritz an.

»Okay.«

Wenn ihre Mutter Nachtdienst hätte, wäre das jetzt alles kein Problem, sie würde nicht mitten in der Nacht aufwachen und eine Erklärung verlangen.

Sophie zückt ihr Handy. Vielleicht kann sie bei Vanessa übernachten. Aber das Display bleibt schwarz. Da kann sie herumdrücken, so viel sie will. Der Akku ist leer. Shit.

»Wo ist dein Auto?«, fragt Sophie.

Es ist der dunkelblaue Flitzer, hinter dem Jonas sein Motorrad abgestellt hat. Sophie marschiert um den Wagen herum und lässt sich auf den Ledersitz fallen.

»Und wohin willst du?«, fragt Moritz, nachdem er mit quietschenden Reifen losgefahren ist.

»Und wenn ich sage, ans Meer?«

»Würde ich dich ans Meer bringen.« Moritz dreht den Kopf zu ihr.

»Bis zum Meer sind es mindestens fünfhundert Kilometer«, sagt Sophie. »Ja, ich weiß. Und?«

»Außerdem …«

»Was?«

»Schau auf die Straße!« Sophie lacht.

Grinsend richtet Moritz seinen Blick nach vorne. »Und wohin willst du wirklich?«

Sophie lässt ihren Kopf auf die Brust sinken. »Das ist alles ein bisschen kompliziert.«

Moritz nimmt einen anderen Weg, als den, den sie mit Jonas gekommen ist. Eine Weile geht es den Hügel hinauf, an noch mehr Villen mit riesigen Gärten vorbei, eine prächtiger als die andere.

Wie ihr Leben wohl wäre, wenn sie hier und nicht im neunten Stock eines Hochhauses aufwachsen würde?

»Wie kompliziert genau?«, unterbricht Moritz Sophies Gedanken.

Also gut: »Meine Mutter denkt, ich schlafe bei Susa. Aber der Abend ist anders verlaufen als geplant. Wenn meine Mutter mitkriegt, dass ich um die Zeit noch unterwegs bin, flippt sie aus.«

»Und jetzt?«

»Eben. Ich weiß nicht.« Obwohl sie das nicht absichtlich macht, klingt Sophies Stimme, als wäre sie ein total hilfloses Mädchen.

Moritz nickt ernst und biegt jetzt doch auf die Straße am Kanal Richtung Innenstadt. Es sind kaum noch Autos unterwegs und die Ampeln blinken dauerhaft Orange. In den Schalensitzen hockt man gefühlte zwei Zentimeter über der Straße. Es ist, als würden die Sitze sie umarmen. Sophie mustert ihre Hände und betrachtet den abgeblätterten Lack auf ihren Fingernägeln. Als Moritz herüberschaut, rollt sie die Finger schnell zu Fäusten zusammen.

»Wer ist eigentlich dieser Jonas?«, will Moritz plötzlich wissen.

Sophie stöhnt unwillkürlich. »Jonas ist der Freund meiner besten Freundin. Aber um ehrlich zu sein, mir ist das gerade alles zu kompliziert. Können wir nicht einfach ein bisschen durch die Nacht fahren? Einfach so? Ohne über solche komplizierten Sachen zu sprechen?«

»Okay«, willigt Moritz ein, »aber nur wenn du mir deinen Namen sagst.«

»Princess. Nenn mich Princess!«

»Princess!« Mit einem verschmitzten Lachen macht Moritz das Autoradio an. Sie nähern sich der Innenstadt und hören Musik. Sie erzählen einander, welchen Song sie mögen und welchen nicht. Bis die Moderatorin den Song von Jessie J ankündigt, der vorhin auch im Keller lief.

»Das ist mein momentaner Lieblingssong!«, freut sich Sophie.

Moritz dreht lauter und singt den Refrain mit: »What we do, what we do, yeah, we do what we do, yeah, we do what we do, yeah, we do what we do!«

Mittlerweile sind sie auf dem mehrspurigen Gürtel unterwegs, fahren vorbei am neuen Bahnhof, mit seinem Dach aus geknickten Rauten wie kantige Wellen. Von hier wäre es nur ein Katzensprung zu Sophies Zuhause, aber das kann Moritz natürlich nicht wissen.

»Weißt du was«, schlägt er nach einer Weile vor, »wir kurven durch die Gegend, bis die Sonne aufgeht, hören Musik, quatschen ein bisschen, dann liefere ich dich zu Hause ab und alles ist in Ordnung. Einverstanden?«

»Einverstanden«, sagt Sophie. »Das löst alle meine Probleme.«

Moritz gibt Gas. Von nun an folgt er den blauen Autobahnschildern. Im Industriegebiet nimmt er die Abzweigung zum Flughafen. Nach ein paar Kilometern kommen sie an der Ölraffinerie vorbei, die mit Tausenden Lichtern beleuchtet ist.

»Ich finde, das sieht irre schön aus«, sagt Moritz, »als wäre die gesamte Milchstraße vom Himmel gefallen.«

»Wie konnte das passieren?«, fragt Sophie.

»Keine Ahnung, Princess.« Moritz zuckt mit den Schultern.

»Aber es muss doch irgendeinen Grund dafür geben.«

»Es gibt Dinge, die passieren einfach. Ganz einfach. Ohne Grund.«

»Ohne Grund«, wiederholt Sophie, schließt die Augen und legt ihren Kopf an die Nackenstütze.

4

Freitag, 12. Mai. Noch ein paar Infos über den Alten: Seit die Sache mit meiner Mutter passiert ist, ist er für mich verantwortlich, das ist amtlich, darüber gibt es sogar ein Papier. Dabei ist er schon über sechzig, hat einen ungepflegten grauen Bart, einen dicken Bauch, kaum noch Haare am Kopf, isst viel fertiges Zeug, das er in die Mikrowelle schiebt, trinkt massig Bier und ist Hausmeister in dem Haus, in dem ich jetzt wohne. Das Fiese daran ist: Da wohne ich schon mal in einem Hochhaus mit 13 Stockwerken und dann ganz unten, Parterre. Nichts mit bombastischer Aussicht und so. Stattdessen rieche ich die Hundescheiße, die die Köter aus dem Haus in der Wiese ablegen, bis in mein Zimmer. Überhaupt mein Zimmer. Irgendjemand von diesem Amt sollte sich das mal ansehen: Auf dem Boden eine versiffte Matratze, die der Alte und ich aus dem Keller nach oben geschleppt haben, darüber baumelt eine nackte Glühbirne, meine Klamotten liegen in mehreren Haufen am Boden, vorm Fenster stehen zwei Holzböcke mit einer Platte drauf als Schreibtisch. Das war's. Wenn man mich fragen würde: erinnert mehr an eine Gefängniszelle als an sonst was. Aber mich fragt niemand. Auch nicht, ob ich einverstanden bin, dass unsere Katze ins Tierheim muss. Dienstag. Wir haben sie nach dem Tag benannt, an dem sie zu uns kam. Der Alte wollte nicht auch noch für ein Vieh sorgen. Ich habe versucht ihm klar zu machen, dass ich nicht ohne Dienstag und Dienstag nicht ohne mich leben kann. War natürlich übertrieben. Aber hätte ich nicht, wäre es dem Alten vermutlich noch scheißegaler gewesen. So war es ihm nur scheißegal. Und ich bin es ihm auch. Kann ich zumindest nicht anders sehen, nach dem, was er heute beim Abendessen (Salami-Tiefkühlpizza) plötzlich von sich gab: Es wäre ihm tausendmal lieber, es hätte auch für mich eine andere Lösung gegeben. Aber was hätte ich dazu sagen sollen? Außerdem ist es ja ohnehin nur vorübergehend. Was regt er sich also auf? Über dieses Thema redet er aber nicht. Kein Wort. Ich habe es schon öfters probiert. Keine Chance. Erst sagt er nichts, dann geht er weg. Ich frage mich überhaupt, wie jemand so wenig reden kann. Auch mit Leuten aus dem Haus steht er nie lange zusammen, spricht nur das Nötigste und haut so schnell wie möglich ab. Als hätte er vor irgendwas Angst oder so. Aber wovor? (Mir fällt gerade auf: Er und ich haben denselben Familiennamen. Wir sind verwandt. Wir haben die gleichen Gene. Also ist es ziemlich wahrscheinlich, dass ich ihm ähnlich sehe. Das wäre nicht so schlimm. Aber dass ich auch so bin wie er, zumindest ein wenig, sorry, aber das wäre echt hart für mich.)

5

Sophie hat inzwischen jedes Gefühl für Zeit verloren. Sie sind lange keinem anderen Auto begegnet und haben die Stadt vor einer Ewigkeit hinter sich gelassen. Ohne Notwendigkeit wechselt Moritz immer wieder zwischen linker und rechter Spur.

»Kannst du damit aufzuhören?«, bittet Sophie. »Sonst kotze ich dir noch dein schönes Auto voll.«

Moritz bleibt auf der Überholspur.

»Was ist das eigentlich für ein Auto?«

»Ein 911er. Baujahr 97. Luftgekühlt«, rattert er herunter.

»Gehört der dir?«

Moritz lacht nur und fragt: »Hast du Hunger?«

Gleichzeitig setzt er den Blinker und eine halbe Minute später verlassen sie die Autobahn Richtung Rastplatz, fahren an der Tankstelle vorbei, wo ein einzelner Wagen steht, und halten vor dem Restaurant.

Mit ihren Tabletts ziehen sie an den einzigen beiden besetzten Tischen vorbei und suchen sich einen Platz am Fenster. Sophie betrachtet Moritz' Spiegelbild in der Fensterscheibe. Er ist mehr als einen Kopf größer als sie und schlank.

Obwohl Sophie nichts über Moritz weiß und ihr tausend Fragen durch den Kopf gehen, sagt sie nichts. Nicht einmal, wie verrückt das ist … als Vierzehnjährige um drei Uhr morgens in einer Autobahnraststätte mit einem Typen zu sitzen, von dem sie vor ein paar wenigen Stunden noch nicht einmal wusste, dass er existierte. Vermutlich ist es komplett verrückt und sie sollte beunruhigt sein. Ist sie aber nicht, nicht die Spur. Sophie beißt in ihren Burger, kaut nachdenklich, und stellt dann doch eine Frage, eine, die sie beschäftigt, seit sie das Foto gemacht hat: »Soll ich es Vanessa wirklich zeigen?«

»Was?«, fragt Moritz verwirrt.

»Das Foto von Jonas und deiner Schwester?«

»Verstehe.« Moritz schiebt sich einen seiner Chicken Wings in den Mund. »Willst das deiner besten Freundin tatsächlich antun?«

»Woher weißt du, dass sie meine beste Freundin ist?«

»Hab ich kombiniert.«

Sophie sieht ihn fragend an.

»Und?«, fährt Moritz fort, »hast du die Frage ernst gemeint oder hast du dich ohnehin schon längst entschieden?«

Sophie dreht den Kopf weg. Sie fühlt sich durchschaut und bereut, damit angefangen zu haben.

»Würdest du das wollen? Wenn du an Vanessas Stelle wärst, und sie hätte ein Foto von deinem Freund, der mit einer anderen rummacht, und …«

»Ich weiß, was du sagen willst«, unterbricht ihn Sophie.

»Und?«

»Ja, ich würde es auch wollen«, behauptet Sophie.

»Auch wenn du es sonst nie erfahren würdest?«

»Aber das ist doch nicht sicher, dass sie es nicht sonst auch erfährt.«

»Aber wenn?«

»Das kann man doch nicht wissen.«

»Aber wenn.« Moritz beharrt darauf.

Sophie schüttelt den Kopf. »Nein, ganz sicher. Ich werde es Vanessa zeigen. Das bin ich ihr als Freundin schuldig.«

»Hm«, sagt Moritz und schluckt den letzten Bissen hinunter. »Ist deine Entscheidung.«

Nachdem er mit Tonic nachgespült hat, geht er zum Flipperautomaten neben der Eingangstür. Deshalb kommt er öfter hierher. »Diese Dinger sind geiler als alle Computerspiele der Welt«, erklärt er. »Aber sie sind kaum noch wo aufgestellt.«

Mit Hilfe eines Spannhebels an der rechten unteren Seite schießt Moritz eine Kugel auf das leicht ansteigende Spielfeld, dort springt sie zwischen Hindernissen hin und her. Bei jeder Berührung piepst und blinkt es und in einem Feld über dem Apparat summieren sich die Punkte. Die Kugel soll möglichst lange auf dem Feld bleiben. Rollt sie Richtung Loch am unteren Rand, gibt es die Möglichkeit, mit zwei Hebelchen, die man mit einem Knopf auf der rechten und linken Seite des Apparats bedient, die Kugel zurück ins Spiel zu katapultieren. Gelingt das nicht, rollt sie zwischen den Hebelchen durch, dann ist das Spiel verloren.

Moritz ist echt gut und holt ständig Bonuspunkte. Nach einer Weile will er, dass Sophie es auch probiert.

»Ich kann das nicht.«

»Probier es wenigstens! Nur probieren.«

Aber sie hat tatsächlich absolut kein Talent und kann die Kugel kein einziges Mal auf ihrem Weg zum Loch stoppen. Beim dritten Versuch stellt Moritz sich hinter Sophie, so nah, dass sie seinen Chicken-Wings-Atem im Nacken spürt. Und plötzlich beschleicht sie das Unbehagen, über das sie vorhin nur nachgedacht hat. Ihr Atem geht schneller, ihr Blick fliegt durch die Raststation. Mittlerweile ist außer ihnen kein Mensch anwesend, stellt sie panisch fest, nicht einmal den Mann hinter dem Tresen kann sie von hier aus sehen. Scheiße! Dann legt Moritz auch schon seine großen weichen Hände auf ihren Handrücken.

»Schau mal, du musst …«

Sophie streckt den Rücken durch, dann zieht sie mit einem Ruck ihre Hände unter seinen hervor und dreht sich fast gleichzeitig nach ihm um.

Moritz sieht sie überrascht an. »Was?«

»Ich will das nicht«, sagt Sophie leise, aber bestimmt.

»Was?«

»Das …«

»Ich wollte dir nur …«

»Trotzdem!« Sophie steht immer noch, gefangen von seinen Armen, zwischen Moritz und dem Flipperautomaten. »Lässt du mich!«

Hätte Moritz auch nur einen Augenblick lang gezögert,

hätte er Sophies Knie dort gehabt, wo es ziemlich weh tut. Aber Moritz breitet die Arme aus und Sophie setzt sie sich wieder an den Tisch.

Irgendwann muss Sophie sich auf die Bank gelegt haben und eingeschlafen sein. Auf der Uhr an der Wand ist es nämlich kurz nach halb sechs, als Moritz sie aufweckt. Sophies Gehirn arbeitet langsam und ihr ist schlecht. Auf dem Flipper blinkt eine rote Leuchtschrift: Champion!

»Alles in Ordnung?«, fragt Moritz besorgt.

Sie schüttelt den Kopf. »Ich will nach Hause.«

»Und ich bring dich heim, wie versprochen.«

»Ja«, Sophie nickt, »aber vorher geh ich aufs Klo.«

Dort kotzt sie den Burger in die Muschel, beugt sich unter den Wasserhahn und spült sich den Mund aus. Im Spiegel sieht sie in ein blasses Gesicht mit Ringen unter den Augen. Die schwarzen Locken stehen ihr wirr vom Kopf.

Moritz wartet im Freien auf sie. Die Sonne geht gerade auf.

»Das wird ein schöner Tag«, ist Moritz überzeugt.

Eine halbe Stunde später sehen sie die Rauten des Bahnhofdachs in der Morgensonne blinken. Wie viele Menschen um diese Uhrzeit schon unterwegs sind, wundert sich Sophie. Dann weist sie Moritz den Weg bis zur Gudrunstraße und bittet ihn, sie beim Spielplatz aussteigen zu lassen.

»Hier wohnst du?«, fragt Moritz und stellt den Motor ab.

»Dort drüben«, antwortet Sophie, ohne in eine bestimmte Richtung zu zeigen.

»In dem Hochhaus?«

»Danke«, sagt Sophie mit schwacher Stimme, »ich hätte echt nicht gewusst, was ich machen soll. Du warst meine Rettung.« Und jetzt will sie nur noch ins Bett.

»Warte!«

Die Autotür ist schon halb offen. Sophie dreht sich noch mal zu Moritz um. Will er hören, dass sie auch findet, sie und ihre Eltern sollten woanders wohnen, in einer Villa mitten in einem großen Park und einem Pool, auch wenn es dort niemanden gibt, der nur dafür zuständig ist, Tag und Nacht die Blätter aus dem Wasser zu fischen?

Darüber will Moritz aber gar nicht reden. Stattdessen murmelt er ein paar Zahlen vor sich hin. Sophie braucht eine Weile, bis sie kapiert, dass das seine Telefonnummer ist. Da ihr Handy keinen Saft mehr hat, bittet sie ihn um einen Kugelschreiber. Moritz fischt ihn aus dem Handschuhfach und wiederholt die Zahlen. Sophie malt sie auf die Innenseite ihres Unterarms.

»Ruf mich an, wenn du wieder einmal eine Runde drehen willst.«

Sophie Blick bedeutet weder Ja noch Nein.

»Natürlich nur, wenn du Lust hast.« Moritz' Mund verzieht sich zu einem Lächeln und er zeigt seine Zähne. Er sieht überhaupt nicht müde aus, als würde ihm eine Nacht ohne Schlaf gar nichts ausmachen.

Sophie steht mit hängenden Armen da. Sie spürt die kühle Luft auf der Haut, atmet tief durch und schließt die Augen. Der Boden unter ihr beginnt zu schwanken. Rasch klappt sie ihre Lider wird auf, sonst wäre sie vermutlich umgekippt. Dann dreht sie sich nach Moritz' Porsche um. Er stand doch gerade noch da. Jetzt ist auf derselben Stelle nur noch ein freier Parkplatz. Verwirrt schaut Sophie die Straße hinauf und hinunter. Aber Moritz ist nirgendwo mehr zu sehen.

Im Flur hört Sophie das Duschwasser rauschen. Macht ihre Mutter sich an einem Samstag für den Frühdienst fertig …?

So unbemerkt wie Sophie es in die Wohnung geschafft hat, schafft sie es in ihr Zimmer. Sie schmeißt sich aufs Bett und presst das Kopfkissen an sich, es ist warm und riecht nach Zitronen. Kaum hat sie die Decke bis zum Hals hochgezogen, klopft es an der Tür. Auf keinen Fall will sie jetzt mit irgendwem über irgendwas diskutieren müssen, schon gar nicht mit ihrer Mutter. Aber dann wird die Tür aufgerissen und ihre Mutter kräht die völlig überflüssige Frage: »Du bist schon da?«

Sophie rührt sich nicht.

»Tu nicht so, als wärst du nicht wach!«

Erst als sie die Hand ihrer Mutter auf der Schulter spürt, kapituliert sie.

»Du weißt genau, dass ich das nicht mag, wenn du einfach so hereinplatzt«, mault Sophie.

»Du wolltest doch bei Susa übernachten?«

»Hab ich auch.«

Daraufhin scheint Sophies Mutter für ein paar Augenblicke aus dem Konzept zu sein. »Und wann bist du nach Hause gekommen?«, fragt sie schließlich verwirrt.

»Gerade eben.«

»Jetzt gerade eben?«, hakt Sophies Mutter nach, als würde das überhaupt keinen Sinn machen.

»Susa wurde von ihren Eltern gezwungen, mit ihnen in aller Früh zu ihren Großeltern …«

»Gezwungen«, unterbricht Sophies Mutter, als würde sie auf keinen Fall glauben, dass *gezwungen* das richtige Wort für das ist, was Susas Eltern mit Susa getan haben.

»Also haben sie mich hier abgesetzt.« Reden und gleichzeitig eine Lüge erfinden ist gar nicht so einfach.

Aber ihre Mutter interessiert sich ohnehin nicht weiter dafür. »Ich habe mich fürs Wochenende einteilen lassen«, sagt sie.

»Das hast du schon seit Ewigkeiten nicht mehr.« Sophie ist aufrichtig erstaunt. »Was sagt Papa dazu?«

»Papa ist dieses Wochenende nicht nach Hause gekommen.«

»Aha.«

Sophies Mutter schweigt eine Weile, dann sagt sie: »War es nett bei Susa?«

Aber sie bekommt keine Antwort mehr. Sophies Atem geht nämlich bereits langsam und gleichmäßig. Als eine Viertelstunde später die Wohnungstür ins Schloss fällt, schreckt sie allerdings wieder hoch. Wie in Trance taumelt sie zum Fenster und lässt das Rollo herunterrasseln. Auf dem Weg zurück ins Bett verbindet sie ihr Handy mit dem Stromkabel. Danach kuschelt sie sich wieder unter die Decke.

6

Samstag, 13. Mai. Andauernd habe ich diese eine bescheuerte Frage in meinem Kopf: Was, wenn meine Mutter nicht mehr aus dem Koma erwacht? Das Bescheuertste daran ist, wenn die Frage erst einmal da ist, werde ich sie so schnell nicht wieder los. Ich habe alles ausprobiert: Dröhnende Musik, schreien, den Kopf unter das Kissen, den Kopf unter Wasser … nichts hilft. Der Horrorfilm läuft immer weiter, auch, wenn ich schlafe. Im Traum ist es sogar noch krasser. Dann kommen der Alte und ich ins Donauspital und Schwester Margit sagt: Es gibt nur noch ihre Leiche zu besichtigen. Dann sehe ich meine Mutter tot auf dem Bett und mich daneben, in dieser Schutzkleidung, die Besucher für die Intensivstation anziehen müssen, und ich schreie und niemand hört mich … bis ich von meinem eigenen Geschrei aufwache. Aber als der Alte und ich meine Mutter heute besucht haben, hat sie dagelegen wie beim letzten Mal, die Arme eng am Körper, ihre kleinen Füße haben unter der Bettdecke hervorgeschaut, ihre Knöchel berührten sich leicht. Ihr Brustkorb hob und senkte sich. Auch ihre

Augen waren offen. Sah aus, als wäre sie lebendig und tot gleichzeitig, echt gruselig. Bevor wir heute in Mamas Zimmer sind, hat Schwester Margit gesagt, wir sollen mit ihr reden. Mir hat das ziemliches Kopfzerbrechen bereitet. Ich wusste einfach nicht, was ich sagen sollte. Aber irgendwann dann: Geht es dir gut? Keine Ahnung, ob meine Mutter es tatsächlich gehört hat. Aber vielleicht hat sie ja. Und vielleicht hat sie sogar mitgekriegt, wie blöd ich mir dabei vorgekommen bin. Vielleicht ist Koma ja eine Art Schwebezustand, in dem man die Gedanken der Menschen lesen kann, die um einen herum sind. Aber da niemand sich daran erinnern kann, der aus dem Koma erwacht, wissen wir nichts davon. Der Alte hat natürlich nichts gesagt und meine Mutter bloß wie eine Außerirdische angestarrt. Und dann ist er plötzlich aufgestanden und hat mit einem Riesenkrach seinen Stuhl umgeschmissen. Und dann war er raus aus dem Zimmer. Und ich war alleine mit ihr. Es war wie in meinen Horrorträumen. Und einen Augenblick lang habe ich gedacht, sie ist jetzt tot. Tot. Tot. Tot. Und irgendwann habe ich bemerkt, dass ich schreie. Eine Sekunde später war Schwester Margit bei mir. Das war mir irrsinnig peinlich. Aber die Schwester war unglaublich nett und hat mich in den Arm genommen. Obwohl das ganz schön babymäßig war, hat es sich gut angefühlt. Aber versteh einer den Alten: Als wir später in Richtung Aufzug gingen, tauchte am Ende des Gangs ein Arzt auf und der Alte packte mich am Handgelenk und zog mich rasch ins Treppenhaus. Statt mit dem Lift zu fahren, hetzten wir zu Fuß in die Parkgarage im Tiefgeschoß. Ich verstand überhaupt nicht, was los war. Als ich ihn auf der Heimfahrt fragte, was das sollte, schwieg er sich aus. Wenn meine Mutter mir auf eine Frage keine Antwort gegeben hat, löcherte ich sie, bis ich eine hatte. Aber heute im Auto mit dem Alten fiel mir einfach nichts ein. Vielleicht ist Nicht-Reden ja ansteckend? Wenn das so ist, dann bin ich wohl auch bald so ein stummer Fisch wie er.

7

In der Tiefe der Bettlandschaft vibriert Sophies Handy. Es dauert eine Weile, bis sie es endlich zu Tage befördert. Vanessas Name blinkt auf dem Display, Sophie geht lieber nicht ran. Erst muss sie sich darüber klar werden, was in der vergangenen Nacht überhaupt alles passiert ist, was sie Vanessa davon erzählen wird und was nicht. Aber kaum ist das Handy verstummt, schickt Vanessa eine Nachricht hinterher.

Als das Handy abermals vibriert, wühlt Sophie sich wieder durch das Bett. Noch eine Message von Vanessa. Melde dich!, schreibt sie. Ich habe einen Riesenfehler gemacht.

Erst jetzt entdeckt Sophie all die Nachrichten und vergeblichen Anrufe: Wo seid ihr? Wo ist Jonas? Melde dich! Sophie! Come on! Das tut mir alles so leid!

Sophie öffnet das Foto mit Jonas und Gloria. Sie zoomt die Gesichter größer und betrachtet sie eine Weile. Dann öffnet sie die dazugehörigen Infos. Aufnahmezeit: 23 Uhr 46, daneben eine Karte mit einer Positionsnadel: Erlenweg 27, 1130 Wien.

Soll sie die Bombe einfach hochgehen lassen und es kommentarlos an Vanessa schicken?

Sophie entscheidet sich erst mal dagegen. Stattdessen ruft sie Susa an. Als Erstes erfährt sie, dass Susas Vater einen Familienabend verbringen wollte und sie mit ihm deswegen Zoff hatte. Handy weg. Geht's noch? Auch Sophie berichtet im Schnelldurchlauf von den Ereignissen des gestrigen Abends. Bis zu dem Zeitpunkt, als sie das Foto geschossen hat.

»Jonas ist ein Arsch!« Darin stimmen Sophie und Susa überein. Auch darin, dass ihnen das schon immer klar gewesen wäre. Danach hört Sophie eine Weile nur Susas Atem. Schließlich bequatschen sie, was Sophie jetzt tun soll, und stimmen schlussendlich auch darin überein, dass Vanessa ein Recht hat, das Foto zu sehen.

»Bist du sicher?«, fragt Sophie in den Hörer.

»Ja. Sie muss das wissen!« Und Susa will dabei sein, wenn Vanessa es erfährt.

Sophie liest noch mal Vanessas letzte Message: Melde dich! Ich habe einen Riesenfehler gemacht.

Vielleicht auch nicht, tippt Sophie.

Vanessas Antwort folgt prompt: Wie meinst du das?

Sophies Gegenfrage: In einer Stunde im Aquarium?

Vanessa antwortet nie, wenn für sie alles klar ist. Sicherheitshalber setzt Sophie dennoch eine weitere Nachricht ab: Also um drei im Aquarium. Sie schickt sie sowohl an Vanessa als auch an Susa.

Langsam setzt Sophie sich auf. Ein stechender Schmerz

durchzuckt ihren Kopf. Sie hält sich beide Hände an die Schläfen und atmet tief durch. In ihrem Mund herrscht Trockenheit wie in einer Wüste. Aber irgendwo in dem Schreibtisch-Chaos muss eine Wasserflasche sein. Als sie die Flasche tatsächlich hinter ihrem aufgeklappten Laptop findet, saugt sie gierig die lauwarme Flüssigkeit in sich hinein und schluckt den säuerlichen Geschmack mit hinunter. Sie hebt das *Princess*-Shirt vom Boden auf und zwängt sich hinein. Es ist verschwitzt und riecht ziemlich eklig nach Schweiß und Zigarettenrauch. Sophie zieht das Rollo hoch, öffnet die Fenster und blinzelt ins grelle Sonnenlicht. Auf der Kirchturmuhr ist es kurz vor eins. Sie lässt ihren Blick über die Dächer der anderen Häuser schweifen. Diesen Ausblick kennt sie schon seit vierzehn Jahren. Sie blickt auf die Gudrunstraße und die Fußgängerzone hinunter, den Spielplatz, wo Vanessa, Susa und Sophie gespielt haben, ehe zuerst Susa und ein Jahr später auch Vanessa mit ihren Eltern in andere Bezirke gezogen sind. Ein paar Vögel kommen von rechts ins Bild und fliegen nach links wieder hinaus. Sie schaut hinunter auf den neuen Skaterpark und lauscht auf das Rumpeln der Skateboards über den Beton.

Mittlerweile liegt Sophie entspannt in der Badewanne und hat mehrmals warmes Wasser nachlaufen lassen. Sie beobachtet die Luftperlen, die sich auf ihrer Haut sammeln und langsam nach oben steigen.

Am Unterarm ist immer noch Moritz Telefonnummer zu erkennen. Der Sound von *We do what we do* von Jessie J wirbelt durch ihr Hirn. Sie angelt ihr Handy vom Badewannenrand und fügt Moritz und seine Nummer ihren Kontakten hinzu. Anschließend sucht sie den Song bei Youtube und dreht voll auf. Mit dem Badeschwamm rubbelt sie sich die Kugelschreiberziffern von der Haut.

Sophie bleibt im Wasser, bis ihre Fingerkuppen völlig verschrumpelt sind. Dann aber schnell: Raus aus dem Wasser! Sonst löst du dich in Nichts auf, hat ihre Mutter früher immer gesagt. Damals war Sophie überzeugt, ein Mensch könne sich tatsächlich im Wasser auflösen. Nichts würde von ihm überbleiben, nicht das kleinste Partikel, nicht die geringste Spur.

Eine Weile betrachtet Sophie ihr Gesicht im Spiegel über dem Waschbecken. Ihre nassen schwarzen Locken hängen schwer bis zum Kinn herunter. Sie betrachtet ihre spitze Nase, die sie von ihrer Mutter geerbt hat und fährt mit dem Zeigefinger über ihre vollen Lippen, die von ihrem Vater stammen, zumindest behauptet er das.

Susa meinte einmal: ›Du bist älter als ich und jünger als Vanessa, du bist größer als ich und du bist kleiner als Vanessa, du bist genau in der Mitte, aber du bist die Schönste.‹

Sophie hebt ihr Kinn, fasst mit ihren Händen ihre Haare und schiebt sie nach oben zu einem wilden Nest.

Eine Stunde später checkt Sophie im Aquarium die Lage. Pavel ist heute nicht da. Hinter der Theke steht dafür Anette, laut Namensschild auf ihrem Overall. Sie muss neu sein. Sophie hat sie hier noch nie gesehen.

Susa sitzt an demselben Tisch, an dem Jonas, Vanessa und Sophie gestern auf sie gewartet haben. Vanessa ist nicht zu sehen. Wäre aber auch ein Wunder. Sophie kann sich nicht erinnern, dass Vanessa jemals pünktlich oder auch nur eine Minute früher gekommen wäre, außer es ging um Jonas.

Auf der Uhr über der Theke des Aquariums ist es vier Minuten nach drei, Lokalzeit Wien. Auf der Uhr, die die Zeit von New York anzeigt, ist es erst neun Uhr morgens. Wäre das hier Tokio, wäre alles schon längst überstanden.

Sophie stapft zu Susa hinüber. Susa hat ihre Haare zu einem Dutt gebunden, wie Vanessa ihn in letzter Zeit auch oft trägt. Der Becher vor ihr ist bereits halb leer. Sie zappelt mit den Beinen. »Kann ich das Foto sehen?«

Sophie zückt wortlos ihr Handy. Während Susa ausdruckslos auf das Bild starrt, fixiert Sophie erwartungsvoll ihr Gesicht. Als sich Susas Stirn langsam zu kräuseln beginnt, kann Sophie sich nicht länger zurückhalten.

»Und?«, fragt sie erwartungsvoll.

»Krass«, sagt Susa.

»Sag ich doch!«

»Aber …«

»Was?«

Dann glotzt Susa aufgeschreckt über Sophies linke Schulter.

»Ich hol mir was!«, hört Sophie im nächsten Augenblick Vanessas Stimme hinter sich. Und schon ist sie wieder weg.

Susa schiebt Sophie rasch das Handy hinüber, als würde sie es lieber nicht länger in ihrer Nähe haben wollen.

»Was aber …?« Sophie flüstert jetzt.

Susa nimmt einen Schluck aus ihrem Becher.

»Was meinst du?«

»Nichts«, sagt Susa und weicht Sophies Blick aus.

»Soll ich es ihr doch nicht zeigen?«

»Doch, natürlich!«

»Bist du sicher?«

»Achtung, sie kommt!«

Vanessa setzt sich mit ihrem Chai Latte an den Tisch. Sie hat dasselbe an wie gestern: Sneakers, Jeans, das T-Shirt mit dem Totenkopf, rote Lederjacke. Unter den Augen hat sie Ringe.

»Warst du nicht zu Hause?«, fragt Sophie besorgt.

»Warum habe ich mich bloß so bescheuert benommen«, stöhnt Vanessa statt einer Antwort. »Ich bin so eine Idiotin!«

»Nein, bist du nicht«, sagt Sophie schnell und will wissen, ob sie mittlerweile was von Jonas gehört habe.

»Er hat sein Handy ausgeschaltet«, sagt Vanessa verzweifelt. »Das war noch nie. Ich habe ihn circa tausendmal angerufen.«

»Vielleicht ist sein Akku leer«, überlegt Sophie.

»Seit zwölf Stunden? Schwachsinn!« Vanessas rote Lippen umschließen den Strohhalm. Langsam steigt der Chai Latte zu ihrem Mund hoch. Sie lässt sich extra viel Zeit, trinkt den Becher bis auf den letzten Rest leer, schiebt ihn schließlich in die Mitte des Tisches und hält ihn mit ausgestreckten Armen fest. »Und jetzt sag, was gestern passiert ist«, fordert Vanessa Sophie leise auf, als wäre sie nun bereit für das Schlimmste.

Sophie ist sich plötzlich nicht mehr ganz so sicher, ob es

wirklich ein Freundschaftsdienst ist, Vanessa das Foto unter die Nase zu halten. Schon gar nicht in Vanessas derzeitigem Zustand. »Was soll passiert sein? Es ist nichts passiert!«

Im Augenwinkel fängt Sophie Susas ungläubigen Blick auf.

»Irgendwas wird doch passiert sein!« Vanessa legt ihre Rechte auf die Stirn und schiebt langsam ihre Haare zurück. »Sag schon!«

Sophie zuckt mit den Schultern. »Erst haben wir gedacht, du kommst vielleicht wieder zurück …«

»Bin ich auch!«, behauptet Vanessa prompt.

»Wir haben gewartet.«

»Ihr hättet eben länger warten müssen.«

»Du bist wirklich wieder zurückgekommen?«, fragt Sophie ungläubig.

»Egal. Weiter!«

»Jonas hat gesagt, er geht auch alleine auf die Party«, fährt Sophie nach einer Pause fort.

»Und?«

»Er hat mir angeboten, mich mitzunehmen. Wenn ich mag.«

Vanessa schnappt hörbar nach Luft. »Das hast du aber nicht, oder?«

»Warum nicht?«

»Du bist mit ihm da raus …?«, fragt Vanessa sichtlich schockiert. Und ehe Sophie fragen kann, warum das nicht möglich sein soll, kommt schon die Antwort. »Weil ich deine Freundin bin …«

»… die mich gestern genauso einfach hat sitzen lassen«, ergänzt Sophie verärgert.

Vanessa dreht den Kopf zur Seite und starrt eine Weile zu den drei Mädels, die schon die ganze Zeit neugierig zu ihnen herüberschauen. Dann wendet sie sich wieder Sophie zu: »Weiter!«

Sophie erzählt, dass die Musik okay war, aber auch nicht der Wahnsinn, dass sie abgetanzt habe, dass es jede Menge zu trinken gab, man konnte sich das an einem riesigen Kühlschrank (»Das hast du noch nicht gesehen!«) bedienen, und natürlich, dass Vanessa recht hatte, die Villa und der Park, total irre, mindestens zehn Mille so eine Bude und …

»Hat Jonas mit einer anderen getanzt?«, fährt Vanessa irgendwann dazwischen, als könnte sie Sophies belangloses Gelaber nicht länger ertragen.

»Nein«, sagt Sophie, korrigiert sich aber, weil es doch zu unglaubwürdig klingen muss. »Ja.«

»Was jetzt?«

»Du weißt doch, wie das ist. Man tanzt so vor sich hin, irgendwie alleine und irgendwie mit anderen.«

Vanessa klimpert mit ihren Fingernägeln auf der Tischplatte, spitzt ihre Lippen und ihre Augen ruhen auf Sophie, ohne sie anzusehen. Bis jetzt hat Susa schweigend zugehört. Aber innerlich bebt sie. So unauffällig wie möglich schüttelt Sophie den Kopf, um Susa davon abzuhalten, aber zu spät.

»Zeig ihr das Foto!«, tönt Susa.

Augenblicklich schnellt Vanessas Blick zu Susa. »Was für ein Foto?«

Nichts wünscht Sophie in diesem Augenblick sehnlicher, als dass Susa den Mund gehalten hätte.

»Was für ein Foto?«, fragt Vanessa noch mal.

Kommentarlos öffnet Sophie die Foto-App und schiebt ihr das Handy hin, wie sie es vorhin Susa hingeschoben hat. Vanessa reißt die Augen auf. Sophie ist vollkommen klar, dass gerade etwas vollkommen schiefzulaufen beginnt, in eine vollkommen falsche Richtung. Und sie versucht das Bestmögliche, um es rechtzeitig zu stoppen: »Nicht du bist die Idiotin, er ist ein Idiot. Er hat dich nicht verdient. Du bist zu gut für ihn. Ich habe nur Verachtung für ihn. Es tut mir so leid ...«

Susa hat zu jedem von Sophies Sätzen genickt. Vanessa rührt sich immer noch nicht. Als Sophies beruhigende Hand auf Vanessas Unterarm zu liegen kommt, zuckt Vanessa zurück, als hätte sie ein Stromschlag getroffen.

»Was tut dir leid?«, fragt Vanessa fast tonlos. Bleich starrt sie immer noch auf das Bild des Verrats.

»Dass du dich in Jonas so getäuscht hast.«

»Was soll das sein?«

»Was?«, fragt Sophie verwirrt.

»Auf dem Foto!«, herrscht Vanessa sie an.

»Aber ... das sind Jonas und Gloria«, sagt Sophie verblüfft. »Das sieht man doch!«

»Und warum zeigst du mir das?«

»Um dir zu beweisen ...« Sophie merkt, wie sie rot anläuft. »Dass ... Jonas mit Gloria und dass ... mein Gott ... dass er ... das sieht man doch«, stottert sie.

»Du zeigst mir ein Foto, auf dem nichts zu erkennen ist und behauptest …?« Vanessa schlägt das Handy so heftig auf den Tisch, dass Sophie fürchtet, dass das Display das nicht überlebt haben kann.

Fassungsloser Zorn blitzt aus Vanessas Augen. »Was soll der Scheiß?«, kreischt sie.

Wie ein Echo lachen die Mädchen am Nebentisch auf.

»Schnauze!«, bellt Vanessa sie an.

»He, he, he, beruhige dich«, bittet Sophie.

»Warum soll ich mich beruhigen?« Vanessa verpasst ihrem Becher einen Schlag mit dem Handrücken, dass er quer durch den Raum segelt. Sophie springt auf und hechtet ihm hinterher.

»Hau jetzt nicht ab!«

»Ich hau nicht ab, ich sorge nur dafür, dass wir hier nicht gleich rausfliegen!«, ruft Sophie beleidigt. Während sie den Becher aufhebt, spürt sie die neugierigen Blicke der anderen Gäste auf sich. Am liebsten würde sie vor Peinlichkeit im Boden versinken.

»Ich war dabei«, sagt Sophie leise, als sie wieder am Tisch sitzt. »Und Susa hat die beiden auch auf dem Foto …«

»Du hast auf diesem Bild jemanden erkannt?« Wie ein Peitschenhieb schnalzt Vanessas Satz in Susas Richtung.

»Na ja«, druckst Susa herum, »so richtig erkannt … nicht … würde ich nicht sagen … aber … aber Sophie hat gesagt …« Hilflos zuckt Susa mit den Schultern.

Sophie kann nicht glauben, was sie gerade gehört hat. Gleichzeitig prasseln Vanessas Worte wie ein Hagel im Hochsommer auf sie nieder: »Du bist echt das Ärgste! Ich bin so enttäuscht von dir! Ich kapier es nicht! Damit ist alles klar? Du hasst mich? Du machst alles kaputt!«

»Wenn, dann hat Jonas alles …!« Sophie wird jetzt auch laut.

»Dafür hast du keinen Beweis«, unterbricht Vanessa.

»Glaub mir doch einfach!«

Sophie wendet sich an Susa und will jetzt auch von ihr eine Antwort. »Vanessa hält mich für eine Lügnerin, oder? Ist doch so? Und ich weiß nicht, was schlimmer ist!«

Aber Susa schaut nur, als wäre sie taub. Sophie atmet genervt durch. So ist das jedes Mal, wenn sie und Vanessa unterschiedlicher Meinung sind. Susa weiß nie, auf welcher Seite sie stehen soll.

Und Vanessa springt auf, zack und weg. Genau wie am Vortag.

Erst jetzt wagt Sophie ihr Handy umzudrehen, um zu sehen, ob es Vanessas Attacke heil überstanden hat. Hat es, wenigstens das. Ohne lange darüber nachzudenken, sucht sie das Foto mit Jonas und Gloria und drückt: Löschen. Das Foto verzieht sich in den elektronischen Papierkorb.

»Vielleicht besser so«, kommentiert Susa matt.

Dabei wissen beide, dass damit absolut nichts ungeschehen gemacht ist. Ich hätte auf Moritz hören sollen, denkt Sophie.

»Es tut mir leid«, sagt Susa nach einer Pause etwas verschämt, »aber ich wollte es dir schon vorher sagen, dass man Jonas auf dem Bild eigentlich nicht erkennt …«

»Schon gut«, beruhigt Sophie sie.

Wäre sie gestern nicht. Hätte sie gestern nicht. Gestern: Was für ein Scheißtag! Und heute? Und jetzt? Was wird morgen sein? Wie soll sie das alles zwischen Vanessa und ihr wieder in Ordnung bringen?

»Du musst mit Jonas reden.« Damit fügt Susa Sophies galoppierenden Gedanken einen weiteren hinzu.

»Und was sag ich ihm?«, fragt Sophie hilflos.

»Du musst erst einmal herausfinden, ob Jonas noch etwas für Vanessa empfindet«, erklärt Susa ihren Plan. »Dann musst du ihm klar machen, dass Vanessa ihn immer noch liebt, dass Vanessa ohne ihn nicht leben kann. Danach musst du Jonas dazu bringen, dass er sich bei Vanessa entschuldigt. So erfährt Vanessa, dass du nicht gelogen hast. Entweder sie verzeiht ihm oder nicht. Für dich ist das egal. Sie wird wissen, dass du nicht gelogen hat.«

Klingt gut. Aber schließlich hat Sophie doch Zweifel »Und wenn Jonas nichts mehr mit Vanessa zu tun haben will?«, fragt Sophie.

»Finde es heraus!«

Sophie lässt Susas Plan noch mal für ein paar Sekunden durch ihr Hirn sickern, dann hellen sich ihre Gesichtszüge merklich auf. »Du hast recht. Eine andere Chance habe ich nicht.«

»So ist es«, sagt Susa und lacht.

Sophie lacht auch. »Du bist die Klügste von *uns drei Prinzessinnen.*«

»Ohne Zweifel wird alles wieder gut«, ist Susa überzeugt.

Und das ist in diesem Augenblick das Einzige, was wirklich zählt, das Einzige, was im gesamten Universum wirklich wichtig ist. Zumindest für Sophie.

8

Samstag, 13. Mai, später. Skaterpark ohne Board und ohne Tim bringt gar nichts. Also war ich einen Burger futtern. Dann bin ich auf der Fuzo an den Geschäften vorbei. Hat mich aber null interessiert. Interessant war was anderes, später, zu Hause: Es fing damit an, dass es bestimmt dreimal geklingelt hat, aber der Alte keinerlei Anstalten machte, an die Tür zu gehen. Es war wie bei dem Arzt im Krankenhausflur, der Alte schien sich vor irgendwas zu fürchten. Ich fand das idiotisch. Und schließlich wohne ich jetzt auch hier. Es hätte ja auch für mich sein können (rein theoretisch). Also bin ich zur Tür. Der Protest des Alten war mir egal. Er wird sich sowieso irgendwann daran gewöhnen müssen, dass ich anders ticke als er. Vor der Tür stand ein Mann, der trug Hausschuhe, braune Hose, grün-weiß gestreiftes Hemd. Kurze graue gepflegte Haare, kleiner und dünner als der Alte. Er wusste, wie ich heiße. Aber okay, mein Name hat sich eben mittlerweile herumgesprochen. Dann erkundigte er sich nach unserem Besuch bei meiner Mutter. Das fand ich eigentlich ziemlich nett. Die Frage ist nur:

Wieso wusste er, dass wir bei ihr gewesen waren? Konnte er nur vom Alten. Warum benahm der sich dann aber so komisch? Nicht einmal richtig anschauen konnte er den Mann. Nächste Überraschung: Ich soll ihn Alfred nennen. Warum soll ich einen wildfremden Menschen beim Vornamen nennen? Außerdem will er, dass ich ihn mal besuchen komme. Er wohnt hier im Haus (habe ich mir schon wegen der Hausschuhe zusammengereimt), im zehnten Stock. Er hat da oben eine tolle Aussicht. Okay, kann ich ja bei Gelegenheit mal machen. Als dieser Alfred wieder weg war, schaute der Alte drein, als würde er sich für irgendwas schuldig fühlen. Logischerweise musste ich wissen, wer das gewesen ist. Er äffte aber nur unseren Besucher nach: Du kannst mich Alfred nennen. Das ist eine Null-Information. Dann hatte ich eine Eingebung, keine Ahnung warum, aber plötzlich war mir völlig klar: Wenn ich jemals etwas über den Alten herausfinden möchte, dann brauche ich diesen Alfred.

9

Der Kastanienbaum dort draußen ist angeblich zweihundert Jahre alt. Irgendwann wurde um ihn herum eine Schule gebaut. Heute winkt er mit seinen hellgrünen Blättern und es riecht nach Frühsommer.

Sophie sitzt im sperrangelweit offenen Fenster, schaut in den Hof hinunter und hat eben Jonas mit zwei anderen Typen am Eingang zur Turnhalle entdeckt. Sie haben sich gerade Zigaretten angezündet. Jonas legt den Kopf in den Nacken und lässt den Rauch senkrecht in die Luft steigen. Für einen Augenblick meint Sophie, Jonas habe zu ihr heraufgeschaut, aber es gibt keinerlei Anzeichen, dass er sie erkannt hätte. Vielleicht hat er sie aber auch erkannt, tut aber so, als hätte er nicht.

Hinuntergehen und mit Jonas reden bringt gar nichts, weiß Sophie. Er würde auf keinen Fall mit ihr ein paar Schritte zur Seite machen. Deshalb hat sie heute Morgen als Erstes die Stundenpläne neben dem Eingang zum Lehrerzimmer studiert. Jonas geht in die 6c und sein Unterricht endet um eins. Dummerweise hat Sophies Klasse von zwölf bis zwei eine Doppelstunde bei Frau Sommer.

Das hysterische Lachen ihrer Sitznachbarin schreckt Sophie auf. Yvonne hockt auf dem Tisch, um sie herum stehen ein paar andere im Halbkreis.

»Wie alt?«, hört Sophie Sarah fragen.

»Siebzehn«, antwortet Yvonne.

Siebzehn ist gut. Niemand hat Lust auf einen Gleichaltrigen. Aber Sophie ist sich ziemlich sicher, dass wieder einmal nichts hinter Yvonnes Geplapper steckt. Also klappt sie ihre Ohren zu und beobachtet, wie Jonas und sein Gefolge zum Kastanienbaum hinüberschlendern.

»Und dann?«, kräht Sarah plötzlich so laut, dass Sophie doch wieder hinhören muss.

»Küsst er mich«, antwortet Yvonne genüsslich.

»Und dann?«

»Flüstert er mir wunderschöne Sachen ins Ohr.« Und so weiter.

Alles von Yvonne klingt auswendig gelernt und nach Vorabendserie.

»Was sagt er denn so?« Lukas' Stimme zieht Sophies Aufmerksamkeit wieder zurück in die Klasse. Er klingt, als würde er unbedingt etwas von Yvonne lernen wollen.

»Das ist sein und mein Geheimnis.«

»Ein einziges Beispiel bitte nur!«, mischt sich jetzt auch Luis ein.

Georg lacht spöttisch. »Warum lässt du uns dumm sterben?«

»Weil es so einen Typen überhaupt nicht gibt«, hetzt Luis. »Glaubt ihr bloß kein Wort! Yvonne lügt doch!«

»Bitch! Angeberin! Das ist ja nicht das erste Mal, dass du einen Scheiß erzählst!«, tönt es jetzt durch die Klasse.

Es hatte für Yvonne eigentlich gut angefangen, aber jetzt hat die Stimmung umgeschlagen. Vielleicht sollte ich ihr beistehen?, überlegt Sophie, die plötzlich ein wenig Mitleid mit ihr bekommen hat. Aber in diesem Augenblick schrillt ohnehin die Pausenklingel, und die Rettung kommt von Frau Sommer, der jungen Deutschlehrerin. Als sie die Klasse betritt, schließt sie als Erstes alle Fenster. Luis und Lukas und Georg kehren zu ihren Plätzen zurück.

Yvonne ist fast am Heulen.

»Warum musst du ihnen auch immer diese Geschichten auftischen?«, flüstert Sophie.

»Wieso weißt du, dass es nicht stimmt, was ich gesagt habe?« Yvonne wischt sich die Tränen ab.

»Ganz einfach. Weil ich dich kenne. Und du bist nur entschuldigt, weil du selbst daran glaubst, während du darüber sprichst.«

Frau Sommer muss die Klasse mehrmals um Ruhe bitten. Sie ist noch sehr jung, und wenn sie sich manchmal nur schwer durchsetzen kann, scheint ihr das nicht viel auszumachen. Sie bleibt immer freundlich. Umso mehr bedauert Sophie ihren Plan, den sie heute verfolgen muss. Und als Frau Sommer kurz vor eins eine kurze Pause vorschlägt, ist der richtige Zeitpunkt dafür gekommen. Sophie hebt die Hand: »Mir ist nicht gut. Mir ist schwindelig und so«

»Vielleicht hast du zu wenig getrunken«, überlegt Frau Sommer besorgt.

Sophie schüttelt langsam den Kopf. »Mir war schon heute Morgen schlecht.«

»Warum bist du dann überhaupt in die Schule gekommen?«

»Meine Mutter hat gedacht, ich sag das bloß, um zu Hause bleiben zu können.«

Frau Sommer macht ein Gesicht, als würde sie von Eltern zwar anderes erhoffen, aber eigentlich nichts anderes erwarten.

»Weißt du was?«, sagt sie sanft. »Du packst jetzt deine Sachen, Sophie, gehst ins Sekretariat hoch und bittest Frau Hase, deine Mutter oder deinen Vater anzurufen, damit sie dich abholen. Denkst du, das ist möglich?«

»Meine Mutter hat Dienst, aber mein Vater kann bestimmt«, antwortet Sophie mit gespielt matter Stimme.

»Na, dann los!«

Eine halbe Minute später schlägt Sophie die Klassentüre hinter sich zu. Ja! Sie ballt die Faust. Es hat geklappt, jubelt sie und springt, statt die Treppe zu Frau Hase hinaufzusteigen, die Treppe nach unten und ins Freie und weiter zum Parkplatz.

Als Jonas Sophie neben seiner KTM entdeckt, stutzt er, kommt dann aber doch entschlossen auf sie zu. Er hat seine Haare wieder zu einem Zöpfchen gebunden und trägt eine schwarze Umhängetasche. »Was willst du?«

Einer, den Sophie mit Jonas im Hof gesehen hat, kommt vorbei und schlägt Jonas auf die Schulter. »Sehen wir uns später?«

»Kann ich noch nicht sagen.«

»Hat es was mit der Tussi zu tun?« Der Typ mustert Sophie mit einem schiefen Grinsen.

»Was schaust du so?«, fragt Sophie.

»Du glaubst, ich schau wegen dir?«, fragt der Typ. »Träum weiter!«

Arschloch, denkt Sophie. Der Typ schwingt sich auf seine Vespa und braust davon.

»Schickt dich Van?« Jonas schnallt seinen Helm ab.

Sophies Blick streift seine Lippen und stellt sich einen Augenblick lang vor, wie sie Gloria geküsst haben. »Ich hab ein Foto gemacht«, sagt Sophie schließlich.

»Ein Foto?«

»Von dir und Gloria.«

»Ist ja sensationell!«, sagt er spöttisch und schwingt sich auf sein Motorrad. »Und was willst du damit?«

»Ich will wissen, was mit dir und Vanessa ist.«

»Sag doch gleich, dass sie dich …«

»Hat sie nicht, ehrlich!«

Jonas atmet genervt durch und heftet seinen Blick auf den Weg zum Schultor. Dort scheint er irgendjemanden entdeckt zu haben, den er im Moment lieber nicht treffen will.

»Also komm!«, fordert er Sophie auf. »Wir reden woanders.«

Wenig später sitzen sie auf der KTM und Jonas gibt Gas.

Wie Freitagnacht legt Sophie ihre Arme um Jonas und faltet ihre Finger vor seinem Bauch. Die Sonne blendet Sophie und sie schaut in das Licht, bis sie Sterne tanzen sieht.

Zehn Minuten später bremst Jonas am Straßenrand. Von hier oben kann man auf den Donaukanal hinuntersehen, der die Innenstadt durchzieht. Dort sind auch die Lokale, wo *die drei Prinzessinnen* letzten Sommer oft gewesen sind. Jonas läuft voraus, die Böschung hinunter und hält an der Kante zum Wasser. Nur einen halben Meter unterhalb rauscht der Fluss. So voll hat Sophie den Kanal noch nie gesehen. Die Strömung ist stark und es bilden sich immer wieder Strudel. Unwillkürlich tritt sie einen Schritt zurück. Jonas hat sich eine Zigarette angezündet. Zwei Fahrradfahrer fahren hinter ihnen vorbei. Jonas raucht. Sophie weiß nicht, wie sie anfangen soll. Also sieht sie erst einmal einem Entenpärchen zu, das gegen die Strömung ankämpft.

»Du kannst Vanessa übrigens ausrichten, dass Gloria eine blöde Kuh ist«, erklärt Jonas zwischen zwei Zügen.

»Echt?« Sophie tut erstaunt. Ihre wahren Gefühle (vorsichtige Erleichterung, Freude) versucht sie zu verbergen. »Aber sag es ihr doch selber«, schlägt sie vor.

»Gehen wir ein Stück?« Jonas wirft den Zigarettenstummel ins Wasser und macht sich auf den Weg.

Sophie schaut dem Stummel hinterher, bis ihn ein Strudel nach unten zieht, dann läuft sie Jonas nach, um ihn schließlich einzuholen. Wieder kommen Fahrradfahrer vorbei. Einer weicht links, der andere rechts aus.

»Hast du Van das Foto gezeigt?«

»Ja.«

Jonas geht ungerührt weiter. Entweder hat er ohnehin damit gerechnet oder es ist aus irgendeinem Grund kein Problem für ihn. »Und was hat sie gesagt?«

Sophie zuckt mit den Schultern. »Ich habe es gelöscht. Aber es war eigentlich auch nichts auf dem Foto zu erkennen«, gesteht Sophie.

»Wie … nichts zu erkennen?«

»Nichts eben. Keine Gesichter. Es war ja so dunkel in diesem Partykeller. Zumindest behaupten das Vanessa und Susa.«

Jonas bleibt abrupt stehen und schließt die Augen, als müsste er sich erst einmal konzentrieren, um zu kapieren, was diese Information für ihn bedeutet.

»Was willst du dann von mir?«, fragt er schließlich herausfordernd.

»Ich möchte, dass du etwas tust.«

»Und zwar?«

»Ganz einfach«, ist Sophie überzeugt, »ruf Vanessa an.«

»Warum ganz einfach?«

»Weil sie dich will«, sagt Sophie sanft. »Weil sie in dich verliebt ist.«

»Alles klar.« Jonas hat seine alte Sicherheit wieder gefunden und nickt, als wäre alles andere ohnehin nicht glaubwürdig.

»Alles klar«, wiederholt Sophie. Susas Plan scheint aufzugehen.

»Hat sie das gesagt?«, fragt Jonas dann doch.

»Glaub mir, es ist völlig klar, auch ohne dass sie es gesagt hat.«

»Okay.«

»Du rufst sie an?«

Jonas grinst, als hätten sich für ihn in diesem Augenblick völlig unerwartete Möglichkeiten eröffnet.

»Rufst du sie an?«

»Warum liegt dir so viel daran?«

»Mir liegt etwas an Vanessas Glück«, entgegnet Sophie.

Und ihr eigenes Glück hängt auf vertrackte Weise davon ab, dass Vanessa und Jonas miteinander sprechen.

Eine Weile gehen sie schweigend nebeneinander her. Irgendwann schaut Sophie zu Jonas hoch. Er lächelt sie an, eigentlich total nett. Und plötzlich kommt er ihr gar nicht mehr so unsympathisch vor. Auch wenn er mit Gloria rumgemacht hat. Auch wenn er und seine Freunde aufgeblasene Angeber sind.

Als Jonas kurze Zeit später seinen Abgang ankündigt, fragt er sie dann doch nicht, ob er sie irgendwohin mitnehmen soll. Bevor er endgültig abhaut, will er dann allerdings noch etwas wissen: »Wie bist du eigentlich von der Party nach Hause gekommen?«

»Mit dem Taxi.« Sophie schafft die Lüge, ohne rot anzulaufen.

»Wie auch sonst«, sagt Jonas und lacht.

»Eben«, sagt Sophie.

Dann spurtet er los.

Nach einer Weile hört Sophie, wie die KTM startet. Sie

tippt eine Nachricht an Susa: Alles wird gut, mein liebstes Genie! Ich bin froh, dass ich dich habe! Und ein Herzchen. Susa schickt fünf Herzen zurück.

Sophie schaut die Uferpromenade hinauf und hinunter nach einem U-Bahn-Schild. Tatsächlich entdeckt sie eines in vielleicht fünfhundert Metern Entfernung. Sophie geht den Weg zurück, den sie mit Jonas entlanggegangen ist, dann kommt sie wieder an den Restaurants vorbei. So richtig los geht es hier erst wieder Anfang Juni, Und plötzlich ist Sophie voller Vorfreude auf kühle Drinks mit Vanessa und Susa, die Ferien, aufs Nichtstun. Auf *die drei Prinzessinnen.* Den Urlaub am Meer in Kroatien mit ihren Eltern, auf die hohen Wellen und den salzigen Geschmack im Mund.

10

Sophie starrt auf den schlafenden Vater, eingehüllt in die karierte Decke, in die sich ansonsten ihre Mutter beim Fernsehen einwickelt. Am liebsten würde Sophie ihn wachrütteln und anschreien: Bist du verrückt! Wie kannst du mich nur so erschrecken! Aber sie reißt sich zusammen und schaltet stattdessen den Fernseher stumm, hockt sich in den Sessel gegenüber der Couch und zieht ihre Beine an. Ihr Herz schlägt immer noch wie wild gegen die Brust.

Auf der Mattscheibe flimmert ein Zeichentrickfilm, alle Figuren sind Früchte mit irrsinnig großen Mündern, die sie andauernd weit aufreißen, auch wenn sie gerade nicht quatschen, vermutlich um Luft zu kriegen.

Was macht er hier? Warum ist er am Wochenende nicht nach Hause gekommen, aber an einem Montag?

Bei jedem Atemzug beben seine Nasenflügel. Schon als Kind war Sophie von den Nasenlöchern ihres Vaters fasziniert. Wenn sie morgens ins Schlafzimmer kam und er schlief noch, hatte sie sich ganz nahe zu ihm hin gebeugt und einen leisen Luftstrahl auf ihrer Wange gespürt. Aber dann hatte er sie plötzlich gepackt und Sophie so erschreckt, dass sie schrie wie am Spieß. Er hatte sich nur schlafend gestellt. Damals war sie drei oder vier.

Sophies Vater seufzt im Schlaf, er zieht die Decke über seinen Kopf und beginnt zu schnarchen.

Als ihr Vater arbeitslos wurde, war sie zehn. Ein halbes Jahr später fand er einen neuen Job in Salzburg, der Stadt, wo er vor zweiundvierzig Jahren geboren worden war. Ein paar Horrorwochen lang hatten Sophies Eltern ernsthaft darüber nachgedacht, dorthin zu übersiedeln. Sophie wäre nie und nimmer mitgegangen, nie und nimmer hätte sie sich von Vanessa und Susa getrennt. Die drei Freundinnen würden in einen Hungerstreik treten (Susas Vorschlag), zusammen abhauen (Sophies Vorschlag), und als allerletzte Möglichkeit schlug Vanessa vor: gemeinsamer Selbstmord. Sie waren wild entschlossen, bis zum Äußersten zu gehen. Aber Sophies Mutter fand keine Arbeit in Salzburg und von Wien aus ist man mindestens drei Stunden lang unterwegs. So mietete ihr Vater eine kleine Wohnung, wo er Montag bis Freitag übernachten konnte. Sophie, Susa und Vanessa mussten nichts von ihren Vorhaben umsetzen. Die Frage, ob sie auch nur für eine ihrer geplanten Aktionen den Mut gehabt hätten, konnte unbeantwortet bleiben. Sophies Mutter ließ sich nicht mehr für Nachtdienste einteilen und blieb am Wochenende zu Hause. Anfangs glaubte ihr Vater, sich besonders für Sophie interessieren zu müssen, und stellte andauernd Fragen über die vergangene Woche, die nur nervten. Aber bald hatten sich alle an die neue Situation gewöhnt und Sophie dachte auch nur noch selten daran, dass es eine Zeit gegeben hatte, in der ihr Vater nicht Montagfrüh abhaute und erst Freitagabend wiederkam. Dass er jemals an einem Montag nach Hause gekommen war, daran kann Sophie sich allerdings nicht erinnern.

Das Schnarchen hört so abrupt auf, dass Sophie einen Augenblick lang fürchtet, ihr Vater hätte überhaupt zu atmen aufgehört. Aber dann beginnt er sich ganz langsam zu bewegen, wie ein Tier, das aus dem Winterschlaf erwacht. Schließlich setzt er sich mit einem Ruck auf. Eine Weile betrachtet er stumm seine Tochter. Sie zieht ihre Beine weiter an und verschränkt die Arme.

»Na, meine Große!« Er leckt sich über die Lippen. »Kannst du mir ein Glas Wasser holen?«

Unter anderen Umständen hätte Sophie gemault und wissen wollen, warum er das nicht selbst machen könne? Heute nicht. Er hat traurige Augen, denkt sie auf dem Weg in die Küche, vielleicht ist er aber auch bloß immer noch müde.

Sie stellt ihrem Vater ein Glas mit Mineralwasser hin. »Warum bist du heute daheim?«

Er hat in der Zwischenzeit den Fernseher ausgeschaltet. Schluckweise kippt er das Wasser in sich hinein.

»Wie geht es dir?«, fragt er, statt zu antworten.

»Alles gut.«

»Auch in der Schule?«

»Auch.«

Jetzt hebt er doch seinen Blick und betrachtet ihr T-Shirt mit dem *Ich-bin-hier*-Aufdruck. »Lustig, was du da anhast.«

»Hab ich schon länger.«

»Trotzdem.«

»Okay.«

»Was war am Wochenende?«, will ihr Vater wissen.

»Ist das ein Verhör?«

»Nein.« Er nimmt wieder einen Schluck.

»Wir haben bei Susa übernachtet«, sagt Sophie. »Und wir haben uns Filme angesehen.« Für den Bruchteil einer Sekunde glaubt sie selbst an das, was sie da gerade redet, wie Yvonne, wenn sie ihre Lügengeschichten verbreitet.

»Was für Filme?«

Schlagartig ist Sophies Kopf komplett leer, ein Hohlkopf, es fällt ihr kein einziger Filmtitel ein. »Irgendwelche«, sagt sie rasch.

»Eigentlich weiß ich überhaupt nicht, welche Filme du magst«, sagt ihr Vater nach einer Pause und lacht verlegen. »Komische oder traurige oder Liebesfilme oder Horror.«

»Ist auch nicht so wichtig«, meint Sophie.

»Als ich in deinem Alter war …« beginnt er, aber es scheint, als hätte er mitten im Satz vergessen, was er sagen wollte. Er durchwühlt seine Hosentaschen, sucht nach Zigaretten, findet aber keine.

»Als ich so alt war wie du«, fängt er noch mal an. Sophie wartet auf eine Aufzählung von Filmen, die er damals gesehen hat. Aber zu ihrer Überraschung fragt er: »Bist du verliebt?«

Er hat ihr so eine Frage noch nie gestellt. Sophie blickt ihren Vater schockiert an. »Nein. Wieso?«

»Als ich so alt war wie du jetzt bist«, beginnt er ein weiteres Mal, »bin ich zum ersten Mal verliebt gewesen.«

»In Mama?«

Ihr Vater schüttelt den Kopf. »In ein Mädchen, das in derselben Straße aufgewachsen war wie ich. Ihre ältere Schwester ist mit mir in die Schule gegangen. Manchmal bin ich bei denen zu Besuch gewesen. Lange Zeit habe ich sie nicht weiter beachtet, im Gegenteil, ich habe sie ziemlich doof gefunden.«

»Und dann?«

Er zuckt mit den Achseln und lacht. »Dann nicht mehr. Aber ich habe es ihr nie gesagt.«

»Warum nicht?«

»Ich habe Angst gehabt, sie will nichts mit mir zu tun haben.«

»Klar.«

»Warum klar?«

»Warum sonst?«

»Vielleicht weil ich noch nicht so weit gewesen bin?« Ihr Vater hat sie die ganze Zeit über nicht angesehen.

Warum erzählt er ihr das? Will er ihr klar machen, dass sie auch noch nicht so weit ist, sich zu verlieben?

»Egal«, sagt Sophies Vater auf einmal, »ich habe einfach gerade daran denken müssen, das ist alles. Und es ist eigentlich auch nicht wichtig. Du hast mir von den Filmen erzählen wollen, die du und deine Freundinnen angeschaut habt, das ist sicherlich spannender.«

»Auch nicht«, sagt Sophie. »Das ist auch nicht so wichtig.«

Sophies Vater sitzt mit hängenden Schultern vor ihr und nickt nachdenklich.

Als sie den Lift auf ihrem Stockwerk anhalten, Sophies Mutter den Schlüssel ins Schloss stecken und die Tür öffnen hören, haben sie schon mindestens eine Minute lang geschwiegen. Als die Mutter in der Tür erscheint, wundert sie sich überhaupt nicht, kein bisschen, dass Sophies Vater da ist. Sie ist nicht eine Spur überrascht, dass er auf dem Sofa sitzt. Im Unterhemd. Ein Glas Wasser vor sich. Ihre Fernsehdecke auf dem Schoß. Offensichtlich wusste sie Bescheid, dass er nach Hause kommen wird, hat sich aber nicht die Mühe gemacht, Sophie davon zu erzählen.

11

Montag, den 15. Mai. Keine Ahnung, ob Tim wirklich mein Freund ist oder nicht. Eigentlich war ich auch früher nie absolut sicher. Wenn wir skaten waren und er mir dabei Sachen gezeigt hat, dann ja. Aber als er zwei Monate lang mit dieser Tussi zusammen war und ich ihnen begegnet bin, hat er so getan, als wäre ich Luft. Als würde er sich dafür schämen, dass er mich kennt. Scheiße war das! Dann war das mit der Tussi vorbei und alles wieder normal. Natürlich fand ich das gut, aber irgendwie auch nicht. Freunde sollten Freunde sein, egal was passiert, und nicht mal so und mal so. Das macht einen ganz verrückt, man weiß nie genau, ist man jetzt best friend oder ein Unbekannter. Besonders bei Tim finde ich das ziemlich überflüssig. Er kennt mich schließlich seit meiner Geburt. Er ist drei Jahre älter und wohnt auf demselben Gang wie meine Mutter und ich. Aber seit ich von dort weg bin, wieder dasselbe. Ich habe ihm jeden zweiten Tag eine Message geschickt, treffen wir uns nach der Schule zum Skaten usw. Null Antwort. Als würde ich nicht mehr existieren. Aber heute habe ich das Board geholt. In den vergangenen Tagen bin ich ein paarmal kurz vor der Wohnung abgebogen. Auch heute machte es mich ziemlich nervös dorthin zu gehen, wo meine Mutter und ich nicht mehr sind. Trotzdem habe ich es geschafft. Ein Tipp von mir an meinen Leser in 100 Jahren: Solltest du jemals Hals über Kopf deine Wohnung verlassen müssen, kümmere dich um so Sachen wie Katzenklo, Geschirrspüler und Mülleimer. Ich hätte mich fast übergeben müssen, so sehr hat es in unserer Wohnung gestunken. Am liebsten hätte ich nur mein Board geschnappt und weg. Aber dann hätte ich immer an den Gestank in unserer Wohnung denken müssen. Also bin ich mit zugehaltener Nase von Zimmer zu Zimmer, habe alle Fenster aufgerissen, den Geschirrspüler mit dem angeschimmelten Geschirr gestartet, Dienstags Katzenklo entsorgt, den müffelnden Müllsack zu den Tonnen gebracht. Aufgeräumt und geputzt usw. Dann bin ich zu Tim. Seine Mutter war total überrascht und wollte alles Mögliche wissen. Tim nicht. Er hatte illegal ein neues Game heruntergeladen. Deshalb hatte er auch keine Lust auf Skaten. Jemandem beim Spielen über die Schulter zu schauen ist noch langweiliger als beim Skaten zuschauen ohne eigenes Board. Nach zehn Minuten war ich wieder weg. Wir haben vielleicht fünf Sätze gewechselt. Heute ist einer dieser Tage, an denen ich auf die Frage, ob Tim mein Freund ist, eindeutig Nein sagen würde. Als ich später mit meinem Board Richtung U-Bahn getrottet bin, habe ich überlegt, Dienstag im Tierheim zu besuchen, wäre nur eine Station in die andere Richtung gewesen. Ich hab sie nicht besucht. Ich hatte eine Scheißangst, dass sie mich genauso wenig beachten würde wie Tim. Vielleicht hätte Dienstag sich aber auch total gefreut. Vielleicht sehnt sie sich die ganze Zeit nach mir. Vielleicht verweigert sie die Nahrung, weil nicht ich sie füttere? Vielleicht bricht ihr ja vor lauter Heimweh das Herz? (Herr Valentin meinte: Aufschreiben würde mir helfen. Heute hat es mich bloß traurig gemacht.)

12

Sophies Mutter sitzt bereits am Frühstückstisch, hat aber nur für zwei aufgedeckt.

»Und Papa?«

Statt einer Antwort springt Sophies Mutter auf und lässt sich noch einen Kaffee aus dem Automaten. Als sie sich mit der vollen Tasse wieder zu Sophie setzt, zittern ihre Hände. Sie verschüttet Kaffee und flucht. Schon ist sie wieder weg und kommt mit einem Lappen zurück, um den Tisch abzuwischen. Als sie sich wieder setzt, starrt sie Sophie schweigend an.

»Warum sagst du nichts?«

»Weil es nichts zu sagen gibt.«

»Verarschst du mich?«, fragt Sophie aufgebracht.

»Wie redest du mit mir?«, empört sich ihre Mutter. »So kannst du mit deinen Freundinnen reden!«

»Ihr wolltet den ganzen Abend alleine sein.«

»Und?«, fragt ihre Mutter gereizt. »Dürfen wir das nicht?«

»Was habt ihr gemacht? Sex?« Sophie grinst frech. Aber

dann sieht sie die versteinerte Miene ihrer Mutter. Jede weitere Frage führt zum Streit, so viel ist klar. Sophie verstummt. Auf eine Antwort verzichtet sie.

Während Sophie ihre Zähne putzt, räumt ihre Mutter den Tisch ab. Anschließend verschwindet Sophies Mutter im Bad, wenig später hört Sophie das Duschwasser rauschen. Alles wie jeden Morgen, sagt sich Sophie, obwohl sie weiß, dass es nicht so ist. Aber damit es doch so ist, schaltet sie wie immer das Radio in der Küche aus und klopft wie immer an die Badezimmertür, um sich zu verabschieden. Und auch als ihr ihre Mutter einen schönen Tag wünscht, klingt das wie immer. Vielleicht ist ja wirklich alles wie immer.

Der Lift kommt aus dem zwölften Stockwerk herunter und hält mit einem beängstigenden Rumpeln. Der fast zwei Meter große Mann, der dort oben mit seiner Frau und seinem Kind wohnt, steht mit seiner Umhängetasche an den Spiegel gelehnt. Der Riese, so nennen ihn alle hier im Haus. Der Riese schaut besorgt zur Decke, als der Lift wieder anfährt und dabei ein merkwürdiges Quietschen von sich gibt, einen Ton, den es gestern noch nicht gegeben hat. Hoffentlich bleiben wir jetzt nicht stecken, denkt Sophie besorgt und versucht sich abzulenken, indem sie zum hundertsten Mal, seit sie mit Jonas gesprochen hat, ihr Handy checkt, ob Vanessa eine Nachricht geschickt und sie es irgendwie nicht mitgekriegt hat. Nichts. Auch nicht gerade beruhigend.

Am Parkplatz vor der Schule sieht Sophie sich nach Jonas und seiner KTM um. Das Motorrad ist bereits da. Gut. Nur weit und breit kein Jonas in Sicht. Auf der Rampe zum Eingang erkennt Sophie den Typen, der sie gestern so blöd angemacht hat. Ohne lange zu überlegen geht sie zu ihm und fragt nach Jonas.

»Was willst du von ihm?« Er versucht möglichst wütend dreinzuschauen.

»Das geht nur ihn und mich etwas an«, verkündet Sophie amüsiert. »Ist das ein Problem?«

»Es ist einfach schade«, sagt Jonas' Freund mit möglichst viel Sarkasmus in der Stimme. »Aber ich verzeih dir. Und ich tu sogar was für dich.«

»Echt?« Sophie probiert es mit Ironie.

»Ein Freundschaftsdienst.«

»Und zwar?«

»Also pass mal auf.«

»Was?«

»Ich hab ihn für dich hergezaubert.«

Sophie bemerkt, dass er auf etwas hinter ihr schielt und dreht sich um. Tatsächlich sieht sie in Jonas' Augen. In diesem Augenblick ist Sophie nicht sicher, ob sie wirklich blau sind oder doch eher grün.

»Sie will was von dir«, meldet der Zauberer. »Aber sie verrät mir nicht, was.«

»Alles okay«, sagt Jonas zu seinem Freund, den Jonas' freundliches Verhalten gegenüber Sophie ziemlich zu irritieren scheint. Das ermutigt Sophie, ihre Frage loszuwerden. Aber ehe sie auch nur den Mund aufmachen kann, hört sie, wie Jonas den Befehl zum Abmarsch gibt.

»Hast du mit Vanessa gesprochen?«, ruft sie ihm nach.

Jonas dreht sich zwar noch mal um, aber er grinst nur dämlich.

Seit Sophie gestern mit Jonas am Kanal gesprochen hat, hat sie circa eine Million Mal daran gedacht, Vanessa eine Nachricht zu schreiben. Sie hat es dann doch nicht gemacht. Aber jetzt tut sie es. Sie tippt: Alles klar? Und ab die Post. Dann starrt sie volle drei Minuten auf das Display. Nach Mama und Jonas hätte sie sich eigentlich denken können, dass auch Vanessa heute nicht antwortet.

»Träumst du?« Yvonne steht neben Sophie und sieht sie herausfordernd an.

»Bist du schon lange hier?«, fragt Sophie verwirrt.

»Wir müssen los«, sagt Yvonne.

»Es hat doch überhaupt noch nicht geklingelt.«

»Doch, hat es schon. Und wir haben Mathe.« Yvonne läuft voraus, ihr Pferdeschwanz springt von einer Schulter zur anderen.

»Ich muss noch aufs Klo.«

»Verkneif es dir«, rät Yvonne.

Mathe heißt Frau Schulte. Es gibt niemanden in der Schule, der sie nicht hasst. Wer zu spät kommt … wie geht dieser dämliche Spruch, den die Schulte ständig sagt? Wer zu spät kommt, den bestraft das Leben … so geht er, fällt Sophie ein, als sie drei Minuten nach Unterrichtbeginn in die Klasse flitzen. Und Frau Schultes Strafen können schrecklich sein. Aber sie ist überhaupt noch nicht da. Also legt Sophie rasch ihre Sachen ab und verschwindet auf die Toilette. Frau Schulte steht auch noch nicht in der Klasse, als Sophie zurückkommt, aber in der Zwischenzeit hat sich die Mehrheit ihrer Mitschüler wieder einmal um Yvonne versammelt.

»Sophie …!«, ruft diese verzweifelt.

Hat diese Idiotin schon wieder irgendeine Lügengeschichte erzählt?

Yvonne streckt ein Handy mit der Rechten in die Höhe, Lukas umklammert ihr Handgelenk.

»… hilf mir!«, stöhnt Yvonne.

Im selben Augenblick klappt Lukas ihren Arm nach unten, springt mit seiner Beute zur Seite und wirft einen Blick auf das Display, liest, runzelt die Stirn, grinst, scrollt weiter nach unten …

»Vorlesen!«, kommt von Georg. Die meisten anderen wollen das auch.

Sophie hat sich neben Yvonne gesetzt. »Worum geht's?«

»Es … tut mir echt …!«, stammelt Yvonne.

»Du Verräterin!«, hört Sophie in diesem Augenblick Lukas' Stimme etwas vorlesen. »Ich weiß jetzt alles. Jonas hat mir die ganze Wahrheit erzählt. Du wolltest unbedingt mit auf die Party. Dort hast du dich an ihn herangemacht. Er wollte davon nichts wissen. Du warst enttäuscht. Deshalb hast du dir das mit dem Foto ausgedacht, um dich an ihm zu rächen. Was macht man mit jemandem wie dir? Jemandem, der seine beste Freundin so fies hintergeht …?«

Wann genau Sophie begriffen hat, dass Lukas aus *ihrem* Handy vorliest, könnte sie nicht sagen. Kerzengerade sitzt sie auf ihrem Stuhl und blickt ins Leere, ohne zu wissen, was sie als Nächstes machen soll.

»Weiter!«, verlangt Georg. Wieder stimmen ihm die anderen zu.

Ihr Arschlöcher, denkt Sophie.

Lukas holt Luft und liest genüsslich weiter: »So jemanden kickt man aus seinem Leben. Van.«

»Aua«, kommentiert Georg.

Sophie schließt die Augen, am liebsten wäre sie tot.

»Wer ist Jonas?«, erkundigt sich Lukas lauthals.

»*Du* bist ein Idiot«, entgegnet Sophie. »Und jetzt gib mir mein Handy zurück!«

»Gib es ihr!«, springt Yvonne ihr zur Seite.

»Gib es ihr! Gib es ihr!«, äfft Lukas Yvonnes hohe Stimme nach und lacht. Dann wirft er das Handy aber tatsächlich vor Sophie auf den Tisch. »Weißt du was? Eigentlich interessiert mich dein Leben null.«

Statt sich weiter mit Lukas zu beschäftigen, knüpft Sophie einen Gedanken an den nächsten: Der Plan von Susa ist komplett in die Hosen gegangen. Offenbar war er doch nicht so genial. Es war ein Scheißplan! Ich hätte es von Anfang an wissen müssen …

Als die Klassentür aufspringt, ist es nicht Frau Schulte, sondern Frau Sommer. Sie verkündet, dass der Rest der Stunde für die Klasse frei sei, Frau Schulte habe sich krank gemeldet.

Allgemeines Gegröle. Nur Sophie sagt nichts und verzieht sich schleunigst nach draußen zur Bushaltestelle, wo am frühen Vormittag sicher niemand sein wird, weil da keine Schulbusse fahren.

Können wir reden?, tippt sie.

Eine Sekunde später blinkt *Vanessa* auf ihrem Display.

»Bist du nicht in der Schule?«

»Heute nicht.« Vanessa hat sich wohl wieder einmal frei genommen, wie sie das immer tut, wenn sie keine Lust auf Unterricht hat.

»Ich habe dir die Wahrheit erzählt«, legt Sophie los. »Jonas hat gelogen. Du glaubst Jonas und nicht mir. Warum?«

Vanessa gibt keinen Mucks von sich. Und als es auch weiterhin still bleibt, erkundigt sich Sophie sicherheitshalber, ob sie noch da sei.

»Ja, bin ich.« Vanessa klingt ganz ruhig, bloß ein wenig überrascht. »Es steht Aussage gegen Aussage. Deine gegen Jonas'.«

»Aber ich habe die Wahrheit gesagt«, beschwört Sophie ihre Freundin. »Du musst mir glauben!«

Wieder herrscht eine Weile Schweigen

»Jonas und ich sind wieder zusammen«, sagt Vanessa schließlich, als wäre damit alles erklärt.

»Und Gloria?«

»Da war nichts«, behauptet Vanessa.

Sophie würde am liebsten laut auflachen, aber sie schluckt es hinunter. Sie will Vanessa nicht provozieren.

»Wir sind so richtig zusammen«, fährt Vanessa unbeeindruckt fort.

»So richtig?«

»Ja, so richtig!«

»Ich weiß, was das heißt«, flüstert Sophie.

»Du hast keine Ahnung«, sagt Vanessa.

Sophie weiß sehr wohl, was das heißt, auch wenn Vanessa es nicht ausgesprochen hat. Und früher hätte Vanessa sie sofort angerufen, ihr jedes Detail erzählt. Aber stimmt es auch, dass Van und Jonas es so richtig getan haben, mit Küssen und Ausziehen und so weiter? Oder will Vanessa sie nur beeindrucken?

»Nicht den leisesten Schimmer hast du«, legt Vanessa nach.

Auf der anderen Straßenseite jagen zwei Hunde hintereinander her. Sophie schaut ihnen nach. Von der Schule schrillt die Pausenklingel herüber. Jetzt ist es Vanessa, die wissen will, ob Sophie noch dran ist.

»Ich muss gleich zurück in den Unterricht«, erklärt Sophie, um das Gespräch zu Ende zu bringen.

Vanessa will aber noch eine Sache wissen. »Wie bist du eigentlich von der Party nach Hause gekommen?«

Dasselbe hat Jonas sie auch gefragt.

Vanessa auch anlügen oder ihr die Wahrheit sagen?, fragt sich Sophie. Ihr von Moritz erzählen, von der Autobahnraststätte, dem Sternenhimmel, der auf die Erde gefallen ist und vom Flipperautomaten? Nein, das will sie nicht. Sie will das nicht. Dass sie Vanessa lieber genauso anlügt, wie sie Jonas angelogen hat, trifft sie wie ein völlig unerwarteter Schlag in die Magengrube. Aber es ist so und es bleibt so. Und Sophie lügt.

»Mit dem Taxi? Bist du sicher?«

Sie weiß, dass ich gelogen habe, hämmert es in Sophies Kopf. Trotzdem bleibt sie dabei: »Ja, mit dem Taxi.«

»Siehst du, und genau deshalb neige ich eher dazu, Jonas zu glauben und nicht dir«, bemerkt Vanessa süffisant. »Du wurdest nämlich dabei gesehen, wie du in Moritz' Porsche gestiegen bist.«

»Von Jonas?«, fragt Sophie zögernd.

»Exakt.«

»Warte!«, bittet Sophie. »Leg noch nicht auf!«

»Was?«, fragt Vanessa gnädig.

»Du hast recht, Moritz hat mich nach Hause gebracht«, sagt Sophie schnell. »Na und? Er hat mich zu Hause abgesetzt. Wie hätte ich denn nach Hause kommen sollen? Ich hatte kein Geld ... und Jonas war ... und ich ...«

Und Vanessa hat schon längst aufgelegt.

13

Dienstag, 16. Mai. Heute mal was Positives: Das Mädchen aus dem Neunten. Auf der Fuzo, nachdem ich bei McDonalds wieder einmal einen Burger gefuttert hatte ... plötzlich war sie vor mir, bloß zehn Schritte Abstand. Ihre braunen Locken wippten bei jedem Schritt leicht und sie trug rote Jeans und bunte Sneakers. Die Farbe ihres T-Shirts weiß ich nicht mehr sicher, ich glaube blau. Ihre Arme sind dünn, sie hat spitze Ellenbogen, ziemlich blasse Haut. Obwohl ich sie anfangs nur von hinten gesehen habe, war mir sofort klar, dass sie etwas Besonderes ist. Warum weiß man so was? Keine Ahnung, ich wusste es eben. Nach einer Weile hinter ihr fragte ich mich natürlich, wie wohl ihr Gesicht aussieht. Ich konnte sie aber nicht überholen. Das war einfach nicht möglich. Obwohl sie so langsam ging. Es war nicht das Tempo. Überholen schien verboten oder gefährlich. Warum das ... auch ein Rätsel. Also beschloss ich, dasselbe zu tun wie der Mann in dem Film, von dem Mama mir am Tag ihres Unfalls beim Frühstück erzählt hatte: Er ging einer beliebigen Person hinterher, kreuz und quer durch die Stadt, egal wie weit der Weg ist, nur um zu sehen, wo sie wohnt. Im Nachhinein: Ich hätte meine Verfolgung wahrscheinlich aufgegeben, wenn sie mit jemand verabredet gewesen oder in einem Geschäft verschwunden wäre. Aber sie hatte immer dasselbe Tempo drauf, ohne nach links oder rechts oder gar nach hinten zu schauen. Dass sie dasselbe Ziel hatte wie ich, ist mir erst klar geworden, als wir vor unserem Hochhaus standen. Und dann, bevor sie die Tür aufriss, drehte sie sich für einen Augenblick um. Ich nehme mal an, dass sie mich überhaupt nicht registriert hat. Aber da habe ich endlich ihr Gesicht gesehen, nur einen Augenblick lang, aber es hat sich auf meiner Hirnrinde eingebrannt wie sonst nichts. Und dieses Gesicht, das musst du mir glauben, du Jemand in 100 Jahren: Es war perfekt. Besser kann ich es nicht sagen. Alles war richtig in diesem Gesicht, ohne jeden Fehler. Ich weiß, ich hab mal geschrieben, dass ich mir mit Worten leicht tue. Aber jetzt weiß ich nicht, welche ich benutzen soll. Stell dir einfach das schönste Gesicht vor, das du jemals gesehen hast, und du kannst sicher sein, es ist noch schöner. Als ich ins Haus bin, war sie bereits im Lift. Ich stand wie angewurzelt davor und starrte auf die Anzeigetafel. Der Lift stoppte im Neunten.

14

Vor vielen Jahren lebten *drei Prinzessinnen*, die eine war klug, klüger als die anderen beiden, die andere war schön, schöner als die anderen beiden, und die dritte konnte tun und lassen, was sie wollte, niemand beklagte sich über sie, und wenn es jemand tat, war es ihr egal. *Die drei Prinzessinnen* dachten das Gleiche, sie sahen das Gleiche, gingen im Gleichschritt und fühlten sich unschlagbar. Selbst wenn sie nicht am selben Ort waren, blieben sie verbunden, wie durch unsichtbare Fäden. Wenn sie wieder aufeinandertrafen, stürmten sie aufeinander zu, umarmten einander und hatten das Gefühl, nie getrennt gewesen zu sein. Niemals hätten sie geahnt, dass das, was sie hatten, jemals zu Ende gehen würde, dass irgendetwas sie trennen könnte, ja, sie dachten nicht einmal darüber nach. Und doch kam die Zeit, dass es geschah. Es geschah an dem Tag, an dem ein Prinz auftauchte, mit goldenem Haar, auf einem schwarzen Pferd, und eine der Prinzessinnen verliebte sich in ihn. War es die Schönste? Nein. War es die Klügste?

Nein. Es war jene, die unabhängig war, die sich von niemandem etwas sagen ließ. Und *die drei Prinzessinnen* verloren einander. Es passierte nicht am ersten Tag, natürlich nicht, auch nicht am zweiten, es geschah nach und nach …

Sophie ist müde, so entsetzlich müde. Draußen ist es schon dunkel, am Kirchturm blinken die roten Warnlampen für die Flugzeuge, trotzdem kann sie vom Bett aus auch ein paar Sterne darüber funkeln sehen. Sie macht sich ein Brot mit Leberpastete, sie kaut und merkt, wie gut ihr das tut, etwas zu essen. Immer wenn ihre Gedanken sich in die Nähe der Ereignisse der letzten Tage bewegen, scheucht sie sie fort, ins Ungenaue, ins Trübe, in einen Nebel, wo sie nicht mehr oder nur noch so undeutlich zu erkennen sind, dass sie das Interesse daran verliert. Gegen zehn Uhr kommt Sophies Mutter nach Hause und will wissen, ob sie da sei? Ja. Ob sie Hunger habe? Nein. Warum sie die Tür zugesperrt habe? Keine Antwort. Was los sei? Stille. Dass sie herauskommen solle. Auf gar keinen Fall. Als im Wohnzimmer das Telefon klingelt, ist das Gespräch zwischen Mutter und Tochter beendet. Sophie legt sich schlafen, ohne die Zähne zu putzen, ohne ihre Klamotten auszuziehen. Sophie will loslassen und einschlafen. Aber sie kann bloß hoffen, dass es bald soweit sein, dass sie bald in den Schlaf hinübergleiten würde.

Am nächsten Morgen steht ein Aschenbecher mit einer halb abgebrannten Zigarette auf dem Frühstückstisch. Sophies Mutter raucht vielleicht ein-, höchstens zweimal im Jahr, zumindest in Sophies Gegenwart, und schon gar nicht am Morgen. Sophie bleibt in der Tür stehen. Ihre Mutter schaut mit geröteten Augen zu ihr auf.

»Ruf im Krankenhaus an, dass ich heute nicht kommen kann.«

»Bist du krank?«, fragt Sophie.

»Ja.«

»Was hast du?«

»Ich meine, du sollst ihnen sagen, dass ich krank bin«, erklärt Sophies Mutter. Das Sprechen fällt ihr schwer.

»Und was ist wirklich los?«

»Nichts ist los, ich schaffe das heute einfach nicht, okay? Ist das so schwer zu verstehen? Und jetzt mach!«

Sophie rührt sich trotzdem nicht. Ihre Mutter nimmt die Zigarette, macht zwei rasche Züge, dann drückt sie sie aus.

»Tust du, worum ich dich gebeten habe«, wiederholt Sophies Mutter noch mal.

In der Ladestation des Schnurlostelefons herrscht gähnende Leere. Sophie findet es im Schlafzimmer, auf dem Nachtkästchen ihrer Mutter neben einem halbvollen Weinglas. Zurück im Wohnzimmer diktiert Sophies Mutter ihr die Nummer des Krankenhauses. Am anderen Ende meldet sich Schwester Romana. Die Bohnenstange, wie Sophie sie insgeheim wegen ihrer Körpergröße nennt. Im ersten Augenblick kapiert Schwester Romana nicht, worum es geht.

»Ich bin es, Sophie, die Tochter von Schwester Silvia!«

Schwester Romana entschuldigt sich und lacht. Sophie erklärt ihr alles.

»Sie hat gekotzt«, lügt Sophie, »die ganze Nacht schon.«

»Die Arme«, sagt Schwester Romana. »Mach ihr einen Tee. Versprichst du mir das?«

Sophie legt auf, ohne zu antworten. Auftrag erfüllt.

»Und?«, will Sophies Mutter wissen.

»Sie wünscht dir baldige Besserung.«

»Hat sie das gesagt?«

»Nein.«

Sophies Mutter zündet sich eine neue Zigarette an.

»Hast du heute Nacht mit Papa telefoniert?«, fragt Sophie, weil ihr das als eine mögliche Erklärung für den Zustand ihrer Mutter erscheint.

»Ja.«

»Und?«

Sophies Vater wird auch diesen Freitag nicht nach Hause kommen.

»Muss er arbeiten?«, fragt Sophie vorsichtig.

»Was weiß ich.«

»Du weißt es nicht?«

Sophies Mutter dreht sich zum Fenster und schaut in den grauen Himmel.

»Erkläre es mir!« Als keine Antwort kommt, sagt Sophie noch mal: »Erklär es mir, bitte!«

»Wir brauchen eine Pause«, sagt Sophies Mutter schließlich leise.

»Eine Pause?«

»Ja, es ist besser, dein Vater und ich, wir sehen uns eine Weile nicht.«

»Warum soll das besser sein?«

»Das ist eben manchmal so.«

»Hasst ihr euch?«

»Nein«, sagt Sophies Mutter, »natürlich nicht.«

»Liebt ihr euch nicht mehr?«

Sophies Mutter zögert. »Das ist nicht so einfach.«

»Warum ist das nicht so einfach?«

»Hör jetzt auf!«

»Warum soll ich aufhören?«

Sophies Mutter atmet durch und dreht sich entnervt um. »Du fragst wie ein Kleinkind.«

Sophie trinkt von ihrem Kakao und schleckt sich mit der Zunge über die Oberlippe. Schließlich will sie wissen, wie lange ihr Vater nicht nach Hause kommen wird? Sophies Mutter hat darauf keine Antwort. Sie weiß es einfach nicht.

»Einen Monat lang? Ein halbes Jahr? Ein Jahr?«

»Wie gesagt, ich weiß es nicht, und jetzt hör endlich auf, Sophie, ich ertrage das nicht länger!«

»Und was ist dann im Sommer?«

»Was soll da sein?«, fragt Sophies Mutter überrascht, natürlich, daran hat sie noch gar nicht gedacht.

»Wir wollten doch nach Kroatien fahren.«

»Ich weiß«, gibt Sophies Mutter zu.

»Also fahren wir nicht?«

»Das kann ich dir heute noch nicht sagen.«

»Ihr habt es mir versprochen!«

»Manchmal kommen die Dinge eben anders, als man denkt.«

»Den Satz merke ich mir!«

»Von mir aus«, sagt Sophies Mutter gleichgültig, »und ruf Papa an, frag ihn!«

»Das werde ich!«, sagt Sophie und denkt: irgendwann.

Sophie stürmt die Treppen hinunter, neun Stockwerke, zweimal stolpert sie fast.

Verdammt, verdammt, verdammt!

Rund um das Hochhaus schleudern Sprengdüsen Wasser über den Rasen. Herr Schober kehrt die Wege. Sophie nickt dem Hausmeister zu. Wie immer murmelt er bloß irgendetwas Unverständliches in seinen grauen Bart.

Wenn Mama zu Hause bleibt, obwohl sie nicht krank ist, muss ich auch nicht zur Schule, hat Sophie beschlossen, da kann sich niemand beschweren und schon gar nicht ihre bescheuerte Mutter. Einfach eine Pause. Einfach nicht ans Meer. Einfach so. Ohne Erklärung, das ist so typisch!

Soll sie den Kirchplatz überqueren, überlegt Sophie als Nächstes, um zur Busstation zu kommen und von dort aus sinnlos durch die Stadt kurven? Oder um das Hochhaus herum, zum Spielplatz?

Um dem Wasserstrahl auszuweichen, schlägt sie ein paar Haken über die Wiese bis zur Straße. Herr Schober schreit: »Bist du verrückt?«

Sophie zuckt mit den Schultern. Am liebsten würde sie zurückschreien, aber Herr Schober kann nun für wirklich nichts etwas.

An der Straße angekommen, dreht sie sich um, sieht zu

den Fenstern im neunten Stock hoch. Die Rollos sind heruntergelassen. Niemand beobachtet sie von dort oben.

Die Hände in den Hosentaschen, läuft sie über die Fußgängerzone, die Krone der Stadt vor Augen, die Kräne und die Vögel. Wie gleichgültig ihr das alles heute ist. Sollen sie doch das ganze neue Bahnhofsviertel wieder in die Luft sprengen, sollen sie doch der Stadt ihre Krone wieder herunterreißen!

Dann immer weiter in eine Richtung, die von der Schule wegführt, in eine Gegend, wo sie sonst nie unterwegs ist. Sie schlendert zwischen Marktbuden, Obst und Gemüse und Wurst und Käse und billigen Klamotten und einem Stand nur mit Eiern. Davor bleibt sie stehen und weiß selbst nicht warum. Als der Verkäufer fragt, wie viele es sein dürften, würde sie ihn am liebsten mit seinen Eiern bewerfen.

Sie verlässt den Markt, vorbei an einem Hallenbad, wo ihr Vater mit ihr als Kind oft gewesen ist. Mit dem wechsle ich nie wieder ein Wort, sagt sich Sophie und macht eine Neunzig-Grad-Wende: Da steht sie vor dem besten Eissalon der Stadt, aber er hat heute nicht offen. Gottseidank! Sie hätte vor lauter Frust Eis in sich hineingestopft, bis sie sich übergeben hätte.

Sie streift an Auslagen vorbei und beobachtet, wie Geschäftsleute ihre Geschäfte aufsperren. Als sie an einer Station vorbeikommt, hält gerade eine Straßenbahn, Sophie springt im letzten Augenblick hinein.

In einer der Gratiszeitungen, die hier überall herumflattern, liest sie die Schlagzeilen: Vater des Opfers spricht nach der Attacke. Welches Opfer? Babygerüchte um Anna. Welche Anna? Horrorclowns fackeln Autos ab. Welche Horrorclowns?

Als plötzlich zwei Männer einsteigen, die sich komisch umsehen, springt sie zurück auf die Straße. Ich werde nie erfahren, ob es wirklich Fahrscheinkontrolleure waren, überlegt Sophie.

Sie sieht sich um und hat keine Ahnung, wo sie gerade ist. Nachdem sie ziellos um zwei Ecken gebogen ist, stößt sie auf einen riesigen Park, von dem sie nicht wusste, dass es ihn gibt. Sie setzt sich auf eine Bank bei dem Springbrunnen, bis eine Windböe den Strahl erfasst und einen Regenschauer über Sophie niedergehen lässt. Auf einer Schaukel nimmt sie Schwung und lässt sich durch die Luft segeln, mit Beinen und Oberkörper vor und zurück, vor und zurück und wieder vor und wieder zurück. Sie fliegt immer höher und noch höher. Soll sie springen? Sich verletzen? Ins Krankenhaus kommen! Ihre Eltern und ihre Freundinnen würden sie besuchen und sich um sie kümmern …

Dann ist wieder Schluss damit.

Sie verlässt den Park durch das Tor, durch das sie ihn betreten hat. Hinter Sophie klingelt ein Fahrradfahrer, erschrocken springt sie zur Seite. »Idiot!«, ruft sie ihm nach.

Die Mauer, an der sie schon eine ganze Weile entlangläuft, stellt Sophie fest, ist eine Friedhofsmauer. Am liebsten würde ich mich da einbuddeln, denkt sie. Sophie folgt ihr aber bloß bis zu einem Zebrastreifen, wo sie die Straße überquert, obwohl die Ampel auf Rot steht.

Und plötzlich summt sie eine Melodie vor sich hin, aber das bemerkt sie erst nach einer Weile. »We do what we do, yeah, we do what we do«, singt sie, »we do what we do.«

Dann bleibt sie stehen, wie angewurzelt verharrt sie, ein, zwei Minuten, als könnte sie sich nicht entscheiden, in welche Richtung es jetzt weitergehen soll. Schließlich fischt sie ihr Handy aus der Tasche, öffnet ihre Kontakte, scrollt nach unten. Noch bevor es ein einziges Mal klingelt, hört Sophie seine Stimme.

»Hallo.«

Sophie verschlägt es die Sprache.

»Bist du noch da?«

»Weißt du überhaupt, wer ich bin?«

»Du bist es, Princess.«

Sie kann sich nicht erinnern, dass sie ihm ihre Nummer gegeben hätte.

»Wo bist du?«, fragt Moritz.

»Ich weiß nicht.«

»Schau dich um!«

Sophie hält Ausschau nach einem Anhaltspunkt, einem Gebäude, das jeder kennt, oder einem Straßenschild. »Ich weiß nicht …«

»Bist du nicht in der Schule?«

»Nein, heute nicht.«

Moritz lacht.

»Warte!« Sophie läuft bis zur nächsten Straßenecke. »Jetzt weiß ich es«, sagt sie ins Telefon, »ich bin im Buchenweg, Ecke Kastanienallee.«

»Ich brauche zwanzig Minuten«, fügt Moritz nach einer Weile hinzu, »ganz genau sogar nur neunzehn, laut Navi. Rühr dich nicht von der Stelle, Princess!«

»Okay.«

»Ich habe schon gedacht, du rufst überhaupt nie mehr an« sagt Moritz auch noch und legt auf.

Und Sophie rührt sich nicht von der Stelle. Wie versprochen. Und es dauert neunzehn Minuten lang. Wie versprochen. Dann ist er da.

Zweiter Teil

15

»Einfach geradeaus!«

»Und wenn eine Kurve kommt?«

»Trotzdem!« Sophie Stimme klingt voller Erwartungen.

»Pass auf!« Moritz steigt kurz aufs Gas und der 911er beginnt zu röhren. »Hörst du das?«

Sophie blickt fragend zu Moritz.

Moritz lässt den Motor ein zweites Mal kurz aufheulen. »Man muss ihn nur ein wenig reizen, dann klingt er wie ein lebendiges Wesen.«

Sophie streckt die Beine aus. Sie fahren die Kastanienallee hinunter, bis sie vor einem langgezogenen Wohnblock zu Ende ist, dann biegen sie nach rechts.

»He«, protestiert Sophie, »ich hab geradeaus gesagt!«

Aber dann geht es tatsächlich lange nur in eine Richtung, ohne jedes Hindernis. Sogar wenn sie sich einer Ampel nähern, springt sie rechtzeitig auf Grün um, wie von Zauberhand. Schließlich biegen sie auf eine Straße, wo auf dem

Grünstreifen zwischen den Fahrbahnen zahllose Werbetafeln aufgestellt sind. Immer wieder fahren sie unter Brücken durch, irgendwann auch durch einen Tunnel, Sophie macht die Augen zu, merkt aber trotz geschlossener Lider wie der Porsche wieder ins Tageslicht schießt. Sie kommen ins Gewerbegebiet mit seinen Shoppingcentern und Möbelhäusern. Irgendwo dort hat ihr Vater früher gearbeitet, erinnert sich Sophie plötzlich. Als er sie einmal dorthin mitgenommen hat, zeigte er ihr die riesige, ein wenig heruntergekommene Halle. Unter dem Glasdach stand eine Reihe Maschinen, mit denen Tageszeitungen gedruckt wurden. Aber in welchem der Gebäude, die sie von hier aus sehen kann, sie damals gewesen ist? Sophie hat keine Ahnung.

Sie haben die Stadt hinter sich gelassen, fahren Richtung Osten und die Landschaft ist hier ein wenig hügelig. Moritz summt vor sich hin, keine bestimmte Melodie, einfach nur so vor sich hin, schon eine ganze Weile, aber richtig hören tut Sophie es erst jetzt.

»Ich habe was für dich«, sagt Moritz plötzlich und stellt irgendwas auf seinem Smartphone ein. »Bist du bereit?«

Sophie streckt den Rücken durch und spitzt ihre Ohren. Klaviermusik kommt aus den Boxen, sanfte Klänge. Moritz dreht lauter, damit sie den Motor übertönen. Okay, denkt Sophie, Musik, aber plötzlich erkennt sie den Song: *We do what we do*. Eine Klavierversion. Aber wo Jessie J's Gesang kommen sollte … nichts, weiterhin nur Klavier.

»Shit«, flucht Moritz. »Ich hab es verpasst.«

Er drückt noch mal auf seinem Handy herum, wieder kommt die Klaviermusik, aber jetzt setzt Moritz an der richtigen Stelle ein: »No I'm not a liar. Just don't know how to tell you the truth.«

Moritz singt *We do what we do* ohne Jessie J, von der ersten bis zur letzten Zeile: »All we need is time. We don't know why we do what we do. But we do. On a night like this. Just don't know what I'm trying to prove. No, we can't predict.«

Moritz' Stimme ist kräftig und warm. Sophie hängt mit offenem Mund an seinen Lippen. »Wow!«

»Es hat dir echt gefallen?«, fragt Moritz, als hätte er nie und nimmer erwartet, dass das, was er vorbereitet hatte, ein Erfolg sein könnte.

»Ja, es war total toll! Irre! Ich kann es überhaupt nicht glauben!«

»Es ist doch dein Lieblingssong!«

»Ist es auch.« Sophie ist so aufgeregt, als säße Jessie J höchstpersönlich oder sonst irgendein Popstar neben ihr.

»Ich konnte nirgends Noten finden«, erklärt Moritz und klingt jetzt fast genauso aufgeregt wie Sophie, »also habe ich mir den Song so oft angehört, bis ich ihn draufhatte. Dann habe ich ihn aufgenommen.«

»Du kannst Klavier spielen?«

Moritz zuckt mit den Schultern, als wäre Klavier spielen das Selbstverständlichste von der Welt. »Ich wollte dir irgendwas … etwas …«, stottert er.

Sophie muss unwillkürlich lachen. »Ich glaube, es hat noch nie jemand etwas so Verrücktes für mich gemacht …«

»Verrückt verrückt oder cool verrückt?«

»Cool verrückt, echt, ich weiß überhaupt nicht … aber wann hast du das …? Ich meine … du hast ja nicht gewusst, ob ich dich anrufe … ob du mich jemals wieder …«

»Aber verstehst du überhaupt, was ich meine?«, unterbricht Moritz sie.

Sophie hat keine Ahnung, worauf er hinauswill.

»Okay«, stöhnt Moritz. »Natürlich mag ich mein Auto, aber es ist auch total crazy. Ich bin neunzehn und habe einen Porsche! So was bekommen die meisten Menschen ihr ganzes Leben nicht …«

Sophie nickt. »Deine Eltern sind wohl sehr reich?«

»Über meine Eltern mache ich mir schon lange keine Gedanken mehr«, entgegnet Moritz mit finsterer Miene. »Meinen Vater sehe ich nur alle paar Monate. Die können mich mal …«

Eine Weile schweigen sie wieder.

»Vielleicht sollte ich das auch«, überlegt Sophie.

»Was?«

»Mir keine Gedanken machen.«

»Worüber?«, will Moritz wissen.

Über ihre Eltern. Über das, was ihre Mutter vorhin von wegen Pause machen gefaselt hat. Über Vanessas Nachricht. Über das Telefonat mit ihr. Aber sie will nicht darüber reden. Schon die Gedanken an ihre Eltern und Vanessa haben ihre Laune innerhalb weniger Augenblicke bis an den Rand des Abgrunds gebracht.

»Kannst du es noch mal singen«, bittet Sophie.

»Ich glaube, du hast es immer noch nicht …«, sagt Moritz. »Ich wollte dir etwas schenken, das nichts kostet …«

»… aber wirklich etwas wert ist«, ergänzt Sophie.

Moritz nickt ernst. »Exakt.«

Dann drückt er auf Play. Die ersten Takte erklingen. Sophie hört, wie Moritz die ersten Worte singt, und schon rieselt ein angenehmer Schauer durch sie hindurch. Sie summt mit, aber als der Refrain kommt, singt sie auch: »We do what we do, yeah, we do what we do.«

Sie singen laut und brüllen. Sie singen leise und mit Gefühl. Sophie singt mit geschlossenen Augen und hofft, Moritz behält seine offen. Ihre Stimmen verschmelzen zu einer und jedes Mal, wenn der Song zu Ende ist: »Play it again!«

»We do what we do.«

»Play it again!«

Das geht so dahin, bis sie plötzlich von einer Verkehrsmeldung unterbrochen werden. Stau auf der A2 Richtung Graz, sagt die metallene Stimme, ein Unfall. Da haben sie den Song bestimmt zwanzigmal gesungen.

»Betrifft das uns?«, fragt Sophie.

Moritz schüttelt den Kopf. »Uns hält nichts auf!«, sagt er grinsend.

Links und rechts der Autobahn sind nur noch Getreide- und Maisfelder, manchmal ein riesiger Bauernhof, am Horizont drehen sich Windräder. Und Moritz beginnt erneut zu singen, jetzt ohne Klavierbegleitung. Und so klingt es eigentlich am schönsten.

I am not a liar … Ich bin kein Lügner … *Just don't know*

how to tell you the truth ... ich weiß bloß nicht, wie ich dir die Wahrheit sagen soll ... wir brauchen Zeit. Sophie hört Moritz zu und versucht zu verstehen, worum es in dem Text geht. *All we need is time. We don't know why we do what we do.* Wir wissen nicht, wieso wir tun, was wir tun, aber wir tun es ...

Moritz nimmt die Ausfahrt Richtung Tankstelle und hält an der erstbesten Zapfsäule. Sophie klettert aus dem Wagen, streckt ihre Arme mit durchgedrückten Ellenbogen in die Höhe und nach vorne und nach hinten. Plötzlich entdeckt sie einen Mann neben sich, grauer Anzug und Vollbart. Während das Benzin in sein Auto blubbert, putzt er mit Schaumwasser seine Scheiben.

Der glotzt. Was glotzt der so? Glotz nicht so! Glotzt er und denkt über Moritz und mich nach?, überlegt Sophie. Und wenn schon. Denk doch, was du willst! Ist mir doch egal.

Eine Windböe treibt Sophie Staub ins Gesicht, und fortan ist sie damit beschäftigt, sich Sand aus den Augen zu reiben.

Nachdem Moritz mit Tanken fertig ist, gehen sie zum Shop hinüber.

»Willst du was trinken?«

Sophie entscheidet sich für Eistee mit Ingwergeschmack. Moritz nimmt sich eine Cola Zero aus dem Kühlschrank. An der Kasse entdeckt Sophie Moritz und sich auf einem der Überwachungsmonitore. Es dauert eine Weile, bis sie auch die Kamera findet, sie hängt über dem Regal mit den Zigaretten. Sophie winkt ihr entgegen und mit leichter Verzögerung ist ihr Winken auch auf dem Schirm zu sehen. Moritz zieht eine Grimasse. Einen Augenblick später kann Sophie sie als Schwarzweiß-Film bewundern. Sie winken und schneiden Grimassen gleichzeitig und lachen sich kaputt.

Die Verkäuferin verdreht die Augen und scannt die Getränke. »Mit der Tankfüllung fünfundvierzigdreißig«, sagt sie, ohne einen Funken Humor in der Stimme.

Moritz schiebt ihr seine Kreditkarte hin.

Und was, wenn die das aufzeichnen? Sophie trifft der Gedanke wie ein Blitz. Es ist zwar völlig unwahrscheinlich, aber, wenn ihre Eltern das Band doch irgendwie in die Hände kriegen würden? Manchmal gibt es die verrücktesten Zufälle, das kann doch sein, das kann es doch geben. Und dann und dann … dann, gut, dann wäre es ohnehin schon zu spät.

Sie hüpft aus dem Bild und sprintet nach draußen. Es waren nur zehn Meter, aber Sophie ist völlig außer Atem.

Ihre Eltern würden ausflippen, nicht wegen der Schule, das auch, aber vor allem wegen Moritz. Dabei ist das kein Date, wie Vanessa oder Jonas oder Gloria sie haben, nichts, was unweigerlich dazu führt, dass man sich küsst und sich befummelt und sich auszieht. Das ist irgendetwas anderes. Das ist etwas Besonderes. Etwas, für das Sophie kein Wort hat. Aber würden ihre Eltern das jemals kapieren?

»Was ist los?«, will Moritz wissen, als er durch die Schiebetür nach draußen kommt.

»Nichts.«

Moritz geht nicht weiter darauf ein und marschiert zum Wagen hinüber. Sophie zögert, aber dann läuft sie einfach hinter ihm her. Als sie in den 911er steigt, nimmt sie zum ersten Mal den süßlichen Geruch der Ledersitze wahr.

»Wirklich alles okay?«

»Ja.«

»Was soll auch sein?« Moritz lacht und Sophie muss auch lachen.

Während er das Dach aufklappt, bleiben zwei Typen um die vierzig mit etwas Abstand stehen und bestaunen Moritz' Wagen. Moritz setzt sich eine goldverspiegelte Sonnenbrille und eine Basecap auf. Eine zweite reicht er Sophie. Sie versucht ihre Locken darunter unterzubringen, keine Chance. Der Fahrtwind würde sie sofort wegreißen. Sophie drückt die Cap zusammen und schiebt sie unter den rechten Oberschenkel.

Zurück auf der Autobahn fallen ihr in der Ferne Berge auf. Waren die vorher auch schon da? Kann ja eigentlich nicht anders sein. Sie streckt den Arm aus dem Auto und surft auf dem Fahrtwind. Der Wind tost um ihre Ohren, streift über ihre Haut und greift in ihre Haare.

Sophie wirft Moritz einen flüchtigen Blick zu. Moritz lächelt vor sich hin.

»Wie viel schafft der eigentlich?«, ruft sie über den Motorlärm.

»Was?«

»Wie viel schafft so einer?«, schreit Sophie noch lauter.

»Willst du es wissen oder willst du es spüren?«

»Natürlich spüren.«

»Hast du mal Drogen genommen?«

»Nein.«

»Musst du nicht, Geschwindigkeit ist viel besser!«

»Okay.«

»Bist du bereit?«

»Jaaaaaaa!«

»Dann pass auf!« Wie bei einem Raketenstart zählt Moritz von zehn bis null. »Und ab!«

Die Wucht der Beschleunigung presst Sophie in den Sitz, gleichzeitig stockt ihr Atem und sie hält sich mit beiden Händen am Sitz fest. Konzentriert schaut sie durch die Windschutzscheibe auf den Asphalt, der immer schneller unter ihnen verschwindet.

»Hundertfünfundsiebzig«, liest Moritz vom Tacho ab, »einhundertzweiundachtzig!«

Moritz lenkt den Wagen auf die Überholspur und sie rasen an mehreren Autos vorbei. Er treibt den Wagen weiter an: »Ein … hundert … neun … und … achtzig.«

Sophie presst die Unterarme auf die Oberschenkel und krallt sich an den Knien fest. Ihr Brustkorb schwillt an, als würde er sich mit Gas füllen. Das Rauschen in den Ohren wird zu einem Dröhnen. Ihre Muskeln zittern. Der Wind zieht an jedem einzelnen Haar. Sie spürt ihre Haarwurzeln.

»Zweihundert … vier … und … dreißig!«, keucht Moritz.

»Weiter«, feuert Sophie Moritz an.

»Zwei … hundert … sieben … und … siebzig! Mehr geht niiii … cht!«

Sophie stellt sich die Zahl in Ziffern vor: 2 7 7. Und plötzlich: abgefeuert. Über die Fahrbahn hinaus. Vom festen

Grund katapultiert. Keine Bodenhaftung mehr. Sophie als Copilotin in einer Rakete, über eine Rampe ins Weltall geschossen. Und sie steigen, gewinnen rasch an Höhe, fliegen über die Landschaft hinweg. Die Straßen, die Felder, die Häuser, die Menschen, die Welt von oben. Die Luft peitscht ihr ins Gesicht. Sophie hat die Augen geschlossen, atmet gleichmäßig und tief. Ihre Arme liegen schwerelos neben ihr. In ihrem Bauch ein Kribbeln. Hunderte Insekten schwirren dort. Langsam sammeln sie sich. Ein Schwarm umkreist den Nabel. So soll es bleiben. Nie, nie wieder soll das aufhören …

Dann ist es doch vorbei.

Moritz drosselt die Geschwindigkeit und Sophie öffnet die Augen.

»Hab ich dir zu viel versprochen?«

»Es war absolut geil.« Obwohl Sophie reglos in ihrem Ledersitz saß, schlägt ihr Herz, als wäre sie in den neunten Stock hinauf gerannt. Gleichzeitig fühlt sie sich total beschwingt.

Moritz nimmt eine Ausfahrt, um auf die Fahrbahn in die Gegenrichtung zu kommen. Sophie tanzt im Sitzen, so gut das mit dem Sicherheitsgurt eben geht, lässt ihren Kopf nach vorne und nach hinten fliegen und ihre Arme durch das Wageninnere schweben.

Dann sind sie in die Stadt zurückgekehrt, rollen gemächlich dahin und halten beim Skaterpark.

»Danke«, sagt Sophie und fühlt sich immer noch ganz high.

Aber plötzlich greift Moritz nach ihrem Arm. Seine Rechte

umklammert ihr linkes Handgelenk, so fest, dass es weh tut und Sophie die Zähne zusammenbeißen muss.

»Wie heißt sie doch gleich?« Moritz spricht leise und verschwörerisch.

»Wer?«, presst Sophie hervor.

»Deine beste Freundin.«

»Du meinst Vanessa«, sagt Sophie. »Aber *beste Freundin* stimmt nicht mehr, glaube ich.«

Moritz' Druck am Handgelenk wird stärker. Was soll das, verdammt? »Das tut weh!«

Er reagiert nicht darauf. »Dann hast du ihr das Foto gezeigt?«

Sophie nickt angestrengt.

»Und sie ist sauer auf dich?«

»Ja.«

»Und jetzt denkst du, du hättest auf mich hören sollen«, sagt Moritz.

»Kannst du bitte meinen Arm loslassen!«, beschwört ihn Sophie.

Moritz öffnet augenblicklich seine Hand, Sophie zieht ihren Arm zurück und legt ihn in ihren Schoß. Das Handgelenk ist rot und brennt. Sie blinzelt. Ihre Hände sind feucht.

»Aber ich sag dir was«, sagt Moritz, ohne auf Sophies Zustand Rücksicht zu nehmen.

»Was?«, fragt Sophie, nachdem eine Weile nichts von ihm gekommen ist.

»Wenn Vanessa nicht erkannt hat, dass du ihr das Foto

gezeigt hast, weil du ihre Freundin bist, dann hat sie es nicht verdient, deine Freundin zu sein.«

Sophie blickt überrascht zu ihm. »Meinst du das ernst?«, fragt sie ein wenig ungläubig.

Moritz antwortet nicht. Stattdessen bittet er Sophie, ihm ihr Handgelenk zu zeigen. Die Haut ist immer noch ganz rot von seinem festen Griff. Langsam streckt Sophie ihm den Arm hin, jederzeit bereit, ihn schnell zurückzuziehen. Moritz betrachtet ihn eine Weile ungläubig, als könnte er nicht fassen, dass er schuld daran ist.

»Das tut mir so leid«, sagt er.

»Schon okay«, beruhigt ihn Sophie.

Moritz zieht langsam den Arm zu sich und höher, bis zu seinem Mund. Dann drückt er einen sanften Kuss darauf. Im selben Moment gibt es hinter ihnen ein irrsinniges Getöse. Sophie dreht sich um. Einer der Skater hat gerade mitten im Sprung die Kontrolle über sein Board verloren. Es sieht total krass und gefährlich aus, als er auf dem Beton aufschlägt. Trotzdem muss Sophie lächeln. Aber es liegt vermutlich gar nicht an diesem Typen, sondern daran, dass sie Moritz' Lippen immer noch auf ihrem Handgelenk spürt.

16

Mittwoch, 17. Mai. Wieder ist das Mädchen aus dem neunten Stock vom Himmel gefallen, diesmal beim Skaterpark. Seit ich mein Board wiederhabe, verbringe ich dort jede freie Minute. Die meisten hier sind ziemlich gut. Wenn auch nicht so gut wie Tim (er fehlt mir jetzt doch wieder.) Ich hatte schon fünf Versuche hinter mir gehabt. Der Plan für den sechsten: im Sprung beide Hände am Brett. Ich stand oben und konzentrierte mich. Hinter mir wurde bereits gemault, ich wollte mich aber nicht stressen lassen. Und dann habe ich plötzlich im Augenwinkel dieses Cabrio am Straßenrand gehabt, schätzungsweise fünfzehn, zwanzig Meter entfernt. Das Dach offen. Ein 911er. Dunkelblau. Aber das Entscheidende: Das Mädchen aus dem neunten Stock saß drin. Irgendwie passte das überhaupt nicht, wohnt bei uns im Neunten und fährt in einem 911er mit? Und der Typ neben ihr war viel älter. Mit grüner Basecap und goldverspiegelter Sonnenbrille, wie die Augen einer Fleischfliege, zu groß für sein längliches Gesicht. Jemand, der denkt, das sieht cool aus, aber keine Ahnung hat, dass es eigentlich scheiße aussieht. Er hatte die Hände am Lenkrad, grinste sie an und redete irgendwas, was ich aus der Entfernung natürlich nicht hören konnte. Dann spürte ich die Hand von irgendeinem ungeduldigen Idioten auf meinem Rücken. Und rollte in die Pipe, obwohl ich nicht bereit war, kreuzte den tiefsten Punkt, schoss nach oben, versuchte zu stoppen, verlor das Gleichgewicht, riss die Arme zur Seite (ungefähr so verlief das Ganze). Wenig später lag ich auf dem Beton. Meine Handflächen brannten und ich schmeckte warmes Blut. Blut aus meiner Nase. Ich kümmerte mich nicht darum. Vielmehr interessierte mich, ob das Mädchen aus dem Neunten die Blamage gesehen hatte. Aber der 911er, das Mädchen und der Typ waren wieder verschwunden.

17

Frau Sommer will wissen, warum Sophie gestern ohne Entschuldigung den ganzen Tag nicht im Unterricht gewesen ist. »Das geht so nicht!« Selbst wenn sie so klingen möchte, als würde sie in einer Sache keinen Spaß verstehen, kommt die junge Deutschlehrerin freundlich rüber.

Sophie versucht es erst mal mit Schweigen, beinhart.

Aber bald fangen um sie herum ein paar ihrer Mitschüler zu flüstern und zu kichern an. Sophie hört nicht wirklich hin, sollen sie doch reden, was sie wollen.

»Irgendwas musst du schon sagen«, fordert Frau Sommer sie auf, nachdem sie eine Weile geduldig abgewartet hat.

»Aber was?«, fragt Sophie achselzuckend, als läge es an ihrer Lehrerin, eine Antwort zu geben.

»Am besten die Wahrheit!« Frau Sommer schmunzelt.

»Die Wahrheit ist nicht Sophies Ding«, verlautbart Lukas von hinten.

Die meisten wissen sofort, worauf er anspielt. Sophie verzieht den Mund. Dir tu ich noch einmal weh!, droht sie ihm in Gedanken. Frau Sommer will wissen, warum er das gesagt habe, das sei eine ziemlich schwere Anschuldigung.

»Sie müssten mal die Nachrichten auf Sophies Handy checken«, empfiehlt Georg.

Alle grölen, außer Yvonne. Vermutlich will sie wieder einmal ihre uneingeschränkte Solidarität demonstrieren. Sophie sagt weiterhin keinen Mucks, jetzt erst recht nicht. Stoisch sitzt sie auf ihrem Sessel, den Rücken gerade, die Hände am Tisch. Nur ihre Pupillen schwimmen nach links.

»Wieso sollte ich ihr Handy checken?«, erkundigt sich Frau Sommer, nachdem irgendwann doch wieder halbwegs Ruhe eingekehrt ist.

»Tun Sie es einfach, dann werden Sie es sehen …«, kräht Luis.

»Du bist frech!« Frau Sommer droht mit dem Zeigefinger.

»Aber so ist das nun mal!«, springt Georg Luis bei.

»Was ist so?«, Frau Sommers Gesicht verdunkelt sich wie der Himmel über dem Schulhof. Aber sie interessiert sich jetzt nicht mehr so sehr für Sophies gestrige unentschuldigte Abwesenheit, vielmehr interessiert sie sich für das Verhalten der anderen Schüler. »Was ist so?« Frau Sommer verschränkt ihre Arme. Die Neonlampen an der Decke knistern. Der Kastanienbaum im Hof wird von einem Windstoß erfasst. Ein paar Vögel fliegen auf. Die Lehrerin durchquert das Klassenzimmer und stellt sich schließlich vor Sophie auf. »Vielleicht kannst du mir ja weiterhelfen!« Sie will die Sache wirklich verstehen.

Sophie atmet durch.

»Also!«, muntert Frau Sommer sie noch mal auf.

Sophie setzt eine Leidensmiene auf. »Ich war traurig«, sagt sie schließlich.

Schon prusten wieder ein paar los. Ohne darauf einzugehen, stützt sich Frau Sommer mit beiden Händen am Tisch auf und beugt sich zu Sophie. »Warum warst du traurig?«, fragt sie, als wären nur noch sie und Sophie im Raum. »Vielleicht kann ich dir helfen.«

Um die Wirkung des folgenden Satzes zu erhöhen, plant Sophie eine ausführliche Pause. Aber als Frau Sommer einatmet, um was auch immer hinterherzuschieben, stößt sie rasch und deutlich hervor: »Meine Eltern lassen sich scheiden.«

Jeder in der Klasse konnte es hören. Jetzt gibt niemand mehr einen doofen Kommentar ab. Niemand scheint auch nur zu atmen. Einen Augenblick lang hofft Sophie, sie sei wie durch ein Wunder tatsächlich vollkommen alleine hier, sie könnte einfach aufstehen und gehen. Egal wohin. Sie wäre frei. Aber dann platzt Frau Sommer mit einem mitfühlenden »Das tut mir leid!« heraus.

Von Scheidung hat Sophies Mutter nichts gesagt, aber Frau Sommer hat ihre Erklärung für gestern. Als Sophie ihre Augen wieder aufklappt, ist ihre Lehrerin bereits zur Tafel zurückgekehrt.

Nach dem Unterricht bittet Frau Sommer Sophie noch mal zu sich. Sie soll zu Hause Bescheid geben, dass sie mit ihrer Mutter sprechen möchte.

»Klar, mach ich«, sagt Sophie schnell und denkt: Ganz sicher nicht!

Dann legt Frau Sommer ihr beide Hände auf die Schultern. »Das wird schon wieder«, sagt sie aufmunternd.

Sophie schaut verlegen weg.

18

Der Alte müsste eigentlich mehr über sie wissen: ihren Namen, hinter welcher Tür im Neunten sie wohnt und überhaupt. Würde er doof fragen? Und wenn, soll er. Aber dann war heute (Donnerstag, 18. Mai) dieser Alfred da, stand bei uns in der Küche, rührte in einem Topf und wir führten einen ziemlich merkwürdigen Dialog, der absolut nichts mit dem Mädchen aus dem Neunten zu tun hatte. (Trotzdem versuche ich ihn möglichst wortwörtlich wiederzugeben.)

Alfred: Ich wärme Essen für euch auf.

Ich: Cool. (Was anderes fiel mir nicht ein.)

Alfred: Kannst schon mal auf den Tisch stellen. (Er hielt mir Teller hin.)

Ich: Wieso nur zwei?

Alfred: Für dich und deinen Großvater.

Ich: Essen Sie nicht mit?

Alfred: Isst du nicht mit? (Mit Betonung auf Du.)

Ich: Isst du nicht mit? (Wenn er unbedingt will!)

Alfred: (rief ins Wohnzimmer, wo der Alte auf dem Sofa lag): Esse ich mit?

Keine Antwort.

Ich: Wieso müssen Sie …

Alfred: Du.

Ich: Wieso musst du ihn fragen, wenn du kochst?

Alfred: Esse ich mit? (Diesmal fragte Alfred mich.)

Ich: Ja, natürlich.

Alfred hat sich über meine Antwort tierisch gefreut. Er ist beim Essen auch nicht so schweigsam wie der Alte und hat mich die ganze Zeit mit Fragen gelöchert, über Schule, Freunde und so weiter. Ich habe von Herrn Valentin erzählt, aber nicht von diesem Heft. Von Tim, aber nicht, dass ich nicht sicher bin, ob er mein Freund ist. Mindestens zehnmal lag mir auf der Zunge, von dem Mädchen aus dem Neunten anzufangen. Aber dann sagte ich doch jedes Mal nichts. Alfred wollte auch wissen, was mit meinen Händen und meiner Nase passiert ist. Wieder habe ich nichts von dem Mädchen gesagt, bloß, dass ich beim Skaten gestürzt war … da mischte sich plötzlich der Alte ein, er glaubte mir einfach nicht. Er war sicher, dass ich mich geprügelt habe. Ich habe mich noch nie geprügelt. Auch das glaubte er mir nicht. Aber dann hat Alfred erzählt, dass mein Großvater früher geboxt hat. Auch Wettkämpfe. Eine Saison lang war er sogar in seiner Klasse Tabellenzweiter. (Davon hat mein Mutter mir nie erzählt. Aber sie erzählte ja ohnehin nie was über ihn.) Der Alte saß mit zusammengepressten Lippen da und überließ jetzt wieder Alfred das Reden. (Mittlerweile wundere ich mich nicht mehr darüber.) Aber er hatte einen Glanz in den Augen, den ich noch nie bei ihm gesehen habe. Dann drehte ich den Spieß um und wurde die Fragen los, die möglicherweise auch den Jemand in 100 Jahren interessieren. Hast du schon immer für meinen Großvater gekocht? Hast du schon immer in dem Haus gewohnt? Usw. Also: Alfred wurde schon hier geboren. Seine Eltern sind längst tot. Er ist nicht verheiratet und hat keine Kinder. Als der Alte vor sieben Jahren Hausmeister wurde, war er Alfred sofort sympathisch. (Alfred lachte, als käme ihm das selbst ziemlich komisch vor.) Es hat aber fast zwei Jahre gedauert, bis sie mehr als nur ein paar Worte miteinander gewechselt hatten. Irgendwann ist Alfred ungeduldig geworden. Also klingelte er einfach bei meinem Großvater und so weiter. Während Alfred darüber redete, schaute der Alte die ganze Zeit finster drein. Ich finde, er könnte ruhig freundlicher sein. Alfred und ich unterhalten uns doch nur wie ganz normale Menschen.

19

Seit Moritz auf Sophies Message geantwortet hat, vergeht die Zeit wie im Schneckentempo. Herr Schwab spricht gerade über die Wirtschaft von Kolumbien. Er projiziert eine Landkarte an die Wand, die mit Symbolen übersät ist. Die roten Punkte heißen: Kokapflanzen. Er spricht über die Drogenkriege und kann es sich natürlich auch nicht verkneifen, eindringlich vor jeder Art von Droge zu warnen. Zum Schluss kündigt er für nächste Woche einen Länderkundetest an, Thema Südamerika. Noch nie ist Sophie das alles so gleichgültig gewesen. Als die Stunde zu Ende ist, ist Sophie als Erste auf dem Weg Richtung Ausgang, gefolgt von Yvonne, die irgendwas von einem Treffen faselt, das sie für heute Nachmittag ausgemacht hätten, woran Sophie sich absolut nicht erinnern kann. Kaum sind sie im Freien und marschieren vom Schulausgang Richtung Straße, hat Sophie Moritz' Karre im Visier. Sie legt an Tempo zu und Yvonne fragt gequält: »Hörst du mir überhaupt zu?«

»Super«, sagt Sophie, als sie sich neben Moritz in den Sitz fallen lässt.

»Was ist super, Princess?«

»Dass du dein Auto mitten auf dem Zebrastreifen geparkt hast.«

»Und sonst noch?«

»Alles.«

»Seh ich genau so, Princess«, sagt Moritz grinsend.

Kaum sind sie unterwegs, kommt eine Nachricht. Wer war das? Sophie antwortet nicht.

»War das Vanessa?«, will Moritz wissen.

»Nein, Yvonne.«

Moritz nickt, als wüsste er Bescheid. »Und wohin geht es jetzt?«, fragt er.

»Ich darf entscheiden?«

»Du darfst entscheiden.«

»Fahren wir nach Kolumbien?«

»Was ist in Kolumbien?«, fragt Moritz überrascht.

»Dort gibt es ziemlich viele Drogen.« Das ist das Einzige, was Sophie sich von Herrn Schwabs Unterricht gemerkt hat.

Sie halten an einer roten Ampel. Als sie auf Grün springt, biegt Moritz mit quietschenden Reifen nach rechts.

»Ich weiß, was du willst«, sagt Moritz plötzlich.

»Das hat aber gedauert.« Sophie lächelt.

Als sie den Stadtverkehr hinter sich gelassen haben und der Verkehr sich gelichtet hat, fängt Moritz wie beim letzten Mal bei zehn zu zählen an. Bei Vier wechselt er auf die Überholspur. Bei Null geht's ab … und eine Dosis Geschwindigkeit fährt in Sophies Körper, die Wucht der Beschleunigung presst sie in den Sitz und sie johlt vergnügt auf.

»Hundertzweiundneunzig«, liest Moritz vom Tacho ab.

Vor ihnen hält sich ein SUV, der mit derselben Geschwindigkeit unterwegs ist. Moritz gibt Gas, fährt auf ein paar wenige Meter heran und betätigt die Lichthupe, der Fahrer vor ihm reagiert nicht.

»Arschloch!«, flucht Moritz, lässt seinen 911er wieder nach rechts gleiten, treibt ihn weiter an, zieht rechts an dem SUV vorbei, setzt sich vor ihn und beschleunigt auf zweihundertzehn.

Sophie atmet gleichmäßig und lauscht auf das dumpfe Dröhnen des Motors. Weiter!

»Zweihundert … ein … und … vierzig!«

Sie schließt die Augen und wartet darauf, dass es losgeht … aber diesmal ist es kein Abschuss von einer Rampe, es ist ein sanftes Gleiten, ein langsames Ansteigen, sie gewinnen an Höhe und haften gleichzeitig am Boden, wie in einem Traum, in dem Widersprüche kein Problem sind. Mitgerissen von der Geschwindigkeit strömt Sophie federleicht dahin. Sie erhebt ihre Stimme, ein langer, heller, freier Jubel. Ohne ein einziges Mal Luft holen zu müssen, bis … bis … bis … Moritz plötzlich die Geschwindigkeit drosselt, und augenblicklich ist Sophie herausgerissen, zurückgebracht, von der Erdanziehungskraft beschwert …

»Nicht!«, schreit sie und reißt die Augen auf, als könnte sie mit dieser winzigen Bewegung den Wagen wieder beschleunigen. »Nicht! Was denn? Nicht! Weiter! Bitte noch nicht!«

Aber da hört sie schon die Sirene und gibt sich geschlagen, sieht das Blaulicht hinter ihnen, und alles, was gerade gewesen ist: Aus. Vorbei. Stopp. Kein Funke mehr davon. Die Räder reiben rau über den Asphalt. Das Polizeiauto überholt sie und schert vor ihnen wieder ein.

»Was sollen wir jetzt machen?«, fragt Sophie leise, nachdem sie sich vom ersten Schrecken erholt hat.

»Steht doch da«, sagt Moritz.

Auf dem Dach des Polizeiwagens blinkt ein Schriftzug: Bitte folgen!

»Scheiße!«

»Ich regle das schon«, beruhigt Moritz sie. Er wirkt wenig beeindruckt und absolut sicher, dass er das auch kann.

Sie rollen bis zum nächsten Parkplatz hinter dem Polizeiwagen her. Als der stoppt, hält Moritz mit ein paar Metern Abstand. Dann passiert eine Weile nichts. Die Türen des Polizeiwagens gehen einfach nicht auf, die Polizisten springen nicht heraus, laufen nicht mit den Händen an ihren Waffen zu ihnen herüber, nichts so, wie Sophie es erwartet hat, weil sie es so aus dem Fernsehen kennt. Mittlerweile ist bestimmt mehr als eine Minute vergangen.

»Was tun die?«

»Keine Ahnung.« Moritz trommelt gelangweilt mit den Fingern am Lenkrad.

Es vergeht eine weitere Minute. Dann öffnen sich plötzlich die Türen, und zwei Polizisten steigen aus, ein älterer, etwa Mitte vierzig, und ein jüngerer, ziemlich großer, schlanker

Typ. Beide kommen mit entschlossener Miene zum Porsche herüber. Der ältere bleibt auf Moritz' Seite stehen, der jüngere auf Sophies. Moritz legt seine Hände in den Schoß und schaut mit einem mehrdeutigen Grinsen zu dem älteren Polizisten hoch. Der Polizist mustert erst ihn, dann Sophie.

»Da war gerade etwas nicht in Ordnung«, bemerkt der Polizist mit einem sarkastischen Lächeln.

»Ich weiß«, gibt Moritz unumwunden zu.

»Meine Schuld ... ich wollte ...«, stottert Sophie und ist selbst überrascht, dass sie den Mund aufgemacht hat.

Moritz' Kopf fliegt herum, sie soll ihm das hier überlassen.

»Ein Notfall?«, fragt der Polizist schließlich.

»Das würden Sie mir doch nicht glauben«, antwortet Moritz lächelnd.

Ein Grinsen huscht auch über das Gesicht des Polizisten. Er bittet Moritz um Führerschein und Zulassung. Moritz greift hinter die Sitze, wo sein grauer Blouson eingeklemmt ist.

Sophie schaut vorsichtig zu dem jüngeren Polizisten hoch, der dieses ausdruckslose Gesicht beherrscht, das auch Jonas machen kann. Moritz fischt Führerschein und Zulassungskarte aus der Geldtasche. Der Polizist mustert sie eine ganze Weile, vergleicht das Bild vom Führerschein mit Moritz' Gesicht, geht schließlich hinter den Porsche und wirft einen Blick auf das Nummernschild. Wieder vergeht Zeit, ohne dass etwas passiert.

Dann steht er plötzlich neben dem jüngeren Polizisten und schaut auf Sophie herunter. »Und wer bist du?«

Sophie stockt der Atem. Wenn er meinen Namen und mein Alter erfährt, wenn er wissen will, was ich und Moritz miteinander zu tun haben, wenn er meine Adresse ausfindig macht, wenn er meine Eltern informiert, wenn er … wenn er … wenn er …

»Meine Schwester«, hört sie Moritz sagen.

»Deine Schwester?« Kein Wunder, dass der Polizist staunt: Moritz mit seinen blonden Haaren, Sophie mit ihren schwarzen Locken … vor ihm sitzen zwei völlig unterschiedliche Menschen, die sicher kein gemeinsames genetisches Material haben.

»Meine Stiefschwester«, korrigiert Moritz.

Sophie zittert unter der Haut, schaut aber stur vor sich hin. Am Straßenrand steht eine Toilettenanlage, entlang der Parkplätze sind in jeweils ein paar Metern Abstand Bänke aufgestellt, weiter vorne parken zwei Autos, die Insassen vertreten sich die Beine und schielen herüber. Der Rastplatz ist mit Maschendraht eingezäunt, dahinter beginnt ein Maisfeld.

»Wie alt bist du?«

»Sechzehn«, sagt Moritz prompt.

»Diesmal habe ich sie gefragt.« Der Polizist will, dass Sophie ihn anschaut.

Langsam hebt sie ihren Blick.

»Wie alt bist du?«

»Sechzehn«, wiederholt Sophie Moritz' Lüge.

»Kann ich deinen Ausweis sehen?«

»Nicht dabei«, entschuldigt sie sich, obwohl er sehr wohl in ihrer Tasche steckt.

Der Polizist nickt, als hätte er keine andere Antwort erwartet. »Wie heißt du?«

»Gloria«, sagt Sophie prompt, ohne rot zu werden.

»Und eure Adresse?«

Shit. Sophie ist mit Jonas dorthin gefahren und hat nicht darauf geachtet. Sollten die Polizisten aber feststellen, dass sie gelogen hat, werden sie weiter fragen, ihren wirklichen Namen erfahren, ihr wahres Alter, ihre Adresse, die Namen ihrer Eltern …

Moritz macht den Mund auf, aber der Polizist fährt ihn an: »Klappe!«

»Das Auto ist neu und ich wollte, dass er mir zeigt, wie schnell es fährt«, gesteht Sophie, um den Polizisten von seiner Frage abzubringen. »Deshalb.«

»Das glaube ich dir sogar«, bemerkt er in aller Ruhe, »aber darum geht es jetzt hier nicht mehr. Es geht jetzt darum, dass du ganz sicher nicht seine Schwester bist und auch nicht seine Stiefschwester. Es geht darum, dass ich nicht gerne angelogen werde.« Der ältere Polizist nimmt seine Kappe ab. Er kratzt sich am Hinterkopf, als würde er angestrengt nachdenken. Schließlich übergibt er seinem Kollegen Moritz' Papiere, um sie zu checken.

… aber plötzlich, im allerletzten Augenblick, fällt Sophie die Adresse doch noch ein: Erlenweg 27. Dort hat sie das Foto von Jonas und Gloria aufgenommen, so stand es neben der Positionsnadel als Bildinfo.

»Erlenweg 27.« Sophie grinst, als wäre ihre Unsicherheit nur ein kindischer Scherz gewesen.

Der Polizist fährt sich mit der flachen Hand über das Gesicht und ruft seinem Kollegen Sophies Angaben hinterher. Wenig später hört man aus dem Polizeiauto knacksende Funkstimmen, aber kein verständliches Wort.

Zweimal umrundet der Polizist den Porsche.

Sophie würde am liebsten nach Moritz' Hand greifen, aber sie verknotet bloß ihre Finger und schaut zu dem überquellenden Mülleimer neben der Bank am Straßenrand. Als der Polizist ein drittes Mal neben ihr auftaucht, bleibt er stehen.

»Ist er dein Freund?«

Sophie presst die Lippen zusammen.

»Dein Freund«, wiederholt er aufmunternd. »Geht ihr miteinander? Oder wie nennt man das heutzutage? Du weißt schon.«

Sophie spürt den Blick des Polizisten auf sich und durch ihr Hirn wirbeln tausend Gedanken. Langsam heben sich ihre Schultern und sie würde ihren Kopf am liebsten zwischen ihnen unsichtbar werden lassen. Diesmal überlässt Moritz ihr die Antwort.

»Ich bin seine Schwester«, plappert Sophie Moritz nach. »Seine Stiefschwester, genauer gesagt.«

Der Polizist nickt und schweigt. Glaubt er ihnen jetzt doch?

Als wenig später der jüngere Kollege mit Moritz' Papieren zurückkommt, bestätigt er, dass Moritz tatsächlich eine Schwester habe, die Gloria heiße, und dass sie wirklich im Erlenweg 27 wohnen würden.

Moritz nimmt Führerschein und Zulassung entgegen. »Sehen Sie, wir haben nicht gelogen.«

»Das nützt dir gar nichts! Du bekommst trotzdem eine saftige Rechnung nach Hause geschickt!«, sagt der ältere Polizist und kehrt zu dem Polizeiauto zurück. Der jüngere folgt ihm. Wenig später rauschen die Polizisten ab, zurück auf die Autobahn.

»Du hast mich schon wieder gerettet«, sagt Sophie und atmet erleichtert durch. »Danke!«

»Kein Thema. Ich würde alles für dich tun. Aber hast du es bemerkt?«

»Was?«

»Das Entscheidende ist doch«, meint Moritz, »dass wir in so einer Situation ein gutes Team sind.«

Sophie nickt. »Aber das wird teuer, oder?«

Moritz zuckt mit den Schultern, als wäre ihm das vollkommen gleichgültig.

»Ich wollte das mit Kolumbien …«, sagt Sophie vorsichtig. »… eigentlich ist es also wirklich meine Schuld …«

»Quatsch! Vergiss es einfach! Das zahlt ohnehin mein Vater.«

Sophie lacht auf. Sie ist froh, dass Moritz das gesagt hat, sie hätte ihm nämlich niemals Geld für die Strafe geben können.

Als sie einen Blick auf ihr Handy wirft, ist es schon fast halb vier. Sie hat keine Ahnung, ob sie es noch bis vier nach Hause schafft. Ihre Mutter will um vier mit ihr losziehen, um

Klamotten einzukaufen. Vermutlich aus schlechtem Gewissen.

Moritz grinst breit, als er das hört. »Warum glaubst du, dass ich einen 911er fahre?«

»Warum?«

»Weil mein Vater nie Zeit für mich hat ...«

Sophie muss an ihren Vater denken und fragt nicht weiter. Stattdessen bittet sie Moritz, sie nach Hause zu bringen. Als er sie wieder in der Nähe des Spielplatzes absetzt, verabreden sie sich für morgen.

»Same Time«, sagt Moritz, »und dann darf ich mir aussuchen, wohin wir fahren.«

»Und wohin?«

»Eine Überraschung.«

Kaum ist Sophie ausgestiegen, schickt sie ihrer Mutter eine Message: Bin in 5 Minuten da.

Bei mir wird es halb fünf, entschuldigt sich Sophies Mutter, ich bin noch in der U-Bahn, tut mir leid.

Sophie checkt weitere Nachrichten. Von Susa sind noch ein paar belanglose Zeilen gekommen. Nichts von Vanessa. Das hat sie aber auch nicht wirklich erwartet. Eine Weile schaut Sophie den Skatern bei ihren Übungen zu, dann geht sie langsam nach Hause, ihre Schritte sind leicht, federleicht.

20

Samstag, 20. Mai. Der Alte musste sich heute um den dämlichen Aufzug kümmern (er hat den Geist aufgegeben). Und das war wichtiger als meine Mutter. Also fuhr Alfred mich hin. Und der verhielt sich ganz anders als mein Großvater, er nahm einen Stuhl, setzte sich neben sie und begrüßte sie, als wäre sie wach … und ihr Anblick erschreckte mich weniger als sonst … und irgendwann schweiften meine Gedanken ab, flogen herum, landeten schließlich bei dem Mädchen aus dem Neunten. Ich stellte mir ihr Gesicht vor, ich dachte an diesen 911er-Typen. Und auf einmal passierte etwas total Krasses: Plötzlich hörte ich die Stimme meiner Mutter, ganz klar und deutlich, als würde sie neben mir stehen. Es war total strange, aber auch wie selbstverständlich. Was machen wir am Wochenende?, sagte sie. Was soll ich morgen kochen? Hast du die Katze schon gefüttert? Willst du nicht endlich ins Bett gehen? Dieselben Fragen, die sie sonst auch stellt. Aber das konnte sie in ihrem Zustand doch nicht wirklich interessieren, oder? Nein, du hast recht, Paul!, antwortete sie tatsächlich. Dann redete sie darüber, dass der Alte sicher froh sei, dass der Aufzug kaputt ist und er nicht kommen musste. Woher weiß sie das mit dem Aufzug? Mama lachte. Erst jetzt bemerkte ich, dass Alfred die ganze Zeit auf Mama eingeredet hatte. Was ist mit diesem Mädchen aus dem neunten Stock? Von ihr wusste meine Mutter also auch. Und das sicher nicht von Alfred. Wie war das möglich? Du musst nichts sagen, damit ich es weiß, sagte meine Mutter. Ich drehte mich verwirrt weg und schaute aus dem Fenster. Sie ließ aber nicht locker: Du denkst die ganze Zeit an das Mädchen. Ich stritt es ab. Sie geht dir nicht mehr aus dem Kopf. Ja, ist ja okay! Aber dann hatte ich eine Idee: Wenn sie alles weiß, vielleicht weiß sie ja auch, wie das Mädchen heißt usw. Aber meine Mutter hatte keine Ahnung. Schon klar, das alles hatte sie ja nicht wirklich gesagt … nur in meinem Kopf. Sie konnte es also gar nicht wissen. Aber es blieb ja noch Alfred. Und am Nachhauseweg fragte ich ihn dann. Es war mir egal, was sich Alfred zusammenreimen würde. Er wollte aber nur wissen, ob ich Sophie meine, das Mädchen mit den Locken. Sophie. Sophie heißt sie also. Und ich tat so, als würde ich ihren Namen längst kennen.

21

Bis die ersten schroffen Berge am Horizont auftauchen, sind sie etwa eineinhalb Stunden Richtung Süden unterwegs gewesen. Und nachdem Moritz bald darauf die Autobahn verlassen hat, kurven sie ein paar Kilometer über eine Landstraße, schließlich fahren sie eine noch schmalere Straße bergauf, nach einer weiteren Viertelstunde hält Moritz plötzlich am Straßenrand, mitten im Wald.

Am liebsten würde Sophie einfach nur hier sitzen, das Auto nicht verlassen, den Wald durch die Windschutzscheibe betrachten und dann wieder nach Hause fahren. Aber deswegen sind sie nicht hier. Und das, was Moritz Sophie zeigen will, ist noch ein Stück entfernt.

Zu Fuß marschieren sie über einen Forstweg, bald wird er steiler, das hier schafft nur ein Geländewagen. Der Weg ist feucht. Es muss vor Kurzem geregnet haben. Wegen des matschigen Bodens macht Sophie sich ein wenig Sorgen, ob sie ihre neuen Sneakers jemals wieder sauber kriegen würde.

»Ist es noch weit?«

Sie passieren eine heruntergelassene Schranke mit dem Schild: *Privatgrund, Zutritt verboten.* Von da sind es nur noch ein paar Minuten, dann sehen sie zwischen den Bäumen das Ziel hervorleuchten, ein altes Jagdhaus aus Holz, mit einem steilen Giebeldach und grünen Fensterläden. Moritz' Großvater hat es am Ufer eines Waldsees gebaut. An einem Steg ist ein rotes Ruderboot angebunden, dessen Lack bereits an vielen Stellen abgesprungen ist. Der Wind kräuselt die Wasseroberfläche. In der Mitte des Sees ist eine kleine Insel.

Sophie schaut zu den Baumwipfeln hoch, die Blätter sind noch zart und hellgrün. Der Kastanienbaum im Schulhof ist schon viel weiter. Obwohl sich die grünen Blätter im Wasser spiegeln, wirkt der See fast schwarz und ölig. Am gegenüberliegenden Ufer wächst Schilf, das sich im Wind wiegt.

Sie atmen Waldluft ein und stehen etwas verlegen mitten in der Natur herum. Ein Specht klopft. Ab und zu knackt ein Stamm. Ein Windstoß pfeift durch die Wipfel.

»Als Kind habe ich gedacht, die Bäume bewegen sich und erzeugen so den Wind«, sagt Moritz.

Sophie war als Kind überzeugt, die Windräder würden den Wind machen.

»Willst du dir das Haus ansehen?«

»Sicher.«

In dem Haus haben Moritz' und Glorias Eltern das Wochenende verbracht, als im Keller der Villa die Party stieg. Hinter der Türe öffnet sich ein einziger großer Raum, Küche und Esszimmer und Wohnzimmer in einem, an der Stirnseite ein offener Kamin, davor ein riesiges Fell, ein Zebra, das Moritz' Großvater in Afrika geschossen hat. Die Fensterläden sind geschlossen und alles liegt in einem schummrigen Licht. Die einzige Lampe, die Moritz angemacht hat, wirft einen matten Lichtschein auf den Esstisch. Im hinteren Eck führt eine Treppe in den ersten Stock, dort sind die Schlafzimmer, erfährt Sophie. Moritz zeigt auf ein Gemälde, das am Fuß der Treppe hängt, das Portrait eines alten Mannes mit einem exakten Scheitel, grauem Bart und kleinen, wachen Augen. »Das ist er, mein Großvater.«

Sophie betrachtet das Bild eine Weile und sucht nach Ähnlichkeiten zwischen ihm und Moritz.

»Und?«

»Vielleicht der Mund, aber ich weiß nicht«, Sophie zuckt unschlüssig mit den Schultern und schiebt die Hände in die Hosentaschen. Ihr Blick fällt auf einen riesigen Wildschweinkopf, der von seinem Platz über einer Kommode den Raum zu überwachen scheint.

»Als Kind habe ich mich vor diesen ausgestopften Tieren gefürchtet«, sagt Moritz, »ich habe regelrecht Panik gehabt. Mein Vater ist wütend geworden, er hat nicht akzeptieren wollen, dass ich Angst vor toten Tieren habe. Aber mein Großvater hat sich auf meine Seite gestellt. Also sind alle Tiere für ein paar Jahre abgehängt worden.«

Am Weg nach draußen wirft er einen Blick in den Kühlschrank, aber dort herrscht gähnende Leere. Wieder im Freien blinzelt Sophie in die Sonne.

»Bist du als Kind oft hier gewesen?«

»Jeden Sommer.« Moritz macht ein paar Schritte Richtung Ufer und dreht sich nach Sophie um: »Komm!«, ruft er, »ich will nicht länger über alte Geschichten sprechen.«

Sie laufen die zweihundert Meter über die Wiese zum Ufer. Dort zieht Sophie ihre verdreckten Sneakers aus.

»Sind die neu?«, fragt Moritz.

»Jep« sagt Sophie. »Ich hoffe, sie sind nicht schon wieder hinüber.«

»Wenn doch, kauf ich dir exakt die gleichen.«

Sophie streckt die Arme zur Seite und balanciert auf einer imaginären Linie. Der Boden ist kühl, die Linie führt schnurgerade ins Wasser. Das Wasser ist kälter, als Sophie erwartet hat. Erschrocken zieht sie den Fuß zurück. Moritz lacht sein strahlendes Lachen. Er bückt sich, sucht nach flachen Steinen und lässt sie über die Wasseroberfläche tanzen, Sophie zählt die Aufschläge, bis der Stein untergeht. Sieben Sprünge sind Rekord. Sie probiert es auch, schafft aber nicht mehr als drei.

Als Sophies Handy klingelt, ist sie überrascht, dass sie hier überhaupt Empfang hat. *Papa* steht auf dem Display. Er hat heute Morgen schon einmal angerufen und gestern und vorgestern auch. Jedes Mal hat Sophie den Anruf weggedrückt und keine seiner Nachrichten von der Mailbox abgehört.

Moritz mustert sie mit hochgezogen Brauen.

»Mein Vater«, erklärt Sophie knapp.

Gemeinsam warten sie ab, bis das Klingeln aufgehört hat.

»Verstehe«, sagt Moritz schließlich.

»Weiß nicht, ob du das verstehen kannst«, murmelt Sophie.

»Ich weiß es auch nicht«, sagt Moritz und lacht.

»Ich verstehe es selbst nicht«, gibt Sophie zu.

Aber plötzlich fängt sie an, von ihren Eltern zu erzählen, von ihrer Mutter, von wegen Pause und so weiter, und dass sie eigentlich weder darüber sprechen noch darüber nachdenken will. Aber es fühlt sich gut an, Sätze zu sagen wie: »Das alles ist einfach eine Riesenscheiße! Ich hasse sie.«

»Und deine Eltern?«, will Sophie schließlich wissen.

»Ich war zwölf, als meine Eltern sich trennten«, beginnt Moritz. »Ich war auch total konfus, aber dann habe ich herausgefunden, dass es für mich dadurch nur Vorteile gab.«

Dass etwas an der Situation ihrer Eltern Vorteile für sie haben könnte, war Sophie bisher noch nicht in den Sinn gekommen. Oder doch? Das schlechte Gewissen? Die gestrige Shoppingtour. Oder dass ihre Mutter sich schon wieder am Wochenende für den Dienst einteilen ließ und Sophie den ganzen Tag tun und lassen kann was sie will.

Sie hocken nebeneinander am Ufer und haben die Beine ausgestreckt.

»Aber ich verstehe es einfach nicht und das macht mich fertig«, sagt Sophie nach einer Weile.

»Vergiss es«, rät Moritz. »Ich bin überzeugt, du kannst mit einem anderen Menschen reden, du kannst ihm Fragen stellen, er gibt dir sogar Antworten, aber du kannst ihn nie wirklich verstehen. Es ist wie mit der Milchstraße, mit dem Universum, man kann nicht verstehen, was unendlich heißt.«

Sophie hört Moritz mit zusammengekniffenen Augen zu.

»Ich glaube auch«, fährt Moritz fort, »wir wissen nichts über den anderen, ein paar Fakten vielleicht, aber das ist es auch schon.«

Er schaut über die Wasseroberfläche. Sophie mustert ihn von der Seite, sein Gesicht ist vollkommen entspannt.

»Auch du, Princess, und ich …«, sagt Moritz leise.

Seit er unlängst den Kuss auf ihr Handgelenk gedrückt hat, möchte sie, dass er es wieder tut. Vielleicht ja jetzt? Ihr Herz beginnt schneller zu schlagen.

»Du und ich sehen in diesem Augenblick etwas anderes, jeder spürt etwas anderes und keiner kann es dem anderen wirklich mitteilen«, sagt Moritz.

»Ja«, entgegnet Sophie matt und schaut jetzt auch aufs Wasser. Gleichzeitig kommt es ihr vor, als hätte Moritz genau das ausgesprochen, was sie in den letzten Tagen so oft gefühlt hat, aber nicht sagen konnte. Und obwohl Moritz gerade erklärt hat, dass einer vom anderen nichts wissen kann, dass Menschen einander nie verstehen können, hat sie in diesem Augenblick das Gefühl, alles über Moritz zu wissen. In diesem Moment fühlt sie sich ihm nah wie niemandem sonst. Fast so, als wären sie und er ein und dieselbe Person.

»Willst du zur Insel hinüberfahren?«, fragt Moritz in die Stille.

Sophie überlegt nicht lange, sie will.

»Na dann!« Moritz springt als Erster ins Boot und reicht ihr die Hand.

Als Sophie ins Boot steigt, beginnt es so stark hin und her zu schwanken, dass sie einen Moment lang fürchtet, über

Bord zu gehen. Schnell hockt sie sich auf eines der beiden Sitzbretter.

Moritz bindet das Boot los, setzt sich ihr gegenüber, schwingt die Ruder ins Wasser und macht den ersten kräftigen Zug. Das Boot gleitet fast geräuschlos auf den See hinaus. Moritz macht langsame, gleichmäßige Schläge. Als sie etwa die Hälfte der Strecke zurückgelegt haben, zieht er seinen Pullover aus, darunter trägt er ein hellblaues T-Shirt, seine Augen sehen jetzt noch strahlender aus. Jedes Mal, wenn er die Ruder nach hinten zieht, spannen sich seine Muskeln. Sophie nimmt ihr Handy und streckt den Arm aus, so dass Moritz und sie auf dem Display erscheinen, sie im Vorder-, er im Hintergrund.

»Was machst du?«, fragt Moritz.

»Ein Selfie.«

»Lass das!«

»Warum denn?«, fragt Sophie und lacht.

»Hast du schon abgedrückt?« Moritz ist plötzlich total aufgebracht.

»Nein. Aber was ist so schlimm daran?«

»Ich will das nicht, okay?!«, erklärt Moritz mit einer total fremden Stimme. »Das nervt.«

Sophie verkneift sich jede weitere Diskussion und schiebt das Handy wieder in die Hosentasche. Natürlich wundert sie sich, warum er so einen Stress deswegen macht. Wenn sie nicht fragt, wird sie es nicht herausfinden. Sie fragt nicht. Stattdessen beugt sie sich vor und schaut ins Wasser. Dort sieht sie ihr Spiegelbild.

Als es nur noch zwei, drei Ruderschläge bis zur Insel sind,

erklärt Moritz: »Ich will nicht, dass jemand erfährt, dass wir hier waren.«

Nachdem sie gelandet sind, zieht Moritz das Boot so weit an Land, dass es nicht von selbst ins Wasser zurückrutschen kann.

Sophie liegt auf dem Rücken im Gras. Aus dieser Perspektive hat sie nur den wolkenlosen Himmel im Blick. Vor sechs oder sieben Jahren war sie mit ihrem Vater auf dem Dach des Hochhauses gewesen. Der damalige Hausmeister hatte sie mitgenommen. Dort oben sah man auch nur Himmel, erinnert sich Sophie, und sie konnte ein Flugzeug erkennen, winzig klein und metallen wie ein Spielzeug. Sie ging langsam bis zur Dachkante vor. Es konnte ihr nichts passieren. Ihr Vater passte auf sie auf.

Wie in der Partynacht taucht plötzlich Moritz' Kopf über ihr auf. Diesmal erschrickt sie, auch wenn sie die ganze Zeit nicht vergessen hat, dass er bei ihr ist. Scheu tastet ihr Blick sein Gesicht ab.

»He«, sagt Moritz im selben Tonfall, wie Sophie es von Jonas kennt, bevor er Vanessa küsst.

Ein paar Halme kitzeln sie am linken Arm.

»Frierst du, Princess?«

Sophie schüttelt den Kopf.

»Das ist gut«, sagt Moritz sanft.

Sophies Mund wird trocken. Sein Atem streift über ihre Lippen. Er riecht wie ein süßes Getränk, das ihren Durst stillen würde.

»Alles okay?«

»Ja.« Sophies Zunge klebt am Gaumen.

»Darf ich?«

Obwohl Sophie nicht weiß, was er meint, sagt sie abermals Ja.

Langsam öffnet Moritz den Reißverschluss ihres Hoodies. Haken für Haken springt auf, bis die Stoffteile zur Seite rutschen. Moritz schiebt seine rechte Hand unter ihr T-Shirt und lässt sie auf ihrem flachen Bauch liegen.

Sophie atmet tief ein und hält die Luft an. Sie denkt an Vanessa und Jonas. Sie ahnt, was Vanessa jetzt tun würde und was Jonas. Schnell knipst sie die Bilder aus.

»He«, sagt er noch mal.

Sophie weiß nicht, ob sie was sagen oder tun soll. Sie wartet ab.

»Du musst weiter atmen«, sagt Moritz lachend, »sonst erstickst du!«

Langsam lässt sie Luft durch die Nase in ihre Lungen strömen. Moritz Fingerkuppen trippeln über ihre Haut. Wie Regentropfen. Zumindest stellt Sophie sich Regentropfen auf der Haut so vor, nackt im Regen gelegen hat sie nämlich noch nie.

»Willst du nicht wissen, wie ich heiße?«

»Du bist für mich Princess.« Moritz' Worte perlen sanft aus seinem Mund. Dann ist sein Kopf noch näher. Sophie muss lächeln. Als Moritz das sieht, schließt er seine Augen.

»Du auch, Princess«, flüstert er.

Aber Sophie bringt es nicht fertig. Ihre Lider klappen einfach nicht zu. Mit klopfendem Herzen beobachtet sie, wie Moritz' Lippen auseinanderspringen, nur einen Spalt. Dahinter lauert seine rosa Zunge.

Jetzt passiert es gleich, denkt Sophie.

Aber dann, im allerletzten Augenblick, dreht sie plötzlich den Kopf zu Seite.

Sie weiß nicht, warum sie das getan hat. Sie hat keinen blassen Schimmer. Sie wollte den Kopf überhaupt nicht wegdrehen. Es ist passiert, ohne dass sie die Möglichkeit gehabt hätte, es nicht zu tun. Jetzt ist es zu spät.

Sophie hat sich auf den Bauch gelegt und konzentriert sich auf Grashalme und Erdklümpchen und den winzigen schwarzen Käfer vor sich. Sie möchte sich am liebsten eine Decke über den Kopf ziehen. Aber auf dieser Insel gibt es auch sonst nichts, wo sie sich verstecken könnte.

Nach einer Weile setzt sie sich langsam auf und sieht sich nach Moritz um. Er sitzt im Schneidersitz an einen Baumstamm gelehnt. Sie geht zu ihm hinüber. Er sieht nicht zu ihr auf. Sie steht eine Weile mit den Händen in den Taschen und durchgestreckten Ellenbogen da.

»Tut mir leid«, flüstert Sophie schließlich.

»Hier liegt Rocky«, sagt Moritz, als wäre das eine Antwort.

»Rocky?«, fragt sie zögernd.

»Mein Hund ist hier begraben.«

Es dauert ein wenig, bis Sophie die Erderhebung neben Moritz entdeckt, etwa einen Meter mal einen Meter groß. Sie ist aber längst von Gras und Unkraut überwuchert.

»Es war vor vier Sommern«, beginnt Moritz. »Alle sind hier gewesen: Gloria, meine Mutter, mein Großvater und Rocky. Rocky war ein Labrador. Ich bin gemeinsam mit ihm aufgewachsen. Im Gegensatz zu mir ist Rocky allerdings schon ein alter Herr gewesen. Rocky war der Einzige, der mich wirklich verstand. Auch wenn es absurd klingen mag, Rocky war wie ein Zwillingsbruder für mich. Aber eines Morgens war Rocky verschwunden. Wir haben nach ihm gerufen, aber er kam nicht zurück. Wie sind durch die Gegend, mit dem Geländewagen über Forststraßen und Waldwege, nichts. Ich habe mir die Seele aus dem Leib geschrien ... Am nächsten Tag fanden wir ihn auch nicht und auch nicht am übernächsten. Dann habe ich gehört, wie mein Großvater zu meiner Mutter gesagt hat, man müsse mir erklären, dass Rocky nicht mehr zurückkehren wird. Ein Jäger oder eine Falle wird ihn erledigt haben. Drei Tage lang hatte niemand daran gedacht, auf der Insel nachzusehen. Auch als ich an diesem Abend mit dem Boot übergesetzt bin, habe ich nicht damit gerechnet, Rocky dort zu finden. Rocky hatte sich sein ganzes Leben lang geweigert, ins Wasser zu gehen ...«

»Aber wie ist er auf die Insel gekommen, wenn er nicht geschwommen ist?«, fragt Sophie

Moritz zeigt bloß auf das Grab. Genau hier hat er gelegen. Tot. Er war fast sechzehn Jahre alt. Er hatte sich hierher zurückgezogen, um zu sterben. Moritz ruderte zum Haus zurück und kehrte mit einem Spaten wieder. Er hatte darauf geachtet, dass ihn niemand dabei beobachtete. Er schaufelte ein Grab und legte Rocky hinein. Dann schüttete er das Grab wieder zu.

»Jetzt weißt du, warum mir die Insel so viel bedeutet«, sagt Moritz leise.

Sophie sieht den Schmerz in Moritz' Augen. Dann heftet sie ihren Blick auf die Stelle, wo er seinen Hund, der bestimmt längst zu Erde geworden ist, beerdigt hat.

»Hast du einen neuen Hund bekommen?«, fragt Sophie nach einer Weile.

»Nie und nimmer!« Moritz schüttelt energisch den Kopf. »Das hätte ich niemals zugelassen.«

Die Sonne steht tief über den Baumwipfeln, Moritz und Sophie liegen neben Rockys Grab auf dem Rücken. Er singt *All we need is time. We don't know why we do what we do. But we do. On a night like this. Just don't know what I'm trying to prove. No we can't predict.* Sophie staunt abermals über seine volle, warme Stimme. Sie summt die Melodie eine Weile mit, dann hört sie wieder auf damit. Lieber lauscht sie Moritz. Sie schließt die Augen. Nach einer Weile spürt sie seine Finger auf ihrem Handrücken.

Später, als Sophie bereits zu Hause auf ihrem Bett liegt, kommt eine Message von Moritz: Ist bei dir auch die Sonne schon untergegangen? Warte, schreibt sie, ich schau aus dem Fenster. Und? Ich kann sie noch sehen, Vorteil, wenn man im neunten Stock wohnt. Was denkst du gerade?, kommt von Moritz. Nichts. Doch. An Rocky. Das muss schrecklich gewesen sein. Ich habe noch nie jemandem davon erzählt, liest Sophie. Echt? Du bist die Erste, die die wahre Geschichte erfahren hat. Wow. Liegst du schon im Bett? Ja, und du? Ich sitze am Pool. Weißt du noch? Natürlich weiß Sophie das noch. Es ist ja erst zwei Wochen her. Wie könnte ich das vergessen? Wann sehen wir uns wieder? Wann magst du? Morgen? Morgen geht nicht. Warum geht morgen nicht? Mittwoch? Dann Mittwoch. Ich hole dich um zwei beim Bahnhof ab, dort wo die Busse losfahren. Ich vermisse dich, schreibt Moritz auch noch. Schlaf gut!, antwortet Sophie.

22

»Hast du mit deinem Vater telefoniert?«

Sophie antwortet nicht, was so viel wie Nein heißt, das weiß auch ihre Mutter.

»Er versucht dich seit Tagen zu erreichen und hat dir x-mal auf die Box gesprochen.«

»Hast du mein Handy kontrolliert?«

»Nein, ich weiß es von ihm.«

»Dann redet ihr wieder miteinander?«

»Ich habe nie behauptet, dass wir nicht miteinander reden«, sagt Sophies Mutter übertrieben empört.

Sophie verabschiedet sich: »Ich bin dann weg!«

Ihre Mutter fragt erstaunlicherweise nicht, was Sophie vorhat, aber sie bittet sie, ihren Vater heute wirklich anzurufen.

»Alles klar.«

»Und nimm dir eine Regenjacke mit!«

Tatsächlich türmen sich schon wieder schwarze Wolken auf.

»Wohin gehst du überhaupt?«, fragt ihre Mutter jetzt doch. Hätte Sophie ja auch gewundert.

»Vanessa«, sagt Sophie nur, und wie jedes Mal, wenn Sophie an Vanessa denkt oder ihren Namen ausspricht, krampft sich ihr Magen zusammen.

Tür zu und die paar Schritte zum Lift. Die Kabine fährt mit einem Ruck an und kommt aus dem Erdgeschoss hoch. Er funktioniert also nach zwei ganzen Tagen, an denen sie zu Fuß gehen musste, endlich wieder.

Fünfzehn Minuten später steht Sophie am Seitenausgang des neuen Bahnhofs. Sie hört die Zugansagen herüberwehen. Blechlawinen wälzen sich über den Gürtel, werden regelmäßig von Ampeln gestoppt und fahren langsam wieder an. Sophie versucht jedes einzelne Auto zu registrieren, aber keines davon ist Moritz' dunkelblauer 911er.

Sophie tritt jetzt von einem Fuß auf den anderen. Ihr Hirn spricht den Rhythmus mit: Mo… ritz, Mo… ritz.

Auf der großen Uhr über dem Eingang in die Bahnhofshalle ist es schon Viertel nach zwei. Dunkle Wolken türmen sich über den Dächern immer weiter zu einem schwarzen Ungetüm auf, das nach und nach den blauen Himmel auffrisst. Nur noch an den Rändern leuchtet es hell.

Als die ersten Tropfen fallen, werden die Bewegungen der Menschen schneller, die meisten suchen Schutz in der Bahnhofshalle. Sophie flieht unter das Vordach einer Imbissbude. Die Wolken geben Gas, sagt Sophies Vater, wenn es plötzlich wie aus Kübeln schüttet. Aus Kübeln schütten, sagt ihre Mutter. Mit Getöse stürzt der Regen in Bächen herab, die schweren Tropfen platschen auf den Asphalt. Die Autos fahren langsamer und schleudern das Wasser auf die Gehsteige. Aber soweit Sophie sehen kann, ist immer noch kein Sportwagen darunter, wie Moritz einen hat.

Ein paar Minuten später ist der ganze Spuk wieder vorbei. Die Sonne blitzt zwischen den Wolken hervor und das geschwächte Ungeheuer verflüchtigt sich vollständig. Über dem Bahnhof spannt sich ein Regenbogen, ein paar Leute bleiben stehen und machen mit ihren Handys Fotos.

Sophie lächelt dem Imbissbudenbesitzer zu, springt über eine Pfütze und kehrt zu ihrem alten Standort zurück. Wieder fixiert sie die vorbeifahrenden Autos. Nichts. Mittlerweile wartet sie schon fast eine dreiviertel Stunde. Sie wählt Moritz' Nummer. Die Mailbox springt an, eine Maschinenstimme sagt, mit welcher Nummer man verbunden ist und dass man nach dem Piepton eine Nachricht hinterlassen könne.

Spätestens jetzt würde Vanessa einfach abhauen, mutmaßt Sophie. Es ist nicht deine Schuld, dass er nicht da ist, würde sie sagen, er lässt dich warten. Also ist es seine Schuld, egal was passiert ist.

Sie gibt Moritz noch fünf Minuten, dann wird sie auch abhauen, zack und weg.

Natürlich gibt Sophie Moritz mehr als fünf Minuten, bis Punkt drei Uhr lässt sie die Zeit verstreichen, immer das Handy in der Hand, ständig den Blick zwischen Straße und Display hin und her, aber es kommt kein 911er und auch kein Rückruf. Dann schickt sie ihre Beine los, die vom Herumstehen schon ziemlich wehtun. Sie überquert eine Straße, obwohl die Ampel auf Rot steht. Autos hupen und ein Fahrer schimpft aus dem offenen Fenster. Sophie schaut nicht einmal hin.

In der Fußgängerzone glotzt sie in die Auslagen, ohne wirklich etwas zu sehen. Manchmal versucht sie ihr Spiegelbild zu erkennen. Dann zupft sie gedankenverloren an ihren Haaren herum, aber plötzlich ist sich Sophie absolut sicher, Moritz wurde einfach nur von irgendwas aufgehalten, da gibt es unendlich viele Möglichkeiten, da muss man gar nicht erst anfangen darüber nachzudenken. Und Moritz ist jetzt dort, wo er sie abgesetzt hat und wo sie auf ihn warten sollte. Er ist dort und ich bin nicht dort, denkt Sophie. Verdammt! Ich Idiotin!

So schnell sie kann, läuft sie zurück zum Seiteneingang des Bahnhofs. Aber weit und breit kein Moritz. Bloß ein Hund, der kläffend über den Platz läuft und von einer Frau in einem Regenmantel mit Leopardenmuster zurückgerufen wird. Der Hund will und will nicht auf sein Frauchen hören. Mindestens fünf Minuten steht Sophie da und schaut dem Kampf der beiden zu. Es ist sinnlos, keiner gibt nach.

Es ist sinnlos, Moritz taucht nicht auf.

Auch als Sophie ein zweites und ein drittes Mal anruft, springt lediglich die Box an.

Wenig später sitzt sie in der hintersten Reihe eines Busses, der sich vom Bahnhof durch die engen Straßen der Innenstadt quält. Fünf Stationen später steigt sie aus, weil ihr das ständige Geruckel auf die Nerven geht. Sie läuft kreuz und quer, marschiert ziellos an den prächtigen Bauten vorbei, die es hier gibt, eine Fußgängerstraße hinauf, wo sich massenweise Touristen tummeln, vorbei an teuren Geschäften, wo jede Auslage wie eine Schatzkiste ist, die Scheiben sind poliert und die Dinge werden mit viel mehr Licht angestrahlt als auf der Fußgängerzone hinter dem Bahnhof.

Sie lässt sich auf eine Bank fallen.

Sie wählt abermals Moritz' Nummer, wieder nichts.

Sie wartet eine Minute, noch eine, noch eine, dann ruft sie Moritz noch mal an, zum x-ten Mal das letzte Mal.

23

Mittwoch, 23. Mai. Vielleicht verstehe ich ja besser, was heute abging, wenn ich alles noch mal genau aufschreibe: 16:34 Uhr (zufällig auf mein Handy geschaut) fiel Sophie abermals vom Himmel bzw. stieg in der U-Bahnstation Stephansplatz in die U-Bahn. Ich kam von der Schule, wollte heim, dann zum ersten Mal nach meinem Sturz zum Skaterpark. Aber: Ich konnte mir das nicht entgehen lassen. Als Sophie am Karlsplatz raus ist, bin ich hinterher, in sicherem Abstand bis zur grünen Linie, die gerade einfuhr. Sophie hatte sich bereits hingesetzt. Ich bin im letzten Augenblick hineingesprungen, habe mich drei Bänke hinter sie gehockt, mit Ausblick auf ihre Locken, sechs Stationen lang. Dann sprang sie auf. Wieder habe ich es gerade noch so geschafft. In der Station konnte sie sich eine Weile nicht zwischen vorderem und hinterem Ausgang entscheiden. Ich stellte mich vor den Schaukasten mit den Fahrplänen und schielte so unauffällig wie möglich zu ihr. Da war es 16:51. Sie entschied sich für den Ausgang in Fahrtrichtung. Ich trottete ihr in zwanzig Meter Abstand nach. Auf bei-

den Seiten brauste der Verkehr. Sophie musste an einer Fußgängerampel warten. Ich schloss auf, stand neben ihr. Warum auch nicht? Ich war für sie einfach nur irgendwer. Außerdem achtete sie ohnehin nur auf den Verkehr. Als eine Weile keine Autos kamen, marschierte sie trotz Rotlicht los. Dann kamen wieder welche, und ich kriegte schon Angst, sie aus den Augen zu verlieren, aber dann wurde es doch Grün. Ich fuhr los. Bei der erstbesten Möglichkeit bog sie rechts ab. Bald standen überall nur noch teure Butzen rum, alte und neue, hohe Bäume am Straßenrand, in den Auffahrten SUVs plus andere teure Karren. Es dauerte eine Weile, bis ich es kapierte: Der 911er, aus dem sie beim Skaterpark ausgestiegen war, natürlich, alles klar, deswegen war sie hier. An zwei Kreuzungen blieb sie stehen und starrte auf ihr Handy. Hatte sie bloß eine Adresse und ließ sich von Google Maps leiten? Hätte sie sich umgedreht, wäre ich ihr doch als Verfolger 100 Pro aufgefallen. Ich wechselte die Straßenseite, duckte mich hinter Autos, hinter Bäumen. Ich fühlte mich wie so ein fieser Stalker. Sophie bog ein weiteres Mal ab. Die Straße hieß jetzt Erlenweg, Warum keine Erlen, sondern Kastanienbäume? Egal. Dann: Am Straßenrand parkte tatsächlich der nachtblaue 911er. Ich hatte recht gehabt. Meine Uhr zeigte: 17:12.

24

Sophie erkennt das Haus sofort wieder. Aber *wie* riesig der Garten ist, war ihr am Abend der Party nicht aufgefallen. Oder sie hat es einfach vergessen, kann ja sein. Genauso wenig hatte sie in der Dunkelheit die sorgfältig geschnittenen Sträucher und exakt angelegten Blumenbeete wahrgenommen. Moritz' Eltern haben bestimmt einen besseren Gärtner als Herrn Schober, der nur einmal in der Woche mit seinem ohrenbetäubenden Motormäher den Rasen rund um das Hochhaus kürzt und dabei auch noch die Hälfte übersieht.

In der offenen Garage steht ein dunkelgrüner Geländewagen, der den Weg zum Jagdhaus bestimmt mühelos schafft. Moritz' Sportwagen parkt genau dort, wo Sophie zum ersten Mal eingestiegen war. Plötzlich hat sie den Geruch der Ledersitze in der Nase und *We do what we do* im Ohr.

Sophie ist ein wenig schwindlig. Aber sie darf jetzt nicht zögern, nicht stehenbleiben, sonst kehrt sie um und wird nie wieder hierher zurückkommen. Und dann? Dann würde sie nie erfahren, was heute los war, warum Moritz nicht da war, ob er verhindert war, zu spät gekommen ist oder einfach keine Lust hatte oder (bei dem Gedanken stockt ihr der Atem) tot ist.

Über der Klingel ist kein Namensschild. Sophie atmet durch und drückt den Knopf. Im Haus ertönt ein Gong. Das Gartentor steht einen Spalt offen. Sophie schließt es hinter sich und geht über den Kiesweg Richtung Haus. In dem Augenblick, als sie ihren rechten Fuß auf die Treppe setzt, springt die Tür auf. Eine sehr schlanke Frau mit rot gelockten Haaren steht vor ihr, älter als ihre Mutter, vielleicht Mitte vierzig. Sie trägt Jeans und ein weißes, eng anliegendes T-Shirt. Mit einer schnellen Bewegung wirft sie die Haare nach hinten. An beiden Handgelenken klimpern Armreifen. Sie ist schön und sprüht vor Energie.

»Hallo«, sagt sie und klingt begeistert.

»Hi«, presst Sophie hervor.

»Kenne ich dich?« Die Frau lächelt.

Sophie bringt kein Wort heraus, schüttelt den Kopf und starrt sie nur an.

»Verrätst du mir, wer du bist?«, fragt die Frau nach einer weiteren Pause geduldig. Weder ihr Aussehen noch ihre Art zu sprechen deuten darauf hin, dass irgendwas Schreckliches in dem Haus passiert ist. Also schließt Sophie einen Unfall oder etwas noch Schlimmeres aus.

»Willst du nicht mit mir sprechen?« Sophies Schweigen scheint die Frau in keiner Weise zu verunsichern, eher zu amüsieren.

Im Inneren des Hauses klingelt ein Telefon. Die Frau dreht

sich nach hinten und ruft: »Gloria! Für dich!« Bevor die Frau im Dunkeln verschwindet, streift sie Sophie noch mit einem Blick, als wollte sie sich für ihre völlig überflüssigen Fragen entschuldigen: Wer, als eine Freundin von Gloria sollst du denn sein?

Die Haustür bleibt offen. Sophie schaut in eine Halle mit großen, alten Möbeln, schweren Teppichen, Kristalllüstern und einer Treppe im Hintergrund. Ihr Blick bleibt bei einem Ölbild in einem Goldrahmen hängen, sie erkennt das Gesicht wieder, sie hat es bereits in der Jagdhütte gesehen: Moritz' Großvater.

Einmal noch hört sie die Stimme der Frau rufen: »Gloria!«

Kurz darauf verstummt auch das Telefon.

»Was denn?« Moritz' Schwester kommt die Treppe heruntergehüpft. Sie trägt fast die gleichen Sachen wie ihre Mutter, Jeans und weißes T-Shirt, auf ihrer Brust ist allerdings eine große goldene Blüte aufgenäht, was ziemlich lächerlich aussieht.

Als Gloria Sophie entdeckt, erschrickt sie merklich, versucht aber, sich nichts anmerken zu lassen. Sie bleibt im Türrahmen der Eingangstüre stehen und blickt Sophie herausfordernd an. »Was willst du hier?«

Anders als ihre Mutter klingt sie weder geduldig noch freundlich.

»Hi«, sagt Sophie.

»Jonas ist nicht da!«, zischt Gloria.

Warum denken alle in diesem Haus zu wissen, wen oder was ich suche?, fragt sich Sophie.

Gloria fasst mit ihren Händen nach den Türstöcken, links und rechts, als wollte sie sicher gehen, dass Sophie nicht in das Haus vordringt.

»Außerdem ist er ein Loser, der soll mir vom Hals bleiben«, sagt Gloria knapp, als wäre damit alles geklärt.

»Es geht nicht um Jonas.«

»Und du am besten auch. Okay?«, redet Gloria weiter, offenbar ohne Sophie überhaupt zugehört zu haben.

»Das ist ein Missverständnis …!«

»Ich hab doch dein verzweifeltes Gesicht gesehen«, unterbricht Gloria Sophie. »Das warst doch du, die sich mit Jonas auf meine Party eingeschlichen hat. Und jetzt verschwinde einfach!« Regelrecht angewidert ist Glorias Blick, dann macht sie einen Schritt zurück und will die Tür schließen.

»Es ist was anderes«, plappert Sophie rasch, »es geht um …«, es fällt ihr in dieser Umgebung nicht leicht, seinen Namen auszusprechen, »Mo… ritz. Es geht um Moritz.«

Gloria hält abrupt inne und macht zwei Schritte auf Sophie zu. »Was willst du von ihm?« Ihr Gesicht ist jetzt einen halben Meter von Sophies Gesicht entfernt.

»Ist was passiert?«, will Sophie wissen und starrt in Glorias leere Augen. Nur allzu gerne wüsste sie, was Gloria gerade denkt.

»Was soll passiert sein?«

»Kann ich ihn selbst sprechen?«, fragt Sophie nach einer Pause.

»Wozu?«

Und Sophie bindet Gloria ein Märchen auf die Nase: Das

Märchen von der Jacke, die sie in Moritz' Auto vergessen haben muss, anders könne sie sich die Sache nicht erklären, die Jacke sei ihr übrigens eigentlich total egal, weil sie sie ohnehin nicht gerne trage, aber ihre Mutter bestehe darauf, dass sie diese dämliche Jacke wieder besorge, sonst wäre sie hier nicht wieder aufgetaucht, nicht nach diesem völlig überflüssigen Abend. Diesen letzten Satz kann Sophie sich nicht verkneifen.

Gloria bläst nur verächtlich Luft aus. »Okay. Aber ich weiß nichts von einer Jacke.«

»Kann ich ihn selber fragen?«

»Er ist mit Rocky unterwegs.«

»Rocky?« Sophie stutzt, so hatte doch auch der Hund geheißen, der auf der Insel begraben ist.

»Seinem Hund«, ergänzt Gloria.

»Rocky ist sein Hund?«

Gloria schaut nur.

»Und wann kommen sie wieder?«, fragt Sophie ungläubig.

Aber da hört Sophie auch schon ein aufgekratztes Bellen hinter sich, Gloria schaut über Sophie hinweg: »Jetzt.«

Als Sophie sich umdreht, trottet ein Labrador auf sie zu, ein ziemlich altes Vieh, das mit einem Vorderbein hinkt. Im offenen Gartentor steht Moritz. Er trägt dieselbe graue Lederjacke wie beim letzten Mal. Nichts in seinem Blick verrät, dass er überrascht ist, Sophie hier zu sehen, auch sonst zeigt er keinerlei Regung, nicht, dass er verärgert wäre, weil Sophie hier aufgetaucht ist, nichts. Um die rechte Hand hat er eine Leine gewickelt.

»Hallo«, sagt Sophie, nickt ihm zu und merkt, wie erstaunlich ruhig sie ist, vielleicht auch einfach erleichtert, weil Moritz leibhaftig und unverletzt vor ihr steht. Rocky hat zu bellen aufgehört, er hechelt jetzt. Von seinen Lefzen rinnt Speichel. Er wedelt mit dem Schwanz und glotzt Sophie mit seinen dunklen Augen an, als wüsste er nicht, ob sie Freund oder Feind ist.

»Rocky!«, ruft Moritz.

Der Hund folgt aufs Wort und trottet zu Moritz zurück. Er hält Rocky am Halsband fest und mustert Sophie, als würde er sie kennen, aber nicht sicher sein, ob überhaupt, oder ob er sich täuscht, und wenn doch, woher?

»Jetzt weiß ich«, sagt er plötzlich. »Ich hab dich heimgebracht. Nach der Party.« Er schaut an Sophie vorbei zu Gloria. »Klar! Nach deiner Party.«

»So ist es«, bestätigt Gloria.

Und Moritz sagt: »Komm, Rocky!«

Gemeinsam wollen sie an Sophie vorbei, um im Haus zu verschwinden. Verdattert schaut Sophie Moritz nach.

»Sie will zu dir«, übernimmt Gloria, als von Sophie nichts kommt.

»Zu mir?« Moritz dreht sich erstaunt um. Er klingt dabei absolut natürlich.

»Sie hat eine Jacke in deinem Auto vergessen.«

»Nein«, Moritz ist sich absolut sicher, dann denkt er doch noch einmal nach, schüttelt aber den Kopf. »Tut mir leid. Da war keine Jacke. Du musst sie woanders verloren haben.«

Sophie nickt verwirrt und plötzlich hat sie das Gefühl, es

gehe tatsächlich um eine Jacke. Aber natürlich geht es nicht um eine Jacke. Diese Jacke gibt es überhaupt nicht. Es geht im Augenblick darum, dass Gloria verschwinden muss, um mit Moritz alleine sprechen zu können. Solange seine Schwester anwesend ist, so viel hat Sophie mittlerweile kapiert, wird er so tun, als würde er sie nicht kennen.

»Vielleicht habe ich sie auch im Keller vergessen«, sagt Sophie ohne rechten Plan, »obwohl ich sie sicher noch gehabt habe, als ich in Moritz' Auto gestiegen bin. Aber vielleicht auch nicht. Darf ich mal nachschauen?« So gewinnt sie vielleicht Zeit, hofft Sophie.

Gloria verdreht genervt die Augen. »Warte hier!«

Noch besser.

Moritz' Schwester verschwindet im Haus, Rocky schlüpft mit ihr durch die Tür und Moritz will auch hinterher. Sophie bleibt fast die Luft weg, aber dann bringt sie doch mit dünner Stimme heraus: »Warum bist du nicht dagewesen?«

»Meinst du mich?«, Moritz dreht sich überrascht nach Sophie um.

»Heute am Bahnhof, um zwei«, sagt sie leise.

Moritz starrt sie vollkommen ratlos an. »Ich weiß echt nicht, wovon du sprichst.«

»Aber …?«

Moritz lacht dieses total sympathische Lachen, das Sophie mittlerweile so oft gesehen hat und das sie sich selbst dann in Erinnerung rufen kann, wenn sie nicht mit ihm zusammen ist.

»Echt nicht«, wiederholt er.

»Ich hab dort auf dich gewartet«, sagt Sophie.

»Auf mich?«

Warum auch immer … aber Moritz will, dass sie glaubt, dass er es ernst meint, ist Sophie überzeugt. Langsam aber sicher spürt sie Panik in sich aufsteigen. »Dass du nicht sprechen wolltest … solange Gloria da war, aber …«, stottert sie.

Moritz zieht seine Augenbrauen hoch.

»Ich verstehe auch, wenn du sauer bist, weil ich hier …«, sagt sie.

»Warum soll ich sauer sein, wenn du deine Jacke vermisst?«, unterbricht Moritz sie achselzuckend.

»Warum hebst du nicht ab, wenn ich anrufe?«, platzt Sophie heraus.

Moritz sieht sie an, als stünde er jemandem gegenüber, der nicht ganz richtig im Kopf ist.

»Kannst du dich wirklich nicht …?« Sophie kann es einfach nicht fassen.

»Was kann ich nicht?«, fragt Moritz immer verwirrter.

»Dich erinnern?« Sophie kann nicht glauben, dass sie das wirklich gefragt hat.

»Erinnern?«

Mit einem vollkommen trocknen Mund sagt sie: »Ja.«

»Woran?«

»We do what we do?«, singt Sophie leise vor sich hin, als wäre es tatsächlich möglich, dass er das vergessen hat. Gleichzeitig sucht sie nach irgendeinem Zeichen, das ihr Moritz gibt, etwas in seinen Augen, ein Zucken in seinem Gesicht, dass sie verstehen müsste, dass er jetzt, hier, mit der

Gefahr, dass jederzeit jemand auftauchen könnte, nicht reden könne, dass nicht nur ihre Eltern nichts von ihm und ihr wissen, dass auch seine Eltern nichts wissen und so weiter. Irgendein Zeichen! »… aber das musst du doch noch wissen!«

Dann fällt Sophie eine Sache ein: »Kannst du Klavier spielen?«

»Klavier spielen?« Moritz lacht auf. »Keine Ahnung, warum du das jetzt wissen willst. Aber glaub mir, ich bin der unmusikalischste Mensch, den du dir vorstellen kannst!«

»Du verarschst mich, oder?« Sophies Synapsen arbeiten unter Hochdruck. »Das Jagdhaus, Rocky, die Polizeikontrolle, du hast mich gerettet, ich bin Gloria, deine Stiefschwester«, rattert Sophie herunter.

Moritz dreht sich nach der Tür um. »Gloria!« Es klingt mehr wie ein Hilferuf.

»Was hätte ich denn tun sollen, nachdem du nicht aufgetaucht bist?«, redet Sophie ungerührt weiter. »Aber du kannst mir ja einfach sagen, dass du nichts mehr mit mir zu tun haben willst. Warum auch immer …« Sophie will möglichst viele Infos unterbringen, ehe Moritz' Schwester wieder auftaucht. Aber dann verstummt sie und schaut zu Boden. Wenn er es tatsächlich zugibt, nichts mehr mit ihr zu tun haben zu wollen, wird sie mit ihren Fäusten so lange auf ihn einschlagen, bis er es widerruft. Als aber gar nichts von ihm kommt, korrigiert sie sich: »Du kannst es sagen, aber du musst mir auch sagen, warum.«

Sophie blickt hoch. Moritz' Augen sehen durch sie hindurch.

»Hier!« Glorias Stimme kommt von hinten.

Sie ist nicht durchs Haus, sondern über den Garten zurückgekommen. Sie muss die Außentreppe genommen haben, über die Sophie von der Party in den Garten geflohen war. Kann sein, Gloria stand da schon eine Weile und hat zugehört, auch schon egal, scheißegal. Sie hält Sophie eine weinrote Strickjacke mit weißem Zickzackmuster und schwarzen Knöpfen hin. »Ist sie das?«

Natürlich hat Sophie diese Jacke noch nie gesehen. Und Gloria hat ihr vermutlich absichtlich die hässlichste Jacke aus ihrem Kleiderschrank herausgesucht, eine, die sie selbst schon längst loswerden wollte.

»Deine Freundin ist ein wenig crazy«, hört Sophie Moritz sagen und er klingt tatsächlich beunruhigt.

»Sie ist nicht meine Freundin!« Gloria wirft Sophie einen vorwurfsvollen Blick zu. »Hast du das etwa behauptet?«

Sophie hat darauf keine Antwort. Sie weiß gerade überhaupt nichts. Weder, was sie behauptet hat, noch was sie nicht behauptet hat. Gar nichts weiß sie. Sie könnte in diesem Augenblick nicht einmal ihr eigenes Alter sagen, nicht einmal ihren Namen.

»Also, ist das jetzt deine Jacke oder nicht?«, fragt Gloria ungeduldig.

»Ja. Das ist sie. Danke.« Sophie nimmt sie.

»Und tschüss«, sagt Gloria und huscht ins Haus.

Moritz will hinter ihr her.

»Und Rocky! Rocky ist doch tot! Er liegt auf der Insel begraben«, flüstert Sophie rasch und hofft, dieser Satz ist wie ein Pfeil in Moritz' Rücken, der ihn aufweckt und zur Besinnung bringt.

Tatsächlich dreht er sich noch mal für einen Augenblick um: »Was faselst du da? Ich kenne nicht einmal deinen Namen.«

»Princess!«, stößt Sophie hervor.

»Princess?«, sagt Moritz verwundert. »So heißt doch kein Mensch.«

»Aber ...!«

Moritz macht einen Schritt zurück »Du musst das alles geträumt haben!« Dann fällt die Tür mit einem Knall ins Schloss.

Eine Weile konzentriert Sophie sich auf die Ranken aus Schmiedeeisen, die das Glasfeld in der Türe vor Einbrechern sichern sollen. Dann reißt sie sich los, tastet sich vorsichtig die Treppe hinunter und taumelt benommen zurück zum Gartentor. In der rechten Hand hat sie eine Jacke, die nicht ihr gehört, aber sie klammert sich an ihr fest, als wäre sie das Einzige, was ihr von ihrem Leben geblieben ist, als würde sie, wenn sie die Jacke verliert, auch ihren Verstand verlieren.

Von der Straße aus schaut sie noch mal zum Haus zurück. Reden und kichern Gloria und Moritz über sie? Lachen sie sich krumm und dämlich, weil Sophie sich so einfach hat abspeisen lassen? Sophie kneift die Augen zusammen, aber sie kann in keinem der Fenster einen Kopf erkennen, niemanden, der nach ihr Ausschau halten würde, nicht einmal das.

Auf dem Weg zur U-Bahnstation wirft sie immer wieder

einen Blick zurück. Vielleicht ist Moritz ja plötzlich hinter ihr her, ruft, dass sie stehen bleiben, auf ihn warten soll. Aber die Straße ist jedes Mal menschenleer. Plötzlich beginnt sie zu frieren. Jetzt ist die Jacke von Gloria doch zu etwas gut.

In der Station angekommen, hockt Sophie sich auf eine der Wartebänke. Nächster Zug in sieben Minuten, steht auf der Anzeige. Während der folgenden sieben Minuten hofft sie wieder, dass Moritz doch noch die Treppe herunterkommt und alles für einen Scherz erklärt, und sie wird lachen und sie werden zusammen lachen und sie werden sich nicht einkriegen vor lauter Lachen, sie werden sich vor Lachen biegen und schließlich vor lauter Lachen über den Bahnsteig kugeln …

25

Als sie das Grundstück verließ, hatte sie eine Jacke bei sich, die sie vorher nicht hatte. War sie deswegen gekommen? Am Rückweg hat sie sich immer wieder nervös umgedreht. Hatte sie Angst, jemand verfolgt sie? Sie ließ drei U-Bahnen abfahren. Saß die ganze Zeit verkrampft auf der Bank. Warum? Aber um 18:03 sausten Sophie und ich mit all den anderen Menschen dann doch durch die Röhre. Tief unter der Stadt, den Straßen, den Häusern. Unter der Erde. Im Inneren der Welt. Draußen zogen die dunklen Tunnelwände vorbei. Sophie saß in Fahrtrichtung, starrte aus dem Fenster. Die Arme vor der Brust verschränkt. Ich hockte auf der anderen Seite des Waggons. Ihr schräg gegenüber. Ich sah ihr direkt ins Gesicht. Sie registrierte mich nicht. Vermutlich hätte ich mich ihr auf den Schoß setzen können, hätte sie auch nicht mitgekriegt. Irgendetwas war bei ihr gerade total schiefgelaufen, so viel ist klar …

26

Vor dem Hochhaus bleibt Sophie stehen, ihr Blick gleitet an der Hausmauer nach oben, aber von hier unten ist nicht zu erkennen, ob ihre Mutter schon zu Hause ist oder nicht. Das Letzte was Sophie jetzt nämlich brauchen kann, ist irgendein doofes Gerede oder auch nur ein dämliches Gesicht, wie das dieses Typen zum Beispiel, der im allerletzten Augenblick die Aufzugtür aufreißt, etwa in ihrem Alter, den Sophie hier noch nie gesehen hat. Überflüssigerweise drückt er auch noch die Neun. Überrascht sieht Sophie ihn an. Wohin will der? Der Typ nickt ihr zu und schmunzelt. Findet er die Jacke komisch, die ich trage? Wenn der jetzt irgendwas zu labern anfängt, flippe ich aus, denkt Sophie und dreht den Kopf weg … und dann, als sie auf der neunten Etage im Flur steht, schließt sich die Tür hinter ihr wieder … er hat die Neun gedrückt und ist überhaupt nicht ausgestiegen? Verwirrt schaut Sophie auf die Stockwerkanzeige. Warum fährt er denn wieder nach unten? Auch egal. Warum macht sie sich überhaupt irgendeinen Gedanken über einen Wildfremden? Sie fischt den Wohnungsschlüssel aus ihrer Tasche und verschwindet in die Wohnung. Im Badezimmer brennt Licht. Sophie lauscht. Nichts. Hat wohl jemand auszumachen vergessen. Sie dreht das Licht ab, verschwindet in ihr Zimmer und legt sich aufs Bett, nicht einmal Glorias Jacke zieht sie aus.

Im Wald hat Moritz gesagt, es gebe keine Möglichkeit, wirklich etwas über einen anderen Menschen zu wissen. Damals ist Sophie sich nicht ganz sicher gewesen, ob er recht hat. Jetzt aber muss sie einsehen, es ist noch viel schlimmer: Sie hat nicht einmal die Möglichkeit, über sich selbst etwas mit hundertprozentiger Sicherheit zu wissen.

Könnte es also tatsächlich sein, dass ich das alles wirklich nur geträumt habe, wie Moritz gesagt hat?, überlegt Sophie. Oder träume ich vielleicht sogar immer noch? Ist das vielleicht einer der Träume, den man träumt und gleichzeitig darüber nachdenkt, dass man ihn träumt? Aber ich bin doch wach! Aber natürlich kann ich mir das auch im Traum sagen, überlegt sie weiter. Sollte ich aber im Augenblick wirklich wach sein, heißt das, Moritz hat mit seiner Traumtheorie recht gehabt? *Dieser* Moritz. Es könnte ja noch einen anderen geben, einen mit dem ich unterwegs gewesen bin, erst die halbe Nacht, dann auf der Autobahn mit Höchstgeschwindigkeit, dann zum Jagdhaus? Vielleicht gibt es einen, der in einer Parallelwelt existiert, und ich existiere auch in dieser Parallelwelt. Irgendwas ist in diesem verdammten Universum schiefgegangen, die Parallelwelten sind durcheinandergeraten …

Aber plötzlich hat Sophie eine geniale Idee: Dafür nimmt sie ihr Handy, öffnet *allgemeine Einstellungen* und drückt den Befehl: *Rufnummer wird nicht gesendet.* Dann checkt sie ihre Kontakte und findet Moritz' Nummer. Natürlich! Weil sie das alles nicht geträumt hat! Sie wählt. Diesmal ertönt kein Freizeichen und die Stimme verweist nicht auf die Mailbox, stattdessen: Kein Anschluss unter dieser Nummer.

Als es an der Tür klingelt, einmal, zweimal, ein drittes Mal, hört sie ihre Mutter rufen: »Mach bitte auf!«

Sophie rappelt sich hoch und schlurft in den Flur. »Mama?«

»Ich komme gleich!«, hört sie ihre Mutter hinter der Badezimmertür sagen.

Sophie will sie öffnen. Die Tür ist verriegelt. »Wieso hast du zugesperrt?«

Es klingelt ein viertes Mal und Sophie öffnet die Wohnungstür. Draußen steht Cordula aus dem vierten Stock, die beste Freundin ihrer Mutter.

»Wie geht es ihr?«, fragt Cordula aufgekratzt und streicht sich die Haare aus dem Gesicht.

»Keine Ahnung«, antwortet Sophie verwundert.

»Ich konnte nicht früher hier sein«, entschuldigt sich Cordula und stürmt an ihr vorbei ins Wohnzimmer. »Wo ist sie denn?«

Sophie hört, wie ihre Mutter langsam die Badezimmertür

entriegelt, dann steht sie vor ihnen, barfuß und mit verquollen Augen, ein Häufchen Elend. Cordula folgt Sophies Mutter ins Wohnzimmer. Erst jetzt kapiert Sophie: Es muss noch etwas Schreckliches passiert sein.

Sophies Mutter sitzt auf dem Sofa, hat die Knie fest zusammengedrückt, die Arme ausgestreckt, die Hände gefaltet, so fest, dass sie das Blut aus den Fingern drückt und die Knöchel weiß werden.

»Also!«, fordert Cordula sie auf.

»Er hat sich verliebt.« Sophies Mutter spricht fast tonlos, löst bedächtig ihre verknoteten Finger und wischt sich mit den flachen Händen übers Gesicht. Mit erstickter Stimme erzählt sie, dass er vor etwa einer Stunde angerufen hat. Seit seinem letzten Besuch hatten sie täglich miteinander gesprochen, aber es hat bis heute gedauert, bis er endlich mit der Wahrheit herausrückte.

Erst nach und nach kapiert Sophie, dass von ihrem Vater die Rede sein muss.

»Er kennt sie schon ganz lange«, stößt Sophies Mutter aus und atmet tief durch. »Ich habe es gleich gewusst! Ich bin von Anfang an dagegen gewesen, dass er die ganze Woche nicht zu Hause ist! Ich hätte mich durchsetzen müssen! Ich … ich … ich …« Dann wird sie von einem Weinanfall geschüttelt.

Cordula legt ihre Arme um sie, wiegt Sophies Mutter hin und her und versucht sie zu trösten. »He, he, komm, meine Liebe, ja, ist ja gut …«

Sophie erträgt den Anblick ihrer heulenden Mutter nicht und dreht sich weg.

»Nur eines musst du wissen«, sagt Cordula, »es ist nicht deine Schuld!« Ich will das alles nicht wissen, hämmert es in Sophies Kopf, das will ich alles überhaupt nicht wissen.

Sophies Mutter befreit sich ein wenig unsanft aus der Umarmung ihrer Freundin, verschwindet in die Küche, kommt mit einer ganzen Küchenrolle zurück, reißt ein Blatt ab und schnäuzt sich.

Wie erstarrt beobachtet Sophie das als Spiegelung im Fenster.

»Wenn ich ihn richtig verstanden habe, kennt er diese Person schon seit seiner Kindheit«, fährt Sophies Mutter fort. »Sie sind sich zufällig wieder begegnet und da ist es passiert.«

»Was hast du gesagt?« Plötzlich begreift Sophie, was ihr Vater bei seinem letzten Besuch erzählen wollte, warum er mit der ganzen Verliebtheitsgeschichte angefangen hat. Aber dann hatte er doch die Kurve gekratzt und nach den Filmen gefragt, die Sophie mit Vanessa und Susa gesehen haben will. Dieser Feigling!

Sophies Mutter glotzt Sophie an, als hätte sie tatsächlich vergessen, dass außer Cordula noch jemand zuhört.

»Was hast du gesagt?«, fragt Sophie nochmals.

Statt ihrer Mutter wiederholt Cordula, dass ihr Vater diese Frau wohl schon seit seiner Kindheit kenne.

»Ihre Schwester ist mit ihm in die Schule gegangen«, entfährt es Sophie.

»Woher …?« Ihre Mutter verengt die Augen zu Schlitzen. »Woher …?«

Das ist alles eine Riesen … Riesen … Riesenscheiße!, möchte Sophie schreien. Aber es kommt kein einziges Wort aus ihrem offenen Mund, nur ein Röcheln, als würde sie gleich auf den Tisch kotzen. Würde sie auch am liebsten, aber Sophie hat den ganzen Tag nichts gegessen, und da, wo nichts drin ist, kann auch nichts herauskommen.

»Woher … hast du eigentlich diese Jacke, Sophie? Die ist ja unglaublich scheußlich!«, hört sie plötzlich ihre Mutter, in einem Ton, als wäre diese Jacke das einzige Unglück in diesem Raum.

In ihrem Zimmer reißt Sophie sich Glorias Jacke vom Leib, als stünde sie in Flammen. Achtlos lässt sie sie auf den Boden segeln und trampelt darauf herum. Sie hört Stimmen aus dem Wohnzimmer. Als die Stimmen näher kommen, stürzt Sophie zur Tür und schließt sie ab. Cordula und ihre Mutter rütteln, klopfen und bitten sie aufzumachen.

»Wir wollen mit dir reden. Das ist für niemanden einfach. Also müssen wir zusammenhalten!«, schreit ihre Mutter.

»Aber vor allem miteinander reden«, legt Cordula nach.

»Verschwindet!«, blafft Sophie mit Blick auf die Schere, die auf dem Schreibtisch liegt.

Cordula und Sophies Mutter diskutieren weiter vor der Tür, Sophie versteht nicht, *was* sie reden, es ist ihr auch scheißegal. Wieder Klopfen. Wieder irgendwelche Sätze, die sie überzeugen sollen, aus ihrem Zimmer zu kommen. Sie wird sich niemals überreden lassen, die Türe aufzumachen, nie wieder, nicht den ganzen verdammten Rest ihres sinnlosen Lebens! Vanessa, Susa, Jonas, Gloria, Moritz, ihre Eltern: alles komplett sinnlose Figuren. Außerdem ist Sophie auch schon längst mit etwas anderem beschäftigt. Im Schneidersitz sitzt sie auf dem Boden und zerschneidet mit einer Schere die schreckliche Jacke in einen langen schmalen Streifen. Sie hat am Saum angesetzt und arbeitet sich spiralförmig bis zum Kragen hoch. Sie arbeitet genau und konzentriert. Das Metall der Schere zerfetzt die weichen Fäden. Sie schneidet so lange, bis aus der Jacke ein buntes Band geworden ist. Dann geht Sophie wie in Trance zum Schrank und holt den Hoodie und die anderen Sachen aus dem Schrank, die ihr ihre Mutter aus lauter schlechtem Gewissen gekauft hat, die T-Shirts und Hosen. Und wieder schneidet sie und schneidet und schneidet. Manche Stoffe gehen ganz leicht, bei anderen muss sie etwas Kraft anwenden, um die Klingen durch den Stoff zu bringen. Und während sie schneidet, merkt Sophie, wie die Namen der sinnlosen Figuren ihren Kopf verlassen und die Wut und die Ratlosigkeit wie Seifenblasen zerplatzen. In aller Ruhe holt sie das T-Shirt mit dem Totenkopf und alle anderen Klamotten, die *die Prinzessinnen* gemeinsam gekauft haben. Und sie schneidet und schneidet, ganz ohne Hektik. Eine Stunde lang zerschneidet Sophie alles, was sie in ihrem Schrank findet. Und dabei zerstäuben alle Fragen und Zweifel und die Zeit scheint still zu stehen. Sie zerschneidet alle Unterhosen und alle Socken, alles. Und alle Bilder, die sich in ihrem Hirn festgesetzt hatten, verblassen.

Dann zieht sie die Sachen aus, die sie noch am Körper trägt, ein weißes Trägershirt und eine Unterhose mit winzigen Papageien drauf. Sie zerschneidet sie in winzige Fetzchen. Für den Schluss hat Sophie sich das *Princess* T-Shirt aufgehoben. Für das lässt sie sich am meisten Zeit, hier arbeitet sie am konzentriertesten und vernichtet es bis zur vollständigen Unkenntlichkeit.

Schließlich legt sie sich nackt auf den ganzen Haufen aus zerschnittenem Stoff. Er ist weich und wärmt sie. Da ist nichts mehr, was sie bedrückt oder runterzieht, nur noch Ruhe ist in ihr und Frieden. Und Sophie rollt sich zusammen und schläft ein.

27

Donnerstag, 24. Mai. Ich frage mich immer noch, was Sophies Aktion sollte. Es kann nicht nur diese bescheuerte Jacke gewesen sein. Ich hätte sie ja im Aufzug fragen können. Neun Stockwerke lang hätte ich Zeit gehabt. Aber ich hab nur doof geglotzt und meinen Mund nicht aufgekriegt. Möchte lieber nicht wissen, was sie über mich gedacht hat. Oder doch, weil ich alles über sie wissen will. Nachdem Sophie im Neunten ausgestiegen war, war ich total konfus. Erst einmal runter ins Erdgeschoss. Dann noch mal nach oben, diesmal in den Zehnten zu Alfred. Ich sollte ihn ja mal besuchen. Aber eigentlich wollte ich nur Sophie nahe sein. Seine Wohnung sieht genauso aus wie die meines Großvaters, nur gemütlicher. Dort, wo bei Großvater mein Zimmer ist, ist Alfreds Gästezimmer: Bett, Schrank, Schreibtisch. Hinzu kommt die Aussicht. Total irre. Besonders nachts, wenn alle Lichter brennen. Man sieht über alle Häuser hinweg, bis zum neuen Bahnhof, bis in die Innenstadt und darüber hinaus. Unter einem ist die Fußgängerzone, der Spielplatz, der Skaterpark. Bei Tageslicht kann man ganz in der Ferne sogar die Berge sehen. Außerdem ist man auf Höhe der Kirchturmuhr. Die roten Lampen auf der Spitze sind für die Flugzeuge, bei bestimmtem Wind fliegen sie über die Stadt zum Flughafen. Sophie muss aus ihrem Fenster ungefähr dasselbe sehen. Sie wohnt ja nur einen Stock tiefer. Wenn ich ein Loch in Alfreds Boden bohren würde, könnte ich sie heimlich beobachten. Ich habe überlegt, ob ich Alfred noch weiter über sie ausquetschen soll. Aber ich will keine Infos aus zweiter Hand. Ich will nicht wissen, was andere über Sophie sagen. Ich will hören, was sie sagt.

28

Ein Schrei katapultiert Sophie innerhalb einer Zehntelsekunde vom Schlafmodus nach hellwach. Als Erstes sieht sie ihre Mutter, die verzweifelt um Fassung ringt. Sucht sie nach etwas, um den Schrei zu ersticken, nach etwas, das sie in ihren Mund stopfen kann? Warum macht sie es nicht mit einer Handvoll Stoff, der überall verstreut herumliegt? Sie müsste doch nur den Arm ausstrecken und danach greifen. Aber entweder kommt ihr diese Möglichkeit gar nicht in den Sinn oder sie entscheidet sich einfach anders: Für ihre rechte Hand nämlich, die sie zu einer Faust ballt und zwischen die Zähne presst.

Sophie hat keine Ahnung, ob ihre Mutter in diesem Augenblick überhaupt begreift, wie es zu dieser wirren Anhäufung von Stofffetzen gekommen ist, die einmal Hosen, Jacken, Socken, und T-Shirts gewesen sind. Keine Ahnung, ob ihre Mutter versteht, warum sie nackt wie ein Neugeborenes in einem Stoffnest liegt.

Schließlich flieht Sophies Mutter wie vor den Leichen eines Massakers aus dem Zimmer. Die Wohnzimmertür fällt klirrend hinter ihr zu und trotzdem hört Sophie wenig später ihre Stimme.

»Sie ist verrückt geworden!«, schreit Sophies Mutter.

Mit wem redet sie da?

»Unsere Tochter ist verrückt geworden!«

Alles klar.

»Und das ist deine Schuld, ganz alleine deine Schuld! Das ist Wahnsinn!«

Sophie sitzt mitten drin in dem Wahnsinn, die Beine ausgestreckt, die Hände neben sich flach auf den Boden gepresst. So betrachtet sie ihr Werk der letzten Nacht.

Dann steht Sophies Mutter plötzlich wieder in der Tür.

Sie, die Angeklagte, die mit der Höchststrafe rechnet, starrt ihre Mutter mit großen, erwartungsvollen Augen an.

Ihre Mutter, die Richterin, die jetzt alles in der Hand hat, befiehlt Sophie von oben herab: »Zieh dir was an!«

Sophie rührt sich nicht. Sie ist ganz ruhig. Schon lange will sie sich nicht mehr nackt vor ihren Eltern zeigen. Heute ist sie völlig schamlos. Am liebsten würde Sophie laut lachen. Ihre Mutter hat es tatsächlich nicht kapiert.

»Hast du nicht gehört?«, hakt sie nach.

»Ich habe nichts mehr anzuziehen«, sagt Sophie achselzuckend.

Ihre Mutter schießt zum Schrank, reißt die Türen auf, zieht die Schubfächer heraus und starrt jedes Mal wieder total ungläubig: In jeder Lade und in jedem Fach herrscht gähnende Leere. Als wäre es lebensgefährlich, mit Sophie alleine zu sein, jagt ihre Mutter wieder aus dem Zimmer.

Holt sie jetzt Hilfe? Ruft sie Cordula an? Läuft sie einen Stock höher, zu Alfred? Ruft sie das Irrenhaus an? Kommt sie mit Seilen zurück, um sie zu fesseln? Je länger Sophie auf die Rückkehr ihrer Mutter wartet, umso wilder galoppiert ihre Fantasie. Kommt sie zurück und massakriert mich, als Rache für die vielen toten Kleidungsstücke?

Nichts von all dem: Sie kommt mit einem Paar roter Jeans zurück, Sophies Jeans. Sie haben auf der Wäschespinne im Bad gehangen und sind deshalb dem nächtlichen Massaker entgangen. Außerdem hat Sophies Mutter drei ihrer eigenen T-Shirts dabei.

»Such dir eines aus«, sagt sie großzügig, übergibt Sophie außerdem ein Paar weißer Socken und reißt eine Packung neuer Unterhosen auf, die sie bereits vor Wochen als Sonderangebot gekauft, aber dann im Schrank vergessen hatte, erklärt ihre Mutter, als wäre das jetzt von irgendeiner Wichtigkeit.

Sophie steht langsam auf und beginnt sich anzuziehen. Sie wählt das rote T-Shirt mit einem spiralnebelartigen Aufdruck. Sophies Mutter schaut ihr dabei zu, als wüsste sie nicht recht, ob Sophie wirklich Sophie ist oder eine Fremde, die sich als Sophie verkleidet, als wüsste sie nicht, ob sie sich vor dieser Fremden fürchten oder sich für sie interessieren soll, um die echte Sophie zurückzubekommen.

Nach einer plötzlichen Eingebung haut ihre Mutter abermals ab und kommt kurz darauf mit drei schwarzen Hundertliter-Plastikmüllsäcken angerückt. Hektisch stopft sie die Säcke mit dem Zeug voll, das am Boden herumliegt, und verknotet sie. Sophie steht im Weg und wird von ihrer Mutter einfach beiseitegeschoben. Wieder verschwindet sie und kehrt diesmal mit dem Staubsauger zurück. Damit verschluckt sie die verbliebenen Reste, Fäden und Wollfussel. Schließlich ist alles, was an Sophies Tat erinnert, beseitigt. Alles ist in dem Zustand, wie es gestern war, als Sophie vom Erlenweg nach Hause gekommen ist und sich in ihrer Verzweiflung aufs Bett geschmissen hat. Die vollen Säcke kommen vor die Türe, der Staubsauger zurück in die Abstellkammer. Damit ist die Sache vorerst erledigt.

»Ans Meer fahren kannst du dieses Jahr vergessen!« Mit dieser Ansage bekommt Sophie von ihrer Mutter nach einem schweigsamen Frühstück ein paar Scheine für neue Klamotten in die Hand gedrückt.

»Du wärst auch sonst nicht mit mir ans Meer gefahren«, entgegnet Sophie, »nicht ohne Papa. Und ich mit dir alleine auch nicht.«

Als sie Tränen in den Augen ihrer Mutter schimmern sieht, zieht sie los. Im T-Shirt ihrer Mutter und diesem hellblauen Samtsakko kommt sich Sophie ziemlich dämlich vor. Um es erträglicher zu machen, dreht sie das Sakko um, das Futter nach außen. Je mehr befremdete Blicke sie auf der Straße auf sich zieht, umso zufriedener ist Sophie mit ihrem Style.

Yvonne kapiert sofort, dass irgendwas mit Sophie los ist. Aber als sie den Mund aufmacht, um Genaueres zu erfahren, genügt ein finsterer Blick, und sie lässt Sophie in Ruhe. Während der Pausen hockt sie sich ins offene Fenster und schaut in den Hof hinunter, niemand soll sie ansprechen, vor allem Yvonne nicht, deren mitleidiger Blick ihr auf die Nerven geht.

Yvonne hat ja keine Ahnung, niemand hat eine Ahnung. Auch Frau Sommer nicht, die von Sophie wissen will, ob sie ihrer Mutter Bescheid gegeben habe.

»Hab ich«, lügt Sophie, »aber sie hat kein Interesse.«

Frau Sommer nickt und schaut einen Augenblick lang, als hätte sie einen Fehler gemacht, für den sie sich eigentlich entschuldigen sollte.

Am Nachmittag will Sophie das Geld ausgeben, das sie von ihrer Mutter bekommen hat. Sie läuft die Fußgängerzone rauf und runter und wühlt sich durch Kleiderständer und Schütten mit Sonderangeboten. Aber zum ersten Mal in ihrem Leben macht Sophie Klamotteneinkaufen keinen Spaß. Ohne Vanessa und Susa ist es sinnlos. Es gibt auch nichts, was ihr gefällt, jedes Teil sieht an ihr irgendwie scheiße aus. Das gibt's doch nicht! Aber vermutlich könnte man ihr heute alles zeigen, auch Sachen, die sie sich immer gewünscht hat, die aber zu teuer waren, man könnte sie ihr jetzt schenken oder nachwerfen. Sie würden Sophie nicht gefallen.

Niedergeschlagen trottet sie nach Hause.

Als Sophie um die Hausecke biegt, sieht sie jemanden auf

den Stufen zum Eingang sitzen. Auf den zweiten Blick erkennt sie ihn wieder: Er war gestern zu ihr in den Aufzug geschlüpft, hat die Neun gedrückt, ist dann aber doch nicht ausgestiegen. Gestern hat sie sich keine weiteren Gedanken über ihn gemacht. Aber jetzt erinnert sie sich, dass ihre Mutter vor ein paar Tagen erzählt hat, dass Herrn Schobers Enkelsohn bei ihm eingezogen ist, weil seine Mutter einen Unfall hatte oder tot ist oder was auch immer. Könnte sein, dass er das ist.

Sophie starrt ihn an, ohne das wirklich zu wollen, trotzdem. Seinen Namen hat ihre Mutter nicht erwähnt, glaubt sie, oder sie hat ihn wieder vergessen.

»Hallo, Sophie«, sagt der Typ.

Sie bleibt stehen, direkt vor ihm. Er blinzelt sie erwartungsvoll an.

»Hi«, presst Sophie hervor.

Er hat seine halblangen braunen Haare hinter die Ohren geschoben. Sophie fragt sich, ob er damit bereits so ein Zöpfchen machen könnte, wie Jonas es manchmal hat.

»Hi«, sagt der Typ jetzt auch, presst die Knie zusammen, streckt die Arme durch und faltet die Hände

»Wieso weißt du, wie ich heiße?« Eigentlich müsste sie nicht so unfreundlich zu ihm sein, aber nach dieser sinnlosen Einkaufstour lässt sich das nicht vermeiden.

Der Junge zuckt mit den Schultern. »Ich bin neu hier und ich …«

»Weiß ich«, unterbricht Sophie. »Du wohnst bei Herrn Schober.«

Er schaut sie überrascht an.

»Jeder im Haus weiß das.«

»Ich bin Paul.«

»Auch das weiß jeder«, sagt Sophie, obwohl sie es nicht wusste.

Sie will weiter, an ihm vorbei. Aber kaum setzt sie ihren Fuß auf den obersten Absatz, dorthin, wo er hockt, fragt er: »Du wohnst im Neunten, oder?«

»Das kann ja nicht schwer gewesen sein.« Sophie lacht spöttisch.

»Cool dort oben, oder? Die Aussicht und so.«

Gut, wenn dieser Paul sich jetzt unbedingt ernsthaft mit ihr unterhalten will: »Am Dach ist die Aussicht noch besser. Aber seit dein Großvater Hausmeister ist, geht gar nichts mehr«, sagt Sophie, als wäre Paul schuld daran. »Früher war alles lockerer. Mein Vater hat gefragt und schon waren wir oben, ganz einfach ...« Okay, sie ist genau ein einziges Mal auf dem Dach gewesen, aber das war wirklich sensationell. Sie fühlte sich wie im Himmel. Die Wolken waren zum Greifen nah. »Ist mir aber egal.« Sophie zuckt mit den Schultern und weiß selbst nicht, warum sie das gerade gesagt hat.

»Was ist dir egal?«, fragt Paul leise.

»Eigentlich alles.« Wieder sind ihr die Worte einfach so herausgerutscht.

»Alles nicht.« Paul klingt, als wüsste er etwas.

Aber was soll er wissen? Die Sache mit ihrem Vater? Würde sie nicht wundern. Cordula ist die größte Tratschtante im Haus. Kann sein, dass sie mit Alfred darüber gesprochen hat.

Und wenn Paul bei Herrn Schober wohnt, dann kennt er logischerweise auch Alfred …

»Was nicht?«, fragt Sophie dann doch.

»Ganz genau weiß ich es nicht …«, lenkt er ein.

»Wieso redest du dann?«

»Der Typ mit diesem dunkelblauen 911er …«, tastet er sich langsam vor.

Augenblicklich wird Sophie blass. »Was hast du gesagt?«, fragt sie fast tonlos.

»Der Typ, der in dieser Villengegend wohnt, im Erlenweg«, ergänzt Paul langsam und lauernd.

»Woher weißt du das?« Ihr Magen zieht sich zusammen.

Wieder zuckt Paul nur mit der Schulter.

Aber plötzlich wird Sophie klar: Was Paul da eben gesagt hat, ist verdammt wichtig. Es ist außerordentlich wichtig! Das ist die erste Chance, die trüben Gedanken der letzten Tage in eine andere Richtung zu treiben.

»Hast du ihn und mich gesehen?« Sophies Stimme schnappt fast über.

»Ja.«

Ihre Aufregung scheint ihn nicht zu überraschen. »Wo?«, fragt Sophie.

»Im Erlenweg.«

»Wann?«

»Gestern.«

Sophie kann nicht fassen, was sie da hört. »Warum warst du dort?«

Keine Antwort.

»Hast du mich verfolgt?«

Paul läuft rot an.

»Du stalkst mich?«

»Nein!«

»Bitte sag Ja«, fleht Sophie.

»Was?«, fragt Paul verwirrt.

»Bitte sag, dass du mich stalkst!«

»Spinnst du?«, fragt er noch verwirrter.

»Hast du mich sonst noch mit ihm gesehen?«

Paul nickt. Die ganze Sache ist ihm mittlerweile offenbar total peinlich.

»He! Muss es nicht … peinlich sein. Sag mir lieber, wo und wann hast du mich gesehen?«, drängt Sophie auf eine Antwort.

Paul schluckt.

»Hallo! Ich warte auf eine Antwort!« Sophie kniet jetzt vor ihm auf der Steintreppe und sieht zu ihm auf. »Bitte, bitte, bitte! Sonst zeig ich dich an, weil du mich stalkst!«

»Ich hab dich nicht gestalkt!«, behauptet er, als ginge es um seine Ehre.

»Und wenn schon, egal.«

»Warst du auch im Wald?«

»Im welchem Wald?«

»Bei dem Jagdhaus.«

»Was für ein Jagdhaus?«

Scheiße, dort war er nicht. »Wo warst du sonst noch?«

»Ich versteh nicht, was du meinst.« Paul streckt seine Beine aus.

»Sag es einfach! Hast du uns noch woanders gesehen? Ich tu dir nichts!«

»Ich habe gesehen, wie er dich beim Skaterpark hat aussteigen lassen«, sagt er schließlich.

Sophie atmet durch. Jetzt hat sie ihren Beweis, dass sie nicht geträumt hat. »Wann?«

»Weiß ich nicht mehr genau. Da müsste ich nachschauen.«

»Nachschauen?«

Paul legt den Kopf in den Nacken.

»Egal«, sagt sie nach einer Weile, »danke, das ist das Beste, was seit Langem passiert ist!«

Der Junge schaut sie völlig ratlos an, dann zeigt er seine Hände, darauf sind Abschürfungen. »Deswegen bin ich auch gestürzt«, sagt er, »ich hab den Schlitten gesehen und bin gestürzt.«

»Das warst du?« Sophie lacht.

»Du hast es mitgekriegt?«

»Ich hätte mich kaputtlachen können, entschuldige, aber das sah total lustig aus ...!«

»Schon gut.«

Wie verabredet stehen beide plötzlich auf. Beide haben die Hände in den Hosentaschen.

Sophie zuckt mit den Schultern. »Selber schuld, wenn du dich von so einem dämlichen Auto ablenken lässt!«

Dritter Teil

29

Essen ist in der Mikrowelle. Der Zettel an der Küchentür stammt von Alfred. Auf der Mikrowelle klebt ein weiterer mit der Anweisung: *3 Min. aufwärmen.* Früher hat Pauls Mutter auch immer Essen vorgekocht, wenn sie mittags nicht zu Hause sein konnte und hat dann genau solche Nachrichten hinterlassen.

Pauls Großvater liegt bei laufendem Fernseher auf dem Sofa und schnarcht. Jeden Tag gegen zwei Uhr hält er einen Nachmittagsschlaf, außer im Haus ist etwas zu tun, das sich unmöglich aufschieben lässt. Manchmal verzichtet er aber auch trotz anstehender Arbeit nicht auf seine Ruhe. Geweckt wird er von seiner inneren Uhr, nach exakt einer Stunde. Danach trinkt er Kaffee und beginnt den zweiten Teil des Tages. Nur einmal hat Paul den Fehler gemacht, den Ton des Fernsehers auszuschalten. Sofort ist der Alte hellwach gewesen.

Vorsichtig balanciert Paul den heißen Teller zum Tisch. Alfred hat Lasagne vorbereitet. Seine Mutter weigerte sich,

Lasagne zu machen, zu viele Kalorien. In der Schulküche schmeckt sie nach Plastik. Alfreds Lasagne ist köstlich. Paul hätte nie gedacht, dass ein Mann so gut kochen kann, außer er ist Fernsehkoch.

Während Paul isst, kommen ihm Alfreds Essen, seine Zettel, das Schnarchen des Alten, der laufende Fernseher, die vergilbte Tapete, die alten Möbel, die gerahmten Vogelbilder, die schief neben dem Fenster hängen ... alles kommt ihm so vertraut vor, als hätte er immer schon hier gewohnt. Auch die Aussicht durch das Küchenfenster im Erdgeschoss auf den Baum vor dem Haus, der schon vor einem Jahr aus Sicherheitsgründen hätte gefällt werden sollen. Aber im vergangenen Sommer haben die Bewohner eine Unterschriftenaktion gestartet, anschließend war nichts mehr zu machen. Dem Alten war es schlussendlich egal: Dann wird eben einer von einem Ast erschlagen.

Paul senkt seinen Blick und im selben Augenblick sieht er den Schlüsselbund. An dem Ring hängen etwa zwanzig Schlüssel und eine Eule, sie zwinkert mit dem rechten Auge, als wüsste sie etwas, das Paul nicht weiß. Der Schlüsselbund muss schon die ganze Zeit auf dem Tisch gelegen haben, halb verdeckt von der Obstschüssel, in der seit Tagen eine Banane vor sich hin gammelt.

Da weiß auch Paul, was die Eule weiß: Das ist es!

Rasch wirft er einen Blick auf die Uhr über dem Herd. Bis der Alte wieder aufwacht, bleibt eine dreiviertel Stunde Zeit. Schon ist Paul im Hausflur und wenig später im Aufzug nach oben. Im dreizehnten Stock atmet Paul tief durch, wirft einen kurzen Blick auf das Schild *Unbefugten ist der Zutritt verboten*, dann konzentriert er sich aber auf das Türschloss. So ruhig wie möglich probiert er einen Schlüssel nach dem anderen. Elf sind falsch, der zwölfte passt. Im Lift nach unten löst er ihn vom Ring. Das geht schwerer als erwartet, aber als die Kabine mit einem Ruck stehen bleibt, hat Paul es geschafft. So leise wie möglich schleicht er zurück in die Wohnung. Der Fernseher läuft immer noch und der Alte schnarcht immer noch. Paul legt den Bund zurück auf den Tisch neben die Obstschale. Alles bestens. Jetzt braucht er nur noch Geld.

Eine Minute später rollt er auf seinem Skateboard die Fußgängerzone hinunter Richtung Bahnhof.

Paul knallt den Schlüssel auf den Tresen des Schuh- und Schlüsselservice. Der Mann mit dem grauen Vollbart hebt ihn mit Daumen und Zeigefinger an und unterzieht beide Seiten einer eingehenden Prüfung.

Mach schon! Das hier ist ein Wettlauf gegen die Zeit ...

»Vergiss es«, sagt der Mann mit einer überraschend hohen Stimme.

»Was stimmt nicht damit?«, will Paul voller Ungeduld wissen.

»Das erkennst du an der eingeprägten Nummer«, erklärt der Mann in aller Ruhe. »Er ist gesperrt.«

»Und jetzt?«, bricht Pauls Ratlosigkeit heraus.

»Nimmst du ihn wieder mit.« Der Mann schiebt ihm den Schlüssel hin. »Ohne Schreiben von der Hausverwaltung ist da nichts zu machen.«

»Hab ich aber nicht.«

»Dachte ich mir«, sagt der Mann und grinst.

»Geht es nicht trotzdem?«

»Ist verboten.«

»Haben Sie noch nie was Verbotenes gemacht?«

Der Mann schaut Paul überrascht an. »Nein.«

»Dann haben sie jetzt die Gelegenheit dazu.« Paul hält dem Blick des Mannes stand.

»Hängt dein Leben davon ab?«

Paul schüttelt langsam seinen Kopf und sagt gleichzeitig: »Kann man so sagen.«

Ein Lächeln huscht über das Gesicht des Mannes, dann dreht er sich zu der Maschine um, spannt tatsächlich den Schlüssel ein und lässt die Maschine aufheulen. Als er das Metall gegen die Walze hält, sprühen Funken.

Kurz vor drei ist Paul zurück in der Küche. Der Schlüsselbund liegt noch genauso da, wie er ihn hingelegt hat. Aber etwas ziemlich Entscheidendes ist doch anders: Alfred sitzt mit Lesebrille am Tisch und blättert in einer Zeitung. Aus dem Wohnzimmer hört Paul das Sofa knarzen und den Alten unverständliches Zeugs murmeln. Ihm bleibt jetzt nicht mehr viel Zeit. Unter Alfreds Blicken fischt er den Originalschlüssel aus seiner Hosentasche und schiebt ihn mit Mühe auf den Ring des Schlüsselbundes. Dabei tut Paul so, als wäre Alfred Luft. Kurz darauf schwingt die Küchentür auf und der Alte steht vor ihnen. Sein Schlüsselbund liegt auf dem Tisch, als wäre nichts geschehen. Die Eule zwinkert immer noch.

»Ah, ihr zwei«, sagt er mit hochrotem Kopf und vom Schlaf noch benommen.

»Soll ich dir einen Kaffee machen?«, fragt Alfred.

»Ich bitte darum!« Der Alte lässt sich auf einen Stuhl fallen. Mit der Rechten greift er nach dem Schlüsselbund und schiebt ihn beiläufig in seine Jackentasche. »In einer halben Stunde fahren wir.«

Paul erschrickt. Den Krankenhausbesuch hat er ganz vergessen. »Das geht heute nicht«, sagt er schnell.

Sein Großvater blickt ihn erstaunt an. »Aha.«

»Ich hätte es dir schon früher sagen sollen.«

»Nein, nein«, sagt der Alte nur, will aber überhaupt nicht wissen, was Paul stattdessen vorhat.

Paul schielt zu Alfred. Den interessiert es auch nicht. Er hat eine Tasse Kaffee auf den Tisch gestellt und widmet sich schon längst wieder seiner Zeitung.

30

Vielleicht ist es Cordula, die sich nach Mamas Zustand erkundigen will und nicht wissen kann, dass sie für eine kranke Kollegin den Wochenenddienst übernommen hat, überlegt Sophie. Oder sonst jemand aus dem Haus, Frau Zymann, beispielsweise, die wissen möchte, ob wir ungarisches Fernsehen aufgedreht haben, weil sie schon wieder ungarische Stimmen in ihrer Wohnung hört. Oder Alfred aus dem Zehnten, der, wenn er zu viel Suppe gekocht hat, manchmal einen Topf voll vorbeibringt. Dann klingelt es ein zweites Mal an der Wohnungstür, diesmal Sturm.

Draußen steht Paul. An ihn hat Sophie nicht im Entferntesten gedacht.

Er grinst sie an und fragt ohne Gruß: »Kommst du mit?« Zwischen Daumen und Zeigefinger lässt er einen silbern blinkenden Schlüssel baumeln.

»Mit wohin?« Sophie hat keine Ahnung, was er meint.

»Wenn mein Großvater so kompliziert ist, wie du sagst …«

Sophie versteht immer noch nicht.

»... ich bin es nicht.« Erwartungsvoll wippt Paul in seiner grauen Cargohose und seinem gelben T-Shirt auf den Zehen. »Kommst du mit aufs Dach?«

Es ist Samstagnachmittag und Sophie hat nichts weiter vor. Also schlüpft sie in ihre Sneakers. »Und los!«

Der Lift ist auf dem Weg ins Erdgeschoss. Sophie und Paul müssen sich nicht einmal absprechen, beide haben denselben Gedanken. Gleichzeitig traben sie los und werden dabei immer schneller. Sie laufen um die Wette. Sophie gewinnt.

Im dreizehnten Stock gibt es zwei blaue Metalltüren. Hinter einer ist der Motor des Lifts, von dort hört man ein Ächzen, das fast so klingt wie der Alte während seines Mittagsschlafs. Die andere Türe führt aufs Dach. *Unbefugten ist der Zutritt verboten.* Schon klar: Pauls Großvater ist der Befugte, alle anderen sind die Unbefugten. Der Schlüssel gleitet ohne Widerstand ins Schloss.

»Woher hast du den?«, fragt Sophie neugierig.

»Hab ich organisiert.« Paul spricht so geheimnisvoll, als würde er eine Verschwörung verraten.

»Kannst du alles organisieren?«

»Kommt drauf an.«

»Worauf?«

»Frag mich, wenn du was brauchst, dann sag ich dir, ob es geht.«

Sophie lacht. Paul zieht die Tür vorsichtig auf. Trotzdem quietscht sie in den Angeln, als würde sie um Hilfe schreien. Vor ihnen tut sich ein kleiner Raum auf, nur wenig breiter als der Eingang und etwa dreimal so tief. Warme, stickige Luft schlägt ihnen entgegen. An der gegenüberliegenden Wand führt eine Metallleiter weiter hinauf. Von dort fällt Licht durch einen Spalt. Am Ende der Leiter ist noch eine Türe, niedriger als die, in der Paul und Sophie gerade stehen, maximal einen Meter fünfzig hoch. Paul dreht sich enttäuscht nach Sophie um. »Das habe ich nicht gewusst, dass es zwei Türen gibt.«

Sophie ist sich sicher, dass diese kleinere Tür nicht zugesperrt war, als sie vor einer Ewigkeit mit ihrem Vater hier oben stand, kann ja sein, dass es immer noch so ist.

Paul lässt Sophie den Vortritt, dabei geht sie so nahe an ihm vorbei, dass ihre Schulter über seine Brust streift. Er schließt die Tür zum Treppenhaus und plötzlich ist es komplett schwarz um sie herum. Nur langsam gewöhnen sie sich an die Dunkelheit. Sophies und Pauls Atem gehen schneller. Mit ausgestreckten Armen machen sie kleine Schritte vorwärts, bis Sophie plötzlich sagt: »Ich hab sie!« Die Sprossen der Metallleiter sind kalt und rau.

»Lass mich!«, bittet Paul.

Die Leiter quietscht unter seinem Gewicht, schwingt langsam nach vorne und kracht mit einem hellen Schlag mit dem unteren Ende gegen die Wand.

»Ist was passiert?«, fragt Sophie erschrocken.

»Nein«, keucht Paul. »Es war nur …«

»Soll ich was machen?«

»Warte so lange, bis ich oben bin.« Paul kann sich absolut nicht vorstellen, dass diese Konstruktion seinen Großvater tragen würde, falls er mal auf dem Dach irgendwas zu tun hat. Sprosse für Sprosse hangelt er sich weiter nach oben. Jetzt kommt es darauf an: Ist die Türe abgesperrt, muss er wieder von vorne beginnen, abermals eine Gelegenheit abwarten, bis er Großvaters Schlüsselbund wieder in die Hände bekommt. Schließlich ertastet Paul links und rechts von der oberen Türe Metallgriffe, er hält sich fest und steigt vorsichtig auf die oberste Stufe. Sicherheitshalber hat er so fest zugegriffen, dass seine Hände schmerzen. Als Paul sich nach vorne lehnt, um mit dem Kinn den Türgriff nach unten zu drücken, gibt die Metalltüre plötzlich nach. Im nächsten Augenblick überflutet ihn grelles Sonnenlicht. Die Tür schlägt mit einem Knall gegen die Hausmauer und schwingt wieder zurück. Paul stoppt sie mit der Rechten auf halbem Weg. Die Sonne brennt auf seiner Netzhaut. Langsam klettert er auf allen Vieren durch die Tür ins Freie.

»Was ist?« Sophie klingt wie von ziemlich weit weg.

Paul dreht sich nach ihr um. »Komm! Es ist toll!«

Nach einer Weile taucht ihr Gesicht auf, Paul streckt ihr die Hand hin.

Ein dichter Wald aus Antennen, Handymasten und Satellitenschüsseln wächst aus dem Häuschen, durch dessen Türe sie aufs Dach gefallen sind. Der glatte Boden ist zum Abgrund hin leicht abschüssig, dort geht es mindestens fünfzig Meter in die Tiefe, schätzt Paul. Der Sound der Stadt kriecht die Fassade herauf, das Jaulen eines Einsatzfahrzeuges umkreist in Windeseile das Hochhaus, so dass schwer zu erkennen ist, aus welcher Richtung es eigentlich kommt. Sie sind hier fast auf Höhe der Kirchturmspitze. Sophie breitet die Arme aus und legt den Kopf in den Nacken. Über ihnen ist nur der blaue Himmel, abgesehen von einer einzelnen Wolke, die Sophie an das Skelett eines Fisches denken lässt. Der warme Wind bläst ihnen ins Gesicht. Sophie sieht sich nach Paul um. Er ist verschwunden.

»Hallo!«

Sie findet ihn auf der anderen Seite des Häuschens. Breitbeinig steht er da und schaut in die Ferne. »Da kapiert man erst, wie groß die Stadt eigentlich ist.«

Paul schaut über die Dächer unzähliger Häuser hinweg. Bald bleiben seine Augen an dem Ballon hängen, der über dem Vergnügungspark in der Nähe des Stadions, gesichert mit einer Leine, in den Himmel steigt. Auf seiner Oberfläche sind die Kontinente abgebildet.

»Als wären wir auf dem Mond«, findet Paul, »und schauten auf die Erde.«

Sophie blickt zu dem Ballon hinüber und verschränkt schließlich ihre Arme. »Wo hast du früher gewohnt?«

Vom neuen Bahnhof aus verfolgt Paul die Schienenstränge, die eine Weile parallel verlaufen, sich dann aber nach und nach in unterschiedliche Richtungen verlieren. Er konzentriert sich auf einen, der in einem großen Bogen Richtung Norden führt und die Donau überquert. Da bleibt er dran.

»Dort«, sagt er plötzlich und zeigt auf zwei Striche.

»Wo?« Sophie kneift die Augen zusammen.

»Dort! Dahinter ist ein kleines Waldstück.«

»Wo?«

»Dort!« Paul möchte unbedingt, dass sie es sieht, dass sie die beiden langestreckten Wohnblöcke erkennt.

»Ich weiß nicht, was du meinst.« Sophie lacht.

Paul lacht auch und probiert es noch mal. Aber es ist hoffnungslos. Sophie blickt auch nicht mehr in die Richtung, in die Paul zeigt. Sie sieht ihn an, verfolgt die Linie von der Stirn, über den Nasenrücken, seine Lippen, die Unterlippe ist etwas größer als die Oberlippe. Paul lässt langsam den Arm sinken.

Sophies Sohlen schleifen über den glatten Boden. Je näher sie dem Abgrund kommt, umso vorsichtiger tastet sie sich vorwärts. Sie würde niemals einen großen Schritt machen können, obwohl ausreichend Platz dafür wäre. Gleichzeitig hat die Kante zum freien Fall eine magische Anziehungskraft. Aber da, wo sie gerade steht, ist es noch nicht wirklich gefährlich. Sophie ist immer noch mehr als einen Meter vom Abgrund entfernt.

»Was machst du?« Paul hat sich auf den Boden gesetzt, mit angezogenen Beinen, die Arme um die Knie geschlungen, und er klingt ein wenig besorgt, registriert Sophie.

»Ich will den Spielplatz sehen«, erklärt sie.

»Dann musst du dort drüben schauen.« Paul weist in die entgegengesetzte Richtung. Sophie glotzt ihn ungläubig an. Sollte sie sich wirklich so sehr in der Himmelsrichtung getäuscht haben?

»Ganz bestimmt«, versichert Paul.

Also reißt Sophie sich von dem einen Abgrund los und sucht ihn genauso vorsichtig an der gegenüberliegenden Dachkante. Tatsächlich kommen die Spielgeräte und der Skaterpark in ihr Blickfeld, kleine bunte Menschen bewegen sich langsam auf der Erdoberfläche, alles wirkt wie in Zeitlupe.

»Siehst du ihn?«

»Ja.«

Hier oben sind sie unendlich weit weg von allem, was dort unten gerade geschieht, was geschehen ist und was in Zukunft geschehen wird. Eine Weile genießt Sophie den Zustand, aus der Zeit gefallen zu sein, sie spürt keine Verpflichtungen, keine Sorgen, keine Ängste. Als sie sich nach Paul umdreht, hat er die Beine ausgestreckt. Auf seinen Knien liegt ein Heft, etwas kleiner als ein Schulheft und dicker, mit blauem, festem Einband. Es muss in einer der vielen Taschen seiner Jacke gesteckt haben. Sophie geht zu ihm hinüber. Ihr Schatten streift Paul. Es fühlt sich an, als würde sie ihn berühren, als würde er ihre Haut auf seiner spüren, ganz sanft.

»Was hast du da?«, fragt Sophie.

»Es war am 17. Mai«, sagt Paul, statt zu antworten.

»Was war am 17. Mai?« Sophie streicht sich die Haare aus dem Gesicht.

»Ich hab dir versprochen, dass ich nachschaue.«

Sophie kann sich an kein Versprechen erinnern.

»Wann ich gesehen habe, wie du aus dem 911er geklettert bist. Vergessen?« Paul hält ihr das Heft hin.

Eigentlich wollte er, wie Herrn Valentin geraten hat, sein

Heft niemandem zu lesen zu geben. Aber vielleicht findet er auf diesem Weg heraus, was hinter der Sache mit dem Porschefahrer steckt. Das ist es ihm wert.

»Ein Tagebuch?«

»Ja.«

»Ich kenne niemanden, der Tagebuch schreibt.« Sophie sieht ihn an, als hätte er einen total unlustigen Scherz gemacht.

»Jetzt kennst du wen.«

»Schreibst du jeden Tag?«, fragt sie erstaunt, nachdem sie kapiert hat, er meint es ernst.

»Nicht jeden.«

»Wirst du auch etwas über heute schreiben?«

»Weiß noch nicht«, sagt Paul knapp.

»Schreibst du auch was über mich?«

Paul schlägt sein Heft an der richtigen Stelle auf und hält es ihr noch mal hin. Zögernd nimmt sie es. Ihre Augen fliegen über die Zeilen. Die ganze Zeit bewegen sich ihre Lippen, nachdenklich kaut sie auf ihnen herum. Paul betrachtet ihre Ellenbogen, in der Beuge entdeckt er blonden Flaum. Fluglärm lässt seinen Blick zur Seite gleiten. Eine Passagiermaschine befindet sich im Landeanflug. Der Wind muss sich gedreht haben. Die Flugzeuge kommen jetzt über die Stadt.

»Darf ich auch den Rest lesen?«, fragt Sophie plötzlich.

Paul sagt nichts dazu, er protestiert auch nicht.

Sophie setzt sich da, wo sie die ganze Zeit stand, im Schneidersitz hin. Während sie zum Anfang des Heftes blättert, beobachtet sie Pauls Mimik. Sein rechtes Auge zuckt nervös. Er ist sich nicht sicher, ob das eine gute Idee ist, dass er ihr das Heft zum Lesen überlassen hat, vermutet Sophie. Trotzdem liest sie: *Sollte in 100 Jahren jemand dieses Heft finden, werde ich tot sein, das ist sicher. Sicher ist auch, dieser Jemand kann mich dann nichts mehr fragen. Aber dieser Jemand in 100 Jahren soll ein paar Sachen wissen.* »In hundert Jahren?« Sophie blickt zu Paul hoch.

Er zuckt bloß mit den Schultern.

Sophie liest stumm und reglos, außer, wenn sie eine Seite umschlägt. Manchmal streicht sie sich das Haar aus dem Gesicht. Zwischendurch drückt sie ihre Locken am Kopf fest und lässt sie nach ein paar Sätzen gedankenverloren wieder los. Manchmal kneift sie die Augen zusammen, als könnte sie so seine Schrift besser entziffern oder nur so den Sinn der Worte erfassen. Je länger es dauert, umso aufgeregter wird Paul, bis er es schließlich da auf dem Boden sitzend nicht mehr aushält, aufspringt und hin und her läuft. Am liebsten würde er Sophie bitten, mit dem Lesen aufzuhören. Schließlich stehen da seine geheimsten Gedanken.

Von seiner Unruhe kriegt Sophie nichts mit oder tut zumindest so. Einmal nur mustert sie Paul mit in Falten gelegter Stirn. Rasend gerne möchte Paul wissen, bei welcher Stelle sie gerade ist. Aber schon senkt sie den Blick wieder auf das beschriebene Papier.

Sophie weiß nicht recht, was sie von all dem halten soll. »Von wegen, du hast mich nicht gestalkt!«

Paul dreht sich nach ihr um. »Nicht absichtlich.«

»Nicht absichtlich?«, höhnt Sophie. »Und warum bist du mir dann in die grüne Linie gefolgt, warum bist du vorm Hochhaus abgehangen und hast darauf gewartet, dass ich auftauche? Warum wolltest du hinter mir hergehen, wie der Mann in dem Film?«

Mit einem Satz kriegt er eine schlüssige Antwort unmöglich hin. Es ist komplizierter. Es ist so kompliziert, dass er eigentlich keine Worte dafür hat. Also streckt Paul einfach nur den rechten Arm aus. »Gibst du es mir bitte wieder!«

Gnädig streckt Sophie ihm das Heft hin, aber als er danach greift, zieht sie es rasch zurück. »Eigentlich will ich vorher noch eine Antwort!«

Eigentlich steht es doch da. Kapiert sie das nicht?

»Gib mir mein Heft«, fordert Paul. »Du weißt ja jetzt, wann es gewesen ist. Am 17. Mai. Warum ist das eigentlich so wichtig?«

Sophies Muskeln spannen sich an und sie springt auf, das Heft hält sie jetzt mit beiden Händen fest. Sie wird ganz sicher mit Paul nicht über Moritz reden. Ganz sicher nicht! Aber über etwas anderes könnte sie. »Deine Mutter liegt echt im Koma?«

»Steht ja da.«

Eines ist ihr beim Lesen auch noch aufgefallen: »Du hast keine Ahnung, oder?«

»Gib mir das Heft zurück!«

»Du hast keine Ahnung, was mit deinem Großvater und Alfred los ist, oder?«

Paul stutzt. »Was soll mit ihnen los sein?«

»Ich wusste es!« Sophie grinst triumphierend und läuft plötzlich Richtung Abgang. Auf halber Strecke merkt sie, dass sie das Heft immer noch mit beiden Händen hält. Sie lässt es einfach fallen.

Im Aufzug nach unten hat Sophie das Gefühl, in alle Richtungen zu zerfließen. Einerseits stand da ja tatsächlich Schwarz auf Weiß, dass Moritz und sie unterwegs gewesen sind, aber das wusste sie auch schon vorher, außerdem war im Grunde von Anfang an klar, dass Moritz gelogen hat. Sie hat sich bloß von seinem Gerede durcheinanderbringen lassen. Aber auch die Vorstellung, dass die ganze Zeit jemand in ihrer Nähe war, während sie zu der Villa unterwegs war, ist total unheimlich.

31

Sie stürmt aus dem Haus und marschiert auf der Fußgängerzone stadtauswärts. Zwischen den Kastanienbäumen, die den Kirchplatz säumen, singen ein paar Frauen in weißen Kutten mit roten Kordeln um die Hüfte mehrstimmige Lieder. Zehn, fünfzehn Leute stehen drum herum oder haben sich auf die Bänke gesetzt, ihre Einkaufstaschen abgestellt und lauschen mit beglücktem Gesichtsausdruck. Es sind langsame, tragende, melancholische Gesänge, die über den Platz schweben. Sophie legt den Kopf zur Seite und hört ihnen auch zu. Und plötzlich (Sophie könnte nicht sagen, warum) ist der richtige Augenblick da. Und bevor sie es sich wieder anders überlegt, wählt Sophie rasch die Nummer ihres Vaters. Es tutet zweimal, dann geht er auch schon ran.

»Sophie!« Seine Stimme klingt belegt, als hätte sie ihn aufgeweckt.

»Hallo«, sagt Sophie nach einer Pause.

Daraufhin herrscht wieder eine Weile Stille in der Leitung.

»Hallo?«

»Sorry. Du bist nie rangegangen, obwohl ich dich so oft angerufen habe«, hört sie ihn aber dann doch. »Jetzt bin ich überrascht.« Er schluckt hörbar. »Wie geht es dir?«

»Gut«, antwortet Sophie knapp.

»Was machst du gerade?«, will ihr Vater wissen.

»Ich bin unterwegs.«

Wieder Stille. Es interessiert ihn überhaupt nicht, wo sie gerade ist. Sophie bereut ihren Anruf bereits wieder, legt aber auch nicht auf.

»Deine Mutter hat mit dir gesprochen?«, fragt ihr Vater schließlich.

»Worüber?« Natürlich weiß Sophie, worauf er anspielt.

»Ich bin nächste Woche in der Stadt«, erklärt er statt einer Antwort, »ich würde dich gerne sehen, und ich würde mich freuen, wenn du mich auch sehen willst. Am Mittwoch oder Donnerstag.«

»Kommst du nach Hause?«

Schweigen. Also nicht. Im Augenwinkel beobachtet Sophie, wie die singenden Frauen ihre Arme langsam gegen den Himmel strecken.

»Was ist das für eine Musik im Hintergrund?«, erkundigt sich ihr Vater, als hätte er durchs Telefon ihren Blick verfolgen können.

»Irgendwelche komischen Frauen.«

»Es klingt schön, zumindest aus der Ferne.«

»Ich weiß nicht.« Sophie kann das in dem Augenblick wirklich nicht beurteilen.

Auch diese Sache interessiert ihren Vater nicht weiter. »Wir können uns ja irgendwo in der Stadt treffen. Du bestimmst, wo.«

Sophie nickt, aber sie hat absolut keine Idee, was der richtige Ort für so ein Treffen sein könnte. Sie hat sich noch nie mit ihrem Vater alleine irgendwo außerhalb der Wohnung getroffen, warum auch? Soll er doch entscheiden …

»Du gehst doch gerne in diesen Coffeeshop im Bahnhof.«

Hat sie jemals mit ihrem Vater über das Aquarium gesprochen?

»Ich melde mich, sobald ich genau weiß, wann ich da sein werde.«

»Okay.«

»Du fehlst mir«, ist das Letzte, was ihr Vater von sich gibt, ehe Sophie auflegt.

Sie schaut wieder zu den Frauen hinüber. Wenn sie ihre Hände in der Luft haben, blitzt etwas Blaues unter ihren Kutten hervor. Vermutlich tragen sie Jeans darunter, überlegt Sophie. Ihre Stimmen schrauben sich gerade in die Höhe. Es klingt tatsächlich schön. Auch Moritz singt schön, denkt Sophie. Kaum ist dieser Gedanke in ihrem Kopf, läuft eine Hitzewelle durch sie hindurch. Scheiße! Sie will nicht an Moritz denken! Absolut nicht! Nie wieder! Aber eines weiß sie, seit sie mit diesem Paul gesprochen hat: Nicht sie ist eine verrückte Träumerin. Moritz ist ein Lügner. So sieht es nämlich aus!

32

Zwei Tage sind vergangen, seit Paul mit Sophie auf dem Dach gewesen ist. Zwei Tage lang hat Paul darüber nachgedacht, Alfred zu besuchen. Erst nach zwei Tagen traut er sich in den zehnten Stock zu fahren. Alfred hat ihm die Tür aufgemacht, Paul hat sich an ihm vorbeigedrückt und ist geradewegs in die Küche marschiert. Mittlerweile sitzt Paul mit dem Rücken zum Fenster am Esstisch. Das Herz schlägt ihm bis zum Hals. Er weiß nicht, wie er anfangen soll. Er findet einfach den ersten Satz nicht. Die Sonne wärmt durch die Scheibe seinen Rücken. Er kann Alfred unmöglich ins Gesicht sehen und starrt auf die Schüssel mit frischem Obst.

»Willst du etwas davon?«

Paul schüttelt den Kopf.

»Willst du was trinken?«

Auch nicht.

Paul ist Alfreds Blick ein wenig unangenehm, aber er hält ihm tapfer stand.

»Also«, fordert er Paul schließlich auf. »Worum geht es?«

Seit zwei Tagen kriegt Paul diese eine Frage nicht mehr aus seinem Schädel, aber jetzt bringt er sie nicht über die Lippen. Er kann sie in diesem Augenblick nicht einmal mehr richtig denken. Eigentlich war diese Frage nach seinem Großvater und Alfred schon lange, bevor Sophie sie gestellt hat, dagewesen, aber er hat sie irgendwie übersehen oder nicht sehen wollen oder wieder vergessen oder was auch immer.

»Ist es wegen des Schlüssels?«

Paul zuckt nur mit den Schultern.

»Also nicht«, sagt Alfred geduldig. »Also etwas anderes?«

Wenn es nicht das ist, ist es etwas anderes, logisch.

»Wenn du willst, helfe ich dir dabei.«

Wie soll das gehen, wenn er nicht weiß, worum es sich dreht?

»Ich weiß, dass es nicht einfach ist, darüber zu reden«, fährt Alfred fort. »Auch ich habe es lernen müssen. Für deinen Großvater ist es immer noch schwierig.« Alfred schmunzelt. »Eigentlich habe ich mich schon ein wenig gewundert, dass du nicht früher damit angekommen bist.«

Paul reibt seine verschwitzten Hände am Stoff seiner Jeans trocken. Am liebsten würde er einfach wieder abhauen. Könnte er doch. Aber Paul bleibt sitzen, wie angewachsen.

»Dein Großvater«, redet Alfred nach einer Pause weiter, »will nicht, dass die Leute im Haus Bescheid wissen.« Jetzt lacht er verschmitzt. »Natürlich wissen es alle. Aber auch sie reden nicht darüber, zumindest nicht mit deinem Großvater und mir. Vielleicht reden sie hinter unserem Rücken, ganz bestimmt sogar. Aber was macht das schon? Sollen sie doch! Und wenn jemand Schwierigkeiten damit hat, ist es sein Problem. Ich weiß, dass dein Großvater anders darüber denkt. Aber ich denke eben so. Ich habe immer schon so gedacht. Da unterscheiden wir uns. Aber jeder lässt den anderen so sein, wie er ist.«

Je länger Alfred mit seiner ruhigen, bedächtigen Art spricht, umso weniger versteht Paul, was er meint.

»Als du zu deinem Großvater gezogen bist, wollte er anfangs nicht, dass du von mir erfährst. Ich habe das akzeptiert, aber nur zu Beginn. Ich war einfach zu neugierig.« Alfred wischt sich ein paarmal über den Mund. »Ich wollte seinen Enkelsohn kennenlernen. Schließlich hat er oft über dich gesprochen.«

Überrascht blickt Paul zu ihm auf. Alfred lässt sich davon nicht beirren. »Ich habe ihn oft ermuntert, Kontakt mit dir aufzunehmen. Aber er hatte nicht den Mut. Leute wie wir haben große Angst, dass wir nicht akzeptiert werden wie wir sind, und bei Menschen, die man mag, tut das besonders weh ...« Alfred unterbricht sich, als würden seine Gedanken noch weiter gehen, er aber keinen Sinn darin sehen, diese auch auszusprechen.

»Er hat über mich gesprochen?«, fragt Paul vorsichtig.

»Ja. Oft.«

»Aber er kannte mich doch kaum!«

»Trotzdem.«

Paul legt seinen Kopf in den Nacken.

»Was denkst du?«

»Ich glaube, ich verstehe das nicht«, sagt Paul leise.

»Es ist auch keine einfache Sache«, gibt Alfred zu.

»Und was ich überhaupt nicht verstehe, er hat sich nicht gerade gefreut, als ich plötzlich da war. Das hätte er doch müssen, wenn er vorher so oft über mich gesprochen hat.«

Alfred schüttelt den Kopf. »Dein Großvater tut sich schwer, seine Gefühle zu zeigen«, erklärt er. »Er möchte nicht, dass andere sie erkennen. Und dann sieht es manchmal so aus, als würde er das komplette Gegenteil meinen. Ich musste das auch erst begreifen.«

Unwillkürlich nickt Paul.

»Sei nicht zu streng mit ihm. Er hat lange gebraucht, um zu kapieren, was mit ihm los ist. Und als er es kapiert hat, hat es ihn erschreckt«, erklärt Alfred leise. »Von diesem Schrecken hat er sich bisher nicht wieder erholt. Aber das macht ihn nicht weniger liebenswürdig. Im Gegenteil.«

Später hockt Paul hoch über dem Lichtermeer der Stadt. Im Rautendach des Bahnhofs spiegelt sich das Mondlicht. Paul will das, was Alfred gesagt hat, in sein Heft schreiben. Aber er findet zum zweiten Mal an diesem Tag keinen Anfang, kein erstes Wort, womit er beginnen könnte. Es war Sophie, die ihm das eingebrockt hat. Schließlich atmet er tief durch und gibt seinen Plan auf. Er legt sich flach hin und streckt die Arme zur Seite. Über ihm spannt sich ein sternenklarer Himmel. Wirre Gedanken gleiten durch sein Hirn. Ach, hätte Sophie das mit Alfred und seinem Großvater nicht angesprochen. Irgendwann entdeckt er einen funkelnden, sich bewegenden Punkt, einen Satelliten. Eine Weile verfolgt er ihn auf seiner Erdumlaufbahn. Seine Mutter hat früher manchmal gesagt, es gibt Dinge zwischen Himmel und Erde, die kann ich einfach nicht verstehen. Damit würde Sophie sich nie abspeisen lassen.

Paul setzt sich auf und stützt sich mit den Ellenbogen ab. Ist Alfred der Grund, warum seine Mutter keinen Kontakt mit Großvater wollte? Hatte sie jemals vor, mit Paul darüber zu sprechen? Oder wollte sie ihr ganzes Leben lang immer nur Andeutungen machen?

Während seines letzten Besuchs im Krankenhaus war es Paul so vorgekommen, als hätte er die Stimme seiner Mutter gehört, klar und deutlich. Jetzt dagegen kommt es ihm so vor, als wäre sie unendlich weit weg. Genauso wie Sophie. Nachdenklich fällt sein Blick auf die Metalltür, durch die man vom Dach zurück ins Haus kommt …

Du solltest Alfred kennenlernen, Mama! Er ist ein total cooler Typ! Und er kocht gut! Ganz ehrlich? Besser als du.

… und Paul wünscht sich nichts sehnlicher, als dass die Tür plötzlich aufgeht und sie erscheint.

Nein, nicht seine Mutter …

33

Sophie zappt gelangweilt durch die Fernsehkanäle. Als eine Nachricht von Susa eintrudelt, setzt sie sich langsam auf, um das Handy auf dem Tisch zu erreichen und liest zu ihrem Erstaunen: Ich will dich im Aquarium treffen. Sophie will auch. Wann? Warum nicht gleich?, fragt Susa. Okay, noch besser. Sophie schaltet den Fernseher ab und springt in ihr Zimmer. Plötzlich ist sie voller Energie. Dann durchsucht sie einen Augenblick lang tatsächlich ihren spärlich bestückten Schrank nach dem *Princess*-Shirt. Wie konnte sie nur alle ihre Klamotten vernichten? Wie konnte sie nur so idiotisch sein?

Die meisten Tische im Aquarium sind besetzt, aber an einem wartet bereits Susa mit einem neuen Haarschnitt. Sie trägt ihre Haare jetzt verdammt kurz, vielleicht zwei, drei Zentimeter lang. Was ist denn da passiert?

Vor der Theke wartet eine lange Schlange. Alle quatschen durcheinander und Sophie würde sich am liebsten die Ohren zuhalten. Als sie endlich an der Reihe ist, hat sie das Gefühl, dass kaum Zeit seit dem Tag vergangen ist, an dem sie hier Zoff mit Vanessa gehabt hat. Während Pavels süßer Akzent noch in ihren Ohren nachklingt, schlendert Sophie mit ihrem Chai Latte zu Susa hinüber.

»Hallo!« Susa grinst.

»Hallo«, sagt Sophie und wundert sich über Susas gute Laune. »Was?«

»Ich hab eine Überraschung für dich«, verkündet Susa mit glühendem Gesicht.

»Deine neue Frisur?«

Susa schüttelt den Kopf. Sie wirkt ziemlich nervös.

»Du willst mir einen Typen vorstellen?«

»Nein.« Susa findet das völlig absurd. »Ich will mich nicht verlieben, das weißt du genau.«

»Wieso eigentlich nicht?«, fragt Sophie, als hätten sie nicht schon hundertmal darüber gesprochen.

»Reine Zeitverschwendung.« Susa nennt jedes Mal einen anderen Grund. Mal findet sie Jungs einfach doof, ein anderes Mal ist sie überzeugt, es gibt Menschen, die sich überhaupt nicht verlieben können, eine Art Geburtsfehler, dann wieder graut ihr vor der Vorstellung, dass so ein Typ, dem einfach nur langweilig im Hirn ist, sie irgendwo anfasst und so weiter.

Sophie mustert Susas neuen Haarschnitt.

»Du findest sie scheiße, oder?«

»Die Überraschung!«, drängelt Sophie statt einer Antwort.

»Dauert noch.« Susa schielt zur Tür.

»Wird sie geliefert?«

»Du wirst es schon sehen!«

Langsam aber sicher hat Sophie das Gefühl, dass dieses Treffen keines ohne besondere Bedeutung ist. Das hier ist einer von Susas Plänen. Und tatsächlich hat Sophies Ahnung sie nicht getäuscht.

»Da ist sie«, sagt Susa plötzlich.

»Wer?«

»Die Überraschung!«

Damit, was Sophie zu sehen bekommt, hat sie nun wirklich nicht gerechnet. Vanessa steht in der offenen Tür und hält Ausschau. Sophie weiß nicht, soll sie sich freuen oder wütend sein?

»Wieso hast du das nicht gesagt?«, zischt Sophie.

Da steht Vanessa auch schon bei ihnen. »Warum hast du nicht gesagt, dass sie auch kommt?«, fragt Vanessa empört mit Blick auf Sophie.

Susa lacht. »Ihr habt gerade denselben Satz gesagt!«

Vanessa trägt einen grün-weiß melierten Pulli, übergroß, cool.

»Du wusstest es nicht?«, fragen Sophie und Vanessa gleichzeitig.

Susa lacht wieder. Diesmal noch lauter. »Seit wir uns das letzte Mal hier getroffen haben, will ich, dass alles wieder so ist wie früher. Und jetzt hoffe ich, dass ihr nicht gleich wieder abhaut.« Susa klingt ein wenig so, als würde sie eine auswendig gelernte Rede abspulen. Gleichzeitig fliegt ihr Blick immer noch etwas unsicher zwischen den beiden hin und her. Als Vanessa für einen Moment Susas neuen Haarschnitt mustert, blickt sie schnell auf den Tisch. Sophie hofft, dass

Vanessa den Mund hält, obwohl das untypisch für sie wäre. Sie kann in solchen Fällen gnadenlos sein. Aber es passiert nichts. Vanessa reißt sich zusammen. »Du hast Sachen an, die ich noch nie gesehen habe«, platzt sie stattdessen in Sophies Richtung heraus.

»Wo hast du diesen Pulli her?«, will Sophie im Gegenzug von Vanessa wissen.

»Findest du gut?«

»Ja.«

»Ich kann dir zeigen, wo es ihn gibt.«

»Und du hast nichts dagegen?«

»Spinnst du? Warum sollte ich? Es gibt einen neuen Laden im Obergeschoss«, erklärt Vanessa, »die haben urcoole Sachen.«

»Ziehen wir los?«, fragt Sophie.

»Ich bin so glücklich«, sagt Susa, »dass ihr nicht sauer auf mich seid.«

Vanessa springt von ihrem Stuhl auf. Sie ist ungeduldig, wie Sophie und Susa das von ihr nur allzu gut kennen. »Los!« Sie streckt Sophie ihre Rechte hin.

Ihre Finger verflechten sich. Wie früher. Susa läuft zwei Schritte hinter den beiden her. Alles wie früher. Sophie dreht sich nach ihr um und streckt ihr die Hand entgegen. »Komm!« Susa holt auf. Hand in Hand laufen die drei die Treppe nach oben.

Sophie, Vanessa und Susa sind den ganzen Nachmittag unterwegs. Nachdem Sophie sich den gleichen Pullover wie Vanessa gekauft hat, kratzt auch Susa ihr ganzes Geld zusammen, leiht sich von Sophie einen Zwanziger und schließlich sehen sie wieder aus wie *die drei Prinzesssinnen.* So ziehen sie weiter durch die Innenstadt bis zum Schwedenplatz, zum besten Eisladen weit und breit, wie Susa findet. Sophie ist da anderer Meinung, aber egal. Vom Geld, das ihr noch geblieben ist, spendiert sie ihren Freundinnen je einen Becher mit drei Kugeln. Mit übereinandergelegten Beinen sitzen sie auf einer Bank und genießen die kalte Süße auf der Zunge.

»Habt ihr die Alte gesehen?« Vanessa deutet mit dem Finger auf eine leicht gebückte Frau in einem braunen Kostüm.

»Die mit der Perücke?« Sophie ist sich nicht sicher, ob es wirklich eine ist. »Sieht zumindest so aus.«

»Wie alt ist die?«, flüstert Susa.

»Wollen wir spielen?«, fragt Sophie.

Vanessa stimmt zu.

»Okay. Also wie alt?«

»Sechzig.«

»Genauer!«

»Einundsechzig.«

Sophie findet: »Maximal Mitte fünfzig.«

Vanessa springt auf und läuft der Frau hinterher. Sie wird sie anquatschen und nach ihrem Geburtsdatum fragen. Die meisten Leute geben tatsächlich Auskunft, ohne wissen zu wollen, wofür das gut sein soll. Gewonnen hat, dessen Tipp am nächsten liegt. Ob die Menschen die Wahrheit sagen, muss nicht überprüft werden. Die Regeln besagen, dass gilt, was sie behaupten. Momentan liegt Sophie mit 137 Punkten in Führung, knapp gefolgt von Susa mit 129 Punkten, Vanessa liegt abgeschlagen mit 88. Deshalb haben sie das Spiel auch lange nicht gespielt. Irgendwann hielt Vanessa ihre Chance, die beiden jemals aufzuholen, für zu gering, als dass ihr die Sache noch Spaß gemacht hätte.

Sophie und Susa beobachten, wie Vanessa mit der Frau diskutiert. Sie hat sogar die Einkaufstüten abgesetzt und sucht etwas in ihren Taschen. Vanessa schüttelt lachend den Kopf und verabschiedet sich.

»Sie wollte mir unbedingt ihren Ausweis zeigen. Sie ist nämlich bereits Mitte siebzig.«

»Heißt, du bist die Siegerin.«

»Jep«, bestätigt Vanessa.

Natürlich könnte Vanessa ihnen einen Bären aufgebunden haben, um zu gewinnen. Und selbst wenn, das spielt heute keine Rolle.

Die drei Prinzessinnen ziehen weiter, Richtung Kanal. Für einen Drink haben sie kein Geld mehr. Sie laufen flussaufwärts, ohne sich Gedanken zu machen, dass sie den ganzen Weg wieder zurückgehen müssen. Als die Sonne untergeht, wird es kühler. Eng zusammengedrängt hocken sie sich auf die Kante zum Wasser, zwei Meter unter ihnen zieht träge der Fluss dahin. Ein Polizeiboot tuckert den Kanal hinunter. Die Lichter an den Brücken gehen an.

Eigentlich hat Sophie tausend Fragen. Susa und Vanessa haben die sicher auch. Aber bisher haben sie weder über Jonas gesprochen, auch über den Grund von Susas schrecklichem Haarschnitt hat niemand ein Wort verloren. Genauso wenig über Moritz. Nicht über Paul, ob er jetzt oben auf dem Dach ist, auch ohne sie? Hundertmal will Sophie damit anfangen, ihr Herz auszuschütten, aber jedes Mal fürchtet sie, damit die schöne Stimmung zu zerstören. Auch über Sophies Vater sprechen sie nicht, auf dessen Anruf Sophie sehnlicher wartet, als sie jemals zugeben würde.

34

Sie ist stinksauer und will nichts mehr mit mir zu tun haben. Sie denkt überhaupt nicht mehr an mich. Sie hat ganz andere Sorgen. Sie hat mich ganz einfach aus ihrem Gedächtnis gestrichen. Und ich habe nichts erfahren, nichts über diesen 911er Typen und überhaupt. Hätte ich doch auf Herrn Valentin gehört und ihr mein Tagebuch nicht zu lesen gegeben …

Paul liegt ausgestreckt auf dem Dach und hat die Arme unterm Kopf verschränkt. Mittlerweile ist es vier Tage her, seit Sophie vom Dach abgehauen ist. Die Sonne hängt groß und rot über dem Horizont. Gleich wird sie versinken.

Aber vielleicht braucht Sophie einfach ein wenig Zeit, um zu verdauen, was sie erfahren hat, überlegt Paul weiter. Vielleicht war sie aber auch hier und stand vor der verschlossenen Metalltür. Vielleicht denkt sie in diesem Augenblick an mich und fragt sich, warum ich nicht bei ihr klingele und mich für mein Verhalten entschuldige. Vielleicht hat sie einfach gerade keine Zeit. Vielleicht soll ich einfach aufhören, darüber nachzudenken. Vielleicht soll ich einfach abwarten, bis ich ihr wieder zufällig über den Weg laufe. Dann werde ich es ja sehen …

Paul sieht es einen Tag später. Wie jeden Tag hat er sich aufs Dach verzogen und plötzlich steht Sophie vor ihm. Vor lauter Schreck springt er wie von einer Tarantel gestochen auf die Beine.

Sophie erklärt, die Tür sei offen gewesen.

»Hat dich jemand dabei beobachtet?«, fragt Paul.

»Nein.«

»Sicher nicht?«

Sophie setzt sich neben ihn. Sie starren in dieselbe Richtung.

Paul gelingt es nicht, sich auf irgendetwas in der Ferne zu konzentrieren.

»Siebenundzwanzig«, sagt Sophie plötzlich.

»Was siebenundzwanzig?«

»Siebenundzwanzig Kräne kann man von hier aus sehen.«

Paul sieht Sophie an, mustert ihre kleinen Ohren, den schlanken Hals.

»Was gaffst du so?«

»Ich habe gedacht, dass du nicht wiederkommst.«

Sophie lacht. »Steht das auch in deinem Heft?«

Paul schüttelt den Kopf.

»Was steht sonst Neues drin?«

»Bist du deshalb gekommen?«

Sophie scheint zu überlegen, als sei sie sich selbst nicht

ganz sicher, warum sie hier ist. Schließlich fragt sie: »Darf ich es lesen?«

»Ich habe nichts mehr geschrieben«, sagt Paul mit Nachdruck.

»Bist du sicher oder willst du es mir bloß nicht zeigen?«

»Ich bin sicher.«

»Schade.« Enttäuscht schiebt Sophie ihre Unter- über die Oberlippe.

Paul fragt sich, was sie wohl erwartet hat.

»Oder bist du sicher, dass du es mir nicht zeigen willst?«, forscht Sophie weiter.

»Du kannst mich ja fragen.«

»Was?«

»Was immer du wissen willst«, erklärt Paul schnell, ehe er es sich wieder anders überlegt.

»Okay«, sagt Sophie langsam.

»Aber nur, wenn ich dich auch fragen darf.«

Sophie zieht ihre Beine an und umschlingt sie mit ihren Armen. »Einverstanden. Immer abwechselnd, eine Frage du, eine ich. Wir losen, wer anfängt.«

»Aber es gibt noch eine Regel: Wir dürfen nicht lügen.«

Sophie nickt ernst. Dann macht sie mit der Rechten eine Faust. »Gerade oder ungerade?«

»Gerade«, sagt Paul.

»Eins, zwei, drei«, zählt Sophie und streckt fünf Finger in die Luft. Paul zeigt vier.

»Die erste Frage, die dir in den Sinn kommt«, fordert Paul sie auf.

»Was für einen Unfall hatte deine Mutter?«

»Einen Fahrradunfall.«

Fahrrad gegen Auto. Seine Mutter flog durch die Luft und landete auf der Motorhaube.

»Wer war schuld?«

»Das war schon die zweite Frage.«

»Also gut. Du bist dran.«

Eigentlich gibt es nur eine Frage, die Paul wirklich interessiert: Hat Sophie sich wieder mit dem 911er Fahrer aus der Villa getroffen? Aber Paul hebt sie sich für später auf, die Frage könnte Sophie verärgern und sie bricht das Spiel dann möglicherweise ab.

»Das Erste was dir in den Sinn kommt«, erinnert ihn Sophie.

»Was ist dein Lieblingsfach?«

»Quatsch, oder?«, Sophie ist aufrichtig enttäuscht. »Das interessiert dich doch nicht wirklich!«

»Okay«, lenkt Paul ein. »Darf ich noch mal?«

»Ausnahmsweise.« Sophie wartet ab.

Paul fällt nichts ein, was nicht zu belanglos klingt. »Du willst wissen, ob meine Mutter schuld an dem Unfall gewesen ist?«, fragt er schließlich.

»Das ist deine Frage?«

Paul nickt.

»Ich lösche die Frage wieder. Geht das?«, fragt Sophie.

»Das geht.«

»Ist sie damit auch beantwortet?«

Paul ist einverstanden. »Du bist dran.«

Sophie springt auf, ihr Gesicht glüht jetzt vor Eifer. Sie geht ein paar Schritte auf und ab. »Wieso bist du bei deinem Großvater, während deine Mutter im Krankenhaus liegt, und nicht bei deinem Vater?«

»Ich habe keinen Vater.«

»Das kann nicht sein!«

»Ich kenne ihn nicht.«

»Nicht lügen war deine Regel.«

Paul erzählt, wie seine Mutter seinen Vater in Thailand getroffen hat. Genauso wie sie war er mit dem Rucksack unterwegs gewesen. Sie kennt nur seinen Vornamen, aber ob er wirklich Jan heißt, weiß sie nicht mit Sicherheit. Es könnte sein, er hat ihr einen falschen Namen gesagt. Er stammt aus Schweden. Auch das könnte gelogen gewesen sein. Seine Mutter hat erst ein paar Wochen später bemerkt, dass sie schwanger war. Sie hatte nicht gewusst, wo sie ihn finden kann. Und wollte wohl auch nicht.

»Was ist mit deinem Vater?«

»Ist das die nächste Frage?«

»Von mir aus«, sagt Paul.

»Mein Vater wollte heute kommen.« Sophie schaut zur Seite, als wäre sie selbst überrascht, dass das jetzt aus ihrem Mund kam.

»Und ist nicht gekommen?«

»Das waren schon wieder zwei Fragen hintereinander!«, empört sich Sophie. »Du stellst Regeln auf und hältst dich nicht daran.«

»Hallo!«, sagt Paul nach einer Weile, »du bist …«

»Ich weiß«, unterbricht sie ihn und atmet tief durch. »Er wollte sich heute mit mir im Aquarium treffen, aber dann hat er angerufen und hat mir irgendeine Ausrede erzählt. Er war zu feige oder er will einfach nicht oder ich bin ihm egal.«

»Du bist wütend auf ihn?« Schon wieder eine Frage von Paul, aber Sophie protestiert nicht. Sie antwortet auch nicht.

Paul sagt leise: »Manchmal bin ich auch wütend.«

»Auf wen?«

Auf seine Mutter. Weil sie selbst schuld an dem Unfall war. Weil sie bei Rot über die Ampel ist. Weil sie deswegen jetzt im Koma liegt. Und er ist wütend auf seinen Großvater. Weil er so wenig redet. Weil er seine wahren Gefühle nicht zeigt. Weil er sich all die Jahre nicht bei ihm gemeldet hat.

»Sophie sieht ihn verwundert an. »Aber davon steht nichts in deinem Heft.«

»Es steht eben nicht alles drin«, gibt Paul zu.

Sophie mustert ihn eine Weile. »Dann stehen die wirklich wichtigen Sachen nicht drin?«

Paul ist nicht der Meinung, dass das stimmt, sagt aber nichts.

»Ich bin auch nicht nur auf meinen Vater wütend«, gesteht Sophie schließlich, »auch auf meine Mutter, auf so vieles, aber es hat keinen Sinn. Egal, wie wütend ich bin, egal was ich tue, niemand tut oder sagt etwas, alle verhalten sich so, als würden sie allesamt im Koma liegen. Manchmal kommt es mir so vor, als würde die ganze Welt im Koma liegen, das ganze Weltall.« Sophie steht mit hängenden Armen da und lässt ihren Blick erst über die Stadt und dann bis zum Horizont und dann legt sie den Kopf in den Nacken. »Sorry, ich weiß, deine Mutter liegt wirklich im Koma, aber ...«

»He«, unterbricht Paul, »vielleicht kann man alles auch anders sehen.«

»Und bitte wie?«

»Wenn meine Mutter nicht bei Rot über die Ampel gefahren wäre, hätte ich nicht zu meinem Großvater ziehen müssen. Dann hätte ich nie erfahren, was mit ihm und Alfred los ist.«

Sophie schaut überrascht zu ihm hinüber. »Dann weißt du es doch?«

»Ja, natürlich.« Paul sieht keinen Grund, warum er ihr gestehen soll, dass erst sie ihn darauf gebracht, er dann bei Alfred Nachforschungen angestellt, mit dem Alten aberimmer noch nicht darüber gesprochen hat.

»Dann bist du gar nicht so naiv, wie ich dachte.« Sophie schmunzelt anerkennend.

»Noch was«, sagt Paul.

»Was noch?«

Wenn seine Mutter nicht bei Rot über die Ampel gefahren wäre, wären er und Sophie jetzt nicht hier. Das denkt er aber nur.

Sophie schiebt ihre Hände in die Hosentaschen. Mittlerweile ist ein leichter Wind aufgekommen. Ihr neuer Pullover flattert um sie herum, als wäre er ein Nachthemd und Sophie eine Schlafwandlerin. »Dann bist du froh, dass deine Mutter einen Unfall hatte?«, fragt Sophie vorsichtig.

»Nein, natürlich nicht«, sagt Paul. »Andererseits kann ich ja die Zeit nicht zurückdrehen.«

So oft hat er diesen Satz schon gedacht, jetzt hat er ihn zum ersten Mal ausgesprochen. Nachdenklich mustert Sophie ihn.

»Was?«

Sie schaut ihn weiter nur an. Ihre blauen Augen strahlen wie Edelsteine.

»Hast du noch eine Frage?«

»Und du? Hast du noch eine?«

»Nein.«

Die Frage, ob Sophie noch den Typen mit dem 911er trifft, ist plötzlich nicht mehr so wichtig.

35

Am nächsten Tag hat Paul Getränke dabei und Boxen, die er mit seinem Handy verbindet. Er spielt die Playlist mit seinen Lieblingssongs ab. Aber beide hören nicht genau hin. Sophie hat entschieden, lieber zu Paul aufs Dach zu gehen, statt sich mit Vanessa und Susa im Aquarium zu treffen. Sie liegen auf dem Bauch am Rand des Daches, zeigen auf Häuser und Menschen und Autos und Züge dort unten, so lange, bis auch der andere entdeckt, was gemeint ist. Sogar das Haus, wo Paul früher gelebt hat, glaubt Sophie jetzt zu erkennen.

»Ich hab eine Idee! Hilfst du mir?« Sophie rappelt sich plötzlich hoch. Erst jetzt bemerkt sie, dass ihre linke Schulter schon eine ganze Weile Pauls Schulter berührt hat.

Sie fahren gemeinsam mit dem Lift in den Keller. Sophie gräbt im Abteil ihrer Eltern zwei Klappstühle mit blau-weiß bezogen Sitzflächen aus, einen klapprigen Klapptisch und einen rot-weißen Cola-Sonnenschirm. Sie schmuggeln die

Sachen aufs Dach und träumen von einem Kühlschrank, einem Swimmingpool und einem Zelt für Regentage.

»Wir könnten Bäume pflanzen und Blumen«, schlägt Sophie vor.

Ein Garten. Ein Paradies.

Sie reden über die Filme, die sie mögen und welche sie unbedingt sehen möchten. Von Ländern, in die sie gerne einmal reisen würden. Sophie nach Australien. Sie würde so gerne einmal Kängurus in freier Wildbahn sehen. Warum, kann sie nicht sagen. Einfach so. Es muss ja nicht für alles einen Grund geben. Das hat Moritz einmal gesagt. Hat sie wirklich gerade seinen Namen gedacht, ohne dass sich augenblicklich ihr Magen verknotet hat?

Paul würde gerne in den Norden reisen, nach Schweden.

»Weil dein Vater von dort kommt«, stellt Sophie fest.

Paul lacht. »Vermutlich.«

»Ganz sicher sogar.«

»Okay, ganz sicher deswegen.«

»Hoffst du, ihn dort zu finden?«

»Vielleicht ist er ein schwedischer Filmstar?«

»Vielleicht lebt er in einem der endlosen Wälder, ein Einsiedler.«

»Vielleicht hat er eine Familie und ich Geschwister, von denen ich nichts weiß.«

»Vielleicht ist er Teil der königlichen Familie?«

Sophie erzählt von den Leuten im Haus, vom Italiener im Erdgeschoss, den alle nur Claudio nennen, der Maler ist und nur Sonnenuntergänge malt. Einmal hat er seine Bilder in einem nahen Café ausgestellt und ihr Vater hat sie dorthin mitgenommen. Die ganze Zeit war sie nicht sicher, ob er die Bilder von Claudio mag oder nicht.

»Mochte er sie?«

»Er fand sie schrecklich, aber er wollte es ihm nicht sagen.«

»Mochtest du sie?«, fragt Paul.

»Ich mochte sie. Sie waren so schön bunt«, erklärt Sophie.

Sie reden weiter, bis Sophie auf Frau Zymann aus dem achten Stock kommt. »Die ist verrückt!«

»Was ist mit ihr?«

»In ihrer Wohnung sprechen ungarische Stimmen hinter den Wänden.«

»Warst du schon bei ihr?«

»Ja.«

»Hast du die Stimmen auch gehört?«

»Natürlich nicht«, sagt Sophie.

»Ist sie nur verrückt oder auch gefährlich?«

»Ich denke nicht, dass sie auch gefährlich ist.«

Dann erzählt Sophie von dem Mann, der aus dem zwölften Stock gesprungen ist. Sie hat damals gesehen, wie er unten lag.

»Echt jetzt?« Paul schaudert.

»Das ist gar nicht so lange her, ein halbes Jahr vielleicht. Ich habe öfters davon geträumt. Im Traum hab ich ihn nach unten segeln sehen. Bevor er aufgeprallt ist, bin ich aufgewacht.«

»Ich habe nie geträumt, bis meine Mutter den Unfall hatte«, erzählt Paul.

»Vielleicht hast du dich bloß nicht daran erinnert.«

»Möglich.«

»Und jetzt träumst du von dem Unfall?«

»Nein«, sagt Paul.

Er träumt davon zu fliegen.

»Und wie fliegst du?«

Paul versteht nicht, wie Sophie das meint.

»Breitest du deine Arme aus und schwebst«, erklärt sie, »oder flatterst du mit den Armen?« Sophie springt auf. »Wenn ich im Traum fliege, fliege ich so …« Sie macht ganz langsame Auf- und Abbewegungen mit den Armen.

»Ich lege die Arme eng an den Körper und schieße wie eine Rakete durch die Luft«, sagt Paul. »Mit dem Kopf steuere ich.«

»Indem du ihn drehst?«

»Indem ich an die Richtung denke, in die ich fliegen will.«

Sophie läuft über das Dach und flattert mit den Armen, als würde sie jeden Augenblick abheben. Nach mehreren Runden lässt sie sich in einem Meter Abstand vor Paul auf den Boden fallen, sie faltet ihre Beine zu einem Schneidersitz, genauso wie er es getan hat, die Hände locker auf den Knien, als würden sie meditieren. Über Sophies Gesicht huscht ein Lächeln, Paul lässt sich davon anstecken. Am liebsten würden sie laut aus sich herauslachen, aber sie zwingen sich, wieder ernst zu schauen. Plötzlich fragt Sophie: »Warst du schon einmal verliebt?«

»Du meinst früher?«

Sophie antwortet nicht.

»Nein«, sagt Paul langsam. »Früher nicht. Und du?«

»Ich weiß es nicht.«

»Die Wahrheit!«, fordert Paul sie auf.

»Ich weiß schon. Aber das ist die Wahrheit«, sagt Sophie. »Ich weiß es nicht.«

»Der Typ aus dem 911er?«

Sophie hält seinem Blick stand, aber sie antwortet wieder nicht.

Die Stunden vergehen wie im Flug. Als es dunkel wird, will keiner von beiden gehen. Aber Paul hat Alfred versprochen, mit Großvater und ihm zu Abend zu essen.

»Willst du nicht einfach mitkommen? Alfred hat bestimmt nichts dagegen.«

Sophie schüttelt den Kopf. Sie erklärt, sie müsste sich die ganze Zeit auf die Zunge beißen, um nicht zu erzählen, wie toll es auf dem Dach ist. Paul glaubt nicht, dass das der wahre Grund ist, aber egal, er macht sich keine weiteren Gedanken.

Als er sich an diesem Abend in die Bettdecke kuschelt, überlegt er, wie das wäre, wenn Sophie jetzt neben ihm läge. Ob sie wieder still lächeln würde wie auf dem Dach? Dann muss Paul daran denken, dass unter der Matratze sein blaues Heft versteckt liegt. Seit er sich mit Sophie auf dem Dach trifft, hat er nicht eine Zeile geschrieben.

36

Seit Sophie wach ist, denkt sie nur an das Dach, genauer: Sie denkt an Paul auf dem Dach. Noch genauer: An Paul und sich auf dem Dach. Er hat versprochen, ihr Bescheid zu geben, bevor er wieder hinaufgeht. Als Vanessa am Nachmittag ein Foto aus einem Lokal am Kanal schickt, schreibt Sophie: Heute nicht. – Schon wieder nicht, kommentiert Vanessa, plus Smiley. Erst da fällt Sophie ein, dass sie gestern auch schon abgesagt hat, ohne einen Grund zu nennen. Dann klingelt es an der Tür. Endlich.

Eine halbe Stunde später liegen Paul und Sophie wie zwei stattgefressene Reptilien reglos auf dem Dach. Paul hatte Alfreds Mittagessen nach oben geschleppt (Spaghetti mit Pesto) und mit Sophie geteilt. Der Sonnenschirm ist aufgespannt und wirft einen kühlen Schatten über ihre Gesichter. Aus den Boxen kommt der leise Trallala-Sound irgendeines Radiosenders. Paul will etwas anderes einstellen, aber er kann sich nicht aufraffen. Sophie hat ihre Arme gedankenverloren in die Luft gestreckt und die Finger wie Fächer gespreizt. Paul sucht irgendein Gesprächsthema. Aber alles, was ihm einfällt, kommt ihm absolut unwichtig und lächerlich vor. Er setzt sich auf, lauscht auf den Verkehr von unten, als würde er von dort Inspiration bekommen. Sophie hat die Arme in die Luft gestreckt und ihre Finger bewegen sich langsam, als würde sie Klavier spielen. Paul kann seinen Blick nicht von ihnen lassen. Leise summt er vor sich hin, er ist das Instrument, auf dem sie spielt. Kaum hat Paul sich überlegt, wie lange Sophie die Arme wohl so halten kann, lässt sie sie ganz langsam nach unten sinken. Augenblicklich verstummt er. Sie schließt die Augen und sagt: »Erzähl mir was.«

»Was?«

»Irgendwas.«

Paul erzählt von früher, von Tim, der ihm das Skaten beigebracht hat, und von Dienstag, die jetzt im Tierheim lebt, und von seiner Mutter, die offenbar Schwierigkeiten damit hatte, dass ihr Vater und Alfred sich so gut verstehen.

»Du meinst, sie hat Schwierigkeiten damit gehabt, dass sie ein Paar sind?«

Wie Sophie das sagt … ein Paar … klingt es ganz natürlich.

Sie sind schon bestimmt eine Stunde hier oben, vielleicht sogar ein wenig länger, als eine Tür knallt. Paul hört die Leiter quietschen und die Flüche seines Großvaters. Scheiße! Von hier können sie nicht abhauen, das hier ist keine Insel, um sie herum ist eben kein Wasser, auf das sie hinausschwimmen können, nur Abgrund, nur Tiefe. Auch verstecken können sie sich hier nirgendwo. Und der Großvater zwängt sich bereits durch die obere Metalltür aufs Dach. Kaum ist er durch die Türe, richtet er sich in voller Größe auf. Er ist Paul noch nie so mächtig vorgekommen.

»Sophie!«, zischt Paul warnend.

»Ich bin eingeschlafen«, hört Paul Sophie neben sich sagen. »Was ist denn los?«

Der Alte atmet schwer. Der Wind zerzaust seine Haare. Fassungslos starrt er erst Paul an, dann Sophie, dann die Klappstühle und das ganze Zeugs, das sie aufs Dach geschleppt haben, Isomatten und Decken und Getränkeflaschen, die leer gegessenen Teller und die Boxen. Sein Blick wandert mehrfach zwischen Paul und Sophie hin und her, als könnte er so einen Hauptschuldigen ausmachen. Niemand rührt sich, bis sich der Alte über den Kopf streicht und die Augen zusammenkneift. Das hier scheint seine Vorstellungskraft zu übersteigen, er hält es einfach nicht für möglich, obwohl er es dreidimensional vor sich sieht: Schließlich ist er der Befugte, und die hier, sein Enkelsohn und dieses Mädchen, eindeutig nicht.

»Hallo, Herr Schober!«, sagt Sophie und bemüht sich, fröhlich zu klingen. »Wollen Sie sich zu uns setzen und was trinken? Ich kann nicht versprechen, dass die Getränke wirklich kühl sind, aber wir haben hier keinen Kühlschrank ...«

»Seid ihr verrückt?« Der Alte spuckt die Worte aus wie verdorbenes Essen und macht zwei Schritte auf Paul zu, um ihn zu packen. Der aber macht unwillkürlich zwei Schritte zurück und der Alte greift ins Leere. »Was ist das hier? Was ist das hier für ein Lager? Was ist das für ein Müllhaufen? Seid ihr vollkommen verrückt?« Und als der Alte wieder auf Paul zukommt, weicht der abermals einen Schritt zurück, dann noch einen zweiten, einen dritten ... bis Sophie plötzlich panisch aufschreit: »Halt!! Bleib stehen ...!« Im selben Augenblick spürt Paul den Abgrund hinter sich, ein Luftzug, der von unten heraufweht und seinen Rücken streift. Mit Sophies Aufschrei ist auch der Alte stehen geblieben und starrt Paul genauso entsetzt an wie Sophie. Nur Paul ist nicht erschrocken. Er bleibt da, wo er ist, und hat keine Angst. Er steht am Abgrund und ist vollkommen ruhig, er weiß, das jetzt ist seine Chance, das ist der richtige Augenblick, um alles zu sagen, was er seinem Großvater schon lange sagen wollte, das ist der Moment, in dem der Alte ihm zuhören wird. Und Paul atmet tief durch, fixiert seinen Großvater und sagt: »Ich weiß, dass du nicht so bist! Ich weiß, dass du all die Jahre über mich gesprochen hast! Ich weiß, dass du nicht wütend auf Mama bist, sie ist es auf dich! Ich weiß, dass du Angst hast! Ich weiß, dass du nicht wolltest, dass ich von Alfred erfahre! Ich weiß, dass die Leute hinter deinem Rücken reden! Ich weiß, dass du nicht den Mut hattest, mit mir Kontakt aufzunehmen! Ich weiß das alles!« Um die Wirkung seiner Sätze zu erhöhen, hat Paul nach jedem Satz eine Pause gemacht, bis er schließlich schweigt. Der Alte schweigt auch. »Du kannst jetzt auch was sagen!«, fordert Paul ihn nach einer Weile auf. Aber sein Großvater rührt sich nicht, er scheint nicht einmal mehr zu atmen. Da breitet Paul die

Arme aus, als würde er gleich abheben und davonfliegen wollen, und als der Großvater immer noch den Mund nicht aufkriegt, hebt er langsam das rechte Bein vom Boden.

»Spinnst du!«, brüllt Sophie.

Ich werde das Gleichgewicht nicht verlieren, sagt sich Paul … dann vergeht endlos viel Zeit, bis auch der Alte murmelt: »Mach keinen Scheiß …!« Schnell setzt Paul seinen rechten Fuß wieder ab. »Sag was oder verschwinde!«, verlangt er von seinem Großvater.

Anfangs sieht es auch tatsächlich so aus, als würde der Alte etwas von sich geben wollen, aber nach ein paar tiefen Atemzügen lässt er bloß den Kopf auf die Brust sinken. Eine Weile steht er so da, dann macht er einen Schritt rückwärts, zögernd, dann noch einen, und noch einen. Als er die Tür erreicht, bückt er sich. Rückwärts kriecht er zurück ins Haus. Sein rechter Fuß tastet nach der obersten Sprosse der Leiter. Als er sich aufrichtet, tut er das zu früh, kracht mit dem Kopf gegen den Türrahmen und flucht. Als wäre ihm vollkommen gleichgültig, dass sein Großvater sich verletzt hat, dreht Paul sich demonstrativ weg.

Dass Sophie hinter ihm steht, merkt Paul erst, als sie schon ganz nah ist, so nah, wie er es sich gewünscht hat, seit er sie das erste Mal gesehen hat.

»Wenn du abgestürzt wärst …«, flüstert Sophie, »hätte ich dir das nie und nimmer verziehen.«

»Ich wäre nicht abgestürzt …«, sagt Paul achselzuckend.

»Sondern?«

37

Zuerst ist es nur ein Schritt nach hinten, mein rechter Fuß schwebt über dem Abgrund, mit dem linken stoße ich mich ab und schon habe ich keinen Boden mehr unter den Füßen. Dann ist da ein winziger Augenblick, in dem ich nach unten sacke, einen halben Meter vielleicht, das erlebt man nur selten: einen Moment, in dem man glaubt, jetzt ist alles aus und vorbei. Es ist alles verloren. Du schließt mit deinem Leben ab. Und es ist okay, dass es zu Ende ist. Aber dann reiße ich intuitiv meine Arme nach oben, fange mich ab, schwebe in der Luft. Langsam schlage ich mit den Armen, als wären es tatsächlich Flügel, ich gewinne an Höhe, als wäre ich ohne Gewicht. Während ich steige, neige ich meinen Oberkörper nach vorne, so gerate ich langsam in die Horizontale. Meine Arme brauche ich nicht mehr, ich kann sie locker an den Körper legen und meinen Kurs mit meinen Gedanken bestimmen, Richtung und Geschwindigkeit. Ich kenne die Technik aus meinen Träumen. Jetzt habe ich keine Angst mehr abzustürzen, nicht eine Sekunde lang. Ich fliege einen Kreis, unter mir die Stadt, die Häuser, die

Autos, die Menschen, die Parks, das Rautendach des Bahnhofs. Klein, wie Spielzeug. Nach einer Weile denke ich mich auf den Rücken, schon drehe ich mich und fliege noch einen Kreis, über mir der endlose Himmel, ein paar einzelne Wolken. Als ich wieder Richtung Dach unterwegs bin, sehe ich Sophie aufgeregt winken. Spring!, rufe ich, du kannst es auch! Ich sehe ihren zweifelnden Blick, fliege auf sie zu und strecke ihr die Hand entgegen. Sophie hält sich an mir fest und stößt sich gleichzeitig ab. Und sie fliegt, genauso einfach wie ich. Hand in Hand sind wir unterwegs. Das ist total irre, ruft Sophie. Über Häuser und Straßen, über Wälder und Seen, über Berge und Täler, bis ans Meer. Wir lächeln einander zu. Das ist so cool, ruft Sophie. Du bist so cool! Ich lasse ihre Hand los, mache in der Luft einen Purzelbaum, dann strecke ich meinen Körper und gewinne automatisch an Geschwindigkeit. Sophie holt auf: Ich will immer so mit dir fliegen! Hat sie das wirklich gesagt? Oder habe ich es nur gehört? Wir sausen dahin. Müssen wir jemals wieder zurückehren? Nein. Müssen wir nicht.

38

Erst als Yvonne ihre Schritte verlangsamt, blickt auch Sophie auf. Aber Yvonne hat ihn vor ihr entdeckt: Moritz mit seinem nachtblauen Porsche, den er, wie beim ersten Mal, als er sie von der Schule abgeholt hat, auch heute wieder mitten auf dem Zebrastreifen geparkt hat. In Jeans und Lederjacke steht er lässig in der offenen Tür.

»So ein Angeber«, hört Sophie jemanden sagen.

Diejenigen, die zu den Schulbussen auf der andere Straßenseite wollen, müssen nach rechts oder links ausweichen. Aber die meisten bleiben ohnehin stehen und staunen darüber, dass wirklich jemand so ein Gefährt besitzen kann.

»Ich will hier weg«, flüstert Sophie vor sich hin.

»Wieso das denn?«, fragt Yvonne ungläubig.

»Ich will hier einfach nur weg!«

Yvonne glotzt sie vollkommen verständnislos an.

Sie könnte so tun, als würde sie ihn nicht kennen, überlegt Sophie in ihrer Panik, so wie er es vor der Villa gemacht hat. Oder soll sie lieber kehrtmachen und zurück in die Schule fliehen?

Als sie sich umdreht, blickt sie in mehrere neugierige Augenpaare. »Was?«

»Nichts«, sagt Sophie schnell.

Die anderen drängen von hinten nach und bilden schließlich einen Kreis um den 911er, Moritz und Sophie.

»Hallo«, sagt Moritz, als wäre nie etwas zwischen ihnen vorgefallen. »Fahren wir eine Runde?«

Sophie blinzelt ihn an.

»Oder wollen wir hier reden?«

Damit ist die Sache entschieden.

Ein paar Sekunden später lässt Sophie sich in den Beifahrersitz sinken. Moritz startet den Motor und hupt, der Kreis öffnet sich wie ein Vorhang. Unter dem Gejohle der halben Schule brausen sie davon.

Weder Sophie noch Moritz sagen ein Wort, bis sie etwa zehn Minuten später auf dem Parkplatz eines Einkaufzentrums halten. Sophie erinnert sich, dass sie schon öfters mit ihren Eltern hier gewesen ist. Moritz stellt den Motor ab und legt seine Hände aufs Lenkrad.

»Was wollen wir hier?«, fragt Sophie und wundert sich, wie ruhig sie ist.

Moritz zeigt zum Einkaufszentrum hinüber. »Das gehört meinem Vater.«

»Soll mich das beeindrucken, oder was?«

Moritz schüttelt den Kopf. »Ich möchte, dass alles wieder so ist wie früher.«

Sophie kann das nur für einen Scherz halten.

»Sag bitte nicht gleich Nein«, sagt Moritz flehentlich. »Hör mir vorher zu!«

Sie starrt zum Eingang des Einkaufszentrums hinüber. Ständig gleiten die Schiebetüren auf und zu, Leute gehen mit leeren Händen hinein und kommen mit vollen Taschen heraus.

»Ich verletze Menschen absichtlich«, fängt Moritz an. »Es macht mir Spaß, gerade die zu verletzen, die ich besonders mag. Ich weiß, das klingt verrückt. Und das Verrückteste ist, wenn ich es getan habe, bin ich total unglücklich darüber.«

Sophie versteht Moritz' Worte, trotzdem ergeben sie absolut keinen Sinn.

»Ich weiß, das ist schwer zu begreifen. Und ich weiß auch nicht genau, warum das so ist.«

»Aber warum tust du es dann?«

Hilflos zuckt Moritz mit den Achseln.

»Aber kannst du nicht selbst entscheiden, ob du jemanden verletzt oder nicht?«

»Es ist ein Zwang«, erklärt Moritz leise, »gegen den ich mich nicht wehren kann.«

»Ein Zwang?«, fragt Sophie nach einer Pause. »Was denn für ein Zwang?«

»Warum bist du heute zu mir eingestiegen?«, will Moritz plötzlich wissen, »vorhin, in meinen Wagen?«

Sophie ist verwirrt. Was hat das damit zu tun?

»Also warum?«

Sophie überlegt. »Ich glaube, weil ich eine Erklärung wollte, für das, was unlängst vor der Villa geschehen ist.«

»Nur deshalb?«

Sophie fühlt sich, als wäre sie gerade dabei, in eine Falle zu tappen, wenn sie nicht vorsichtig genug ist. Sie dreht den Kopf zur Seite und schaut aus dem Fenster. »Du …«

»Du hast mir gefehlt«, schlägt Moritz den nächsten Haken.

Sophie weiß nicht, ob sie ihm das wirklich glauben soll.

»Als ich ein Kind war, hatte nie jemand Zeit für mich«, redet Moritz weiter. »Mein Vater ist nie dagewesen. Meine Mutter auch nicht. Es hat immer irgendwelche Kindermädchen gegeben, die ständig gewechselt haben, weil ich Terror gemacht habe. Dann hat der Krieg zwischen meinen Eltern begonnen. Von da an hat sich überhaupt niemand mehr um mich gekümmert. Dann hat uns mein Vater verlassen. Ich habe tagelang nicht gesprochen.«

Sophie atmet tief durch. »Aber was hat das alles damit zu tun?«

»Womit?«

»Dass du gesagt hast, du hast mich nach Glorias Party nach Hause gebracht und sonst nichts?«, tastet Sophie sich langsam vor.

»Das war der Beweis, wie gerne ich dich mag.«

In Sophies Kopf dreht sich alles im Kreis. Sie kann über das alles überhaupt nicht richtig nachdenken, so verquer kommt ihr das vor, so wenig logisch ist das, so wenig Sinn ist für sie in dem zu erkennen, was Moritz erzählt. »Du bist wirklich vollkommen verrückt! Das alles ist vollkommen verrückt!«

Moritz nickt. »Ich weiß, aber wenn du mir jetzt verzeihst, dann weiß ich, dass du mich wirklich magst.«

»Wieso weißt du das …«, fragt Sophie schnell.

»Weil ich dann …«

»Das meine ich nicht«, unterbricht Sophie ihn ärgerlich. »Warum weißt du das alles, was du über dich sagst.«

Moritz nickt. »Weil ich schon als Kind zu einem Psychologen gegangen bin. Der hat mir das alles erklärt.«

Sophie Blick gleitet über die vielen bunten Leuchtreklamen an der Fassade des Einkaufzentrums. Ihr kommt in den Sinn, dass ihr Vater in einem der Geschäfte diesen blau-weiß gestreiften Pullover gekauft hat. Ihre Mutter meinte, er sehe damit wie ein Matrose aus.

»Also, was ist«, fragt Moritz etwas ungeduldig, »verzeihst du mir?«

Sophie löst ihren Sicherheitsgurt.

»Du willst jetzt einfach gehen?«, fragt Moritz überrascht.

Sophie will nicht antworten.

»Aber du denkst noch mal über alles nach?«

Sophie antwortet auch darauf nicht.

»Ich kann es ja verstehen, dass dich das verwirrt. Aber denk noch mal darüber nach«, bittet Moritz sie eindringlich. »Mein Leben hängt davon ab.«

Sein Lebe

»Versprichst du mir wenigstens, dass du darüber nachdenkst?«

Im Augenblick denkt Sophie ausschließlich darüber nach, wie sie von hier wohl nach Hause kommen wird. Was irgendwann später sein wird, kann sie im Moment echt nicht sagen.

39

Über der kleinen Wunde, die Pauls Großvater sich beim Verlassen des Dachs zugezogen hat, klebt ein Pflaster. Einen ganzen Tag lang hat er Paul ignoriert, als wäre er inexistent. Dann hat er ein Gespräch angekündigt. Alfred und er möchten mit Paul reden. Später, am Abend, vor dem Essen.

Es ist schon dunkel draußen, als Paul sich an den gedeckten Tisch setzt. Alfred hat einen Auflauf gemacht, der noch im Backrohr vor sich hin schmort. Alfred und der Alte sitzen Paul gegenüber. Beide haben sie weiße Hemden an und frisch gewaschene Haare. Sie sehen aus, als wären sie zu einem offiziellen Termin erschienen.

»Du musst mir den Schlüssel zurückgeben«, erhebt der Alte als Erster das Wort.

Schon klar. »Und die Sachen, die oben sind?«, erkundigt sich Paul vorsichtig.

»Hab ich schon entfernt«, ist die knappe Antwort, Nachfragen unerwünscht.

»Dein Großvater ist dafür verantwortlich, dass niemand dort oben ist«, klinkt Alfred sich ein. »Früher war das anders. Da konnten die Bewohner nach oben, damals gab es aber auch ein Geländer. Im Sommer sind die Menschen auf dem Dach gelegen und haben sich gebräunt. Zu Silvester hatten wir von dort die beste Aussicht auf das Feuerwerk.«

»Wow«, entfährt es Paul. »Und warum geht das nicht mehr?«

»Es wurden Handymasten aufgestellt. Seitdem ist es verboten«, erklärt Alfred. »Damals haben sie auch die Geländer entfernt. Seitdem ist es wirklich gefährlich. Wenn etwas passiert, verliert dein Großvater seinen Job.«

»Das kann ja nicht besonders schwer zu begreifen sein, oder?«, schiebt der Alte hinterher.

Paul hat ihnen zugehört, aber gleichzeitig hat er über etwas anderes nachgedacht: Als Alfred mitgekriegt hat, wie er den Schlüssel zurück auf den Ring fädelte, war ihm da nicht klar gewesen, dass das der Schlüssel für die Türe zum Dach ist? Wieso hat er damals nichts gesagt?

»Also, her damit!«

Paul fischt ihn aus der Hosentasche und legt ihn auf den Tisch. Der Alte nimmt den Schlüssel und steckt ihn in aller Ruhe auf seinen Bund. Jetzt hängen dort zwei gleiche.

»Und dann ist da noch etwas …«

»Ja«, stimmt Alfred Pauls Großvater abermals zu, »eigentlich wollen wir *darüber* mit dir reden … wir haben vorhin mit dem Arzt deiner Mutter gesprochen … er hat uns darauf vorbereitet …«

Als Paul mitkriegt, wie vorsichtig Alfred die Worte wählt, erwartet er das Schlimmste. »Sie wird …«

»… nicht sterben«, sagt Alfred, bevor Paul das Wort aussprechen kann. »Aber der Arzt meint, es kann noch lange dauern, bis sie wieder aufwacht.«

Lange? Monate? Jahre? Alfred und der Alte wissen es nicht. Auf jeden Fall wurde sie auf eine Station verlegt, wo sie für solche Fälle besser eingerichtet sind.

Vor Pauls innerem Auge wird er selbst älter und älter. Auch sein Großvater und Alfred werden älter und älter. Sophie wird älter und älter. Die Zeit vergeht und alle werden älter und älter und ein Jahr vergeht und es kommt ein neues, die Blätter fallen von den Bäumen, es schneit, der Frühling kommt, dort, wo jetzt um den neuen Bahnhof Kräne in den Himmel ragen, wird ein komplett neues Stadtviertel gewachsen sein … und seine Mutter liegt immer noch auf diesem Bett, reglos auf einem weißen Laken, ihr Kopf ruht auf einem weißen Kissen, zugedeckt mit einer weiß bezogenen Decke. Die Zukunft erscheint Paul als grauer undurchdringlicher Nebel. Aber was ist *jetzt*? Morgen und übermorgen? Sein Herz beginnt schneller zu schlagen. Als er seine Augen wieder öffnet, beobachten Alfred und sein Großvater ihn mit besorgten Blicken.

»Kann ich so lange bei euch bleiben?«, fragt Paul matt.

»Natürlich«, sagt Alfred erstaunt. »Das ist doch selbstverständlich.«

Der Alte schluckt.

»Natürlich kannst du bleiben … bei uns.« Die beiden letzten Worte wiederholt Alfred noch mal. »Bei uns.« Dann legt er dem Alten die Hand auf die Schulter. Zum ersten Mal sieht Paul, wie Alfred seinen Großvater berührt. »Hast du gehört, was Paul gefragt hat?«

Der Alte nickt, bringt aber kein Wort heraus. Er muss auch nichts sagen. Er sieht die Sache wie Alfred. Das weiß Paul, auch ohne dass sein Großvater etwas sagt.

40

Sophies Vater hat sich nicht mehr bei ihr gemeldet, seit er seinen Besuch abgesagt hat. Paul hat sie auch nicht mehr gesehen, seit sein Großvater sie beide vom Dach verjagt hat. Und dann bombardiert Moritz sie seit zwei Tagen auch noch mit irgendwelchen Nachrichten, in denen er sie anfleht, ihn zu verstehen, ihm zu vergeben, ihn zu treffen. Bla, bla, bla. Ihm verzeihen? Auf keinen Fall! Auf gar keinen Fall! Standhaft weigert Sophie sich, ihre Meinung zu ändern. Aber plötzlich hat sie eine Idee, die sie im selben Moment in große Aufregung versetzt. Moritz soll erst einmal beweisen, wie ernst es ihm mit seiner Entschuldigung ist. Sophie zögert nicht einen Augenblick und schickt am Mittwoch, den 5. Juni um 16 Uhr 21, mit klopfendem Herzen eine Nachricht an Moritz: Fahren wir eine Runde?

Um 16 Uhr 59 sitzt sie bei ihm im Auto und streckt die Beine aus.

»Hast du mir verziehen?«, will Moritz wissen.

»Nein«, sagt Sophie knapp und zeigt ihm eine Adresse auf dem Display ihres Handys. »Erst fahren wir dorthin.«

»Danach verzeihst du mir?«

»Mal sehen.«

Ohne zu zögern tippt Moritz die Adresse in sein Navi ein. Die Strecke wird berechnet. Sie werden fast drei Stunden unterwegs sein.

»Ist das jetzt ein Problem?«, fragt Sophie.

Moritz zuckt mit den Schultern.

»In der Nacht von Glorias Party wärst du mit mir ans Meer gefahren, wenn ich gewollt hätte. Das wäre noch viel weiter gewesen. Oder war das auch nur gelogen?«

Moritz grinst. »Bleiben wir dort oder müssen wir wieder zurück?«

»Wenn ich mit dem, was ich zu erledigen habe, fertig bin, fahren wir wieder zurück«, erklärt Sophie.

»Aber drei Stunden hin und drei Stunden zurück, es kann Mitternacht werden.«

»Ich kann auch rechnen.«

»Darfst du so spät nach Hause kommen?« Moritz spielt auch auf die Partynacht an.

»Die Zeiten haben sich geändert.« In Wahrheit hat Sophies Mutter Nachtdienst und kommt erst um sechs Uhr morgens heim.

»Und du verrätst mir nicht, was wir dort machen«, tippt Moritz.

»Nicht *wir*. Was *ich* dort mache«, korrigiert Sophie.

Das Gefühl, mit diesem Auto unterwegs zu sein, ist dasselbe wie die letzten Male, das Dahingleiten, knapp über dem Boden, die Beine ausgestreckt, den Kopf gegen die Nackenstütze, der Geruch der Ledersitze. Nur diesmal fahren sie zum ersten Mal nicht nur so in der Gegend herum. Diesmal haben sie ein bestimmtes Ziel. Sophie presst die Lippen fest aufeinander. Sie hat keine Lust, sich weiter mit Moritz zu unterhalten. Das hat auch Moritz bald kapiert. Er schaltet das Radio ein.

Je länger sie unterwegs sind, umso größer werden Sophies Zweifel, ob es wirklich eine so gute Idee war, Moritz um diesen Gefallen zu bitten. Ja. Nein. Ja. Nein. Und schließlich: Ich weiß es nicht. Aber sie bittet Moritz auch nicht umzukehren, also: Ja.

Nachdem sie die Autobahn verlassen haben und durch die Vororte Richtung Zentrum fahren, weiß Sophie überhaupt nicht mehr, was das hier bringen soll. Wir werden sehen. Oder auch nicht. Sie verschränkt ihre Arme und drückt sie fest an sich.

Moritz folgt stur den Angaben des Navigationgeräts. Demnächst rechts abbiegen. In zweihundert Metern rechts abbiegen. Jetzt rechts abbiegen. Nach hundert Metern haben sie das Ziel auf der linken Seite erreicht. Moritz muss dreimal um den Block fahren, bis er einen Parkplatz findet. Sophie will, dass er im Wagen auf sie wartet. Seine Fragen, wo sie hier sind und was sie hier eigentlich will, beantwortet sie nicht.

»Dauert es lange?«, fragt Moritz.

»Ich weiß nicht.«

Sophie schaut die Straße hinauf und hinunter, sie kann sich an nichts erinnern. Aber sie ist auch nur ein einziges Mal hier gewesen, vor zwei oder drei Jahren, und das bei Tageslicht. Es sind Häuser mit drei oder vier Etagen, manche sind alt, andere neu errichtet worden, die neuen sind höher, mit fünf oder sechs Stockwerken. In den meisten Häusern sind Geschäfte oder Lokale. Das Lokal, in dem Sophie mit ihren Eltern damals gegessen hat, erkennt sie wieder. Es ist hell beleuchtet, aber es sind nur ein paar wenige Tische besetzt. Sophie schaut auf ihr Handy, es ist kurz vor halb neun.

Das Haus, in dem ihr Vater eine Wohnung gemietet hat, ist eines der neuen. Sie legt den Kopf in den Nacken. Sie ist in der obersten Etage, aber Sophie weiß nicht mehr, welche Fenster zu seiner Wohnung gehören. Die rechten drei sind dunkel, die linken sind erleuchtet.

An den Klingelschildern stehen keine Namen, nur Top 1 bis 23. Sie drückt die Klingel von Top 1. Nach einer Weile meldet sich eine weibliche Stimme. »Ja, bitte?«

»Ich habe meinen Schlüssel vergessen«, sagt Sophie. »Können Sie mir bitte aufmachen?«

Eine Weile herrscht Schweigen. Sophie schielt zu Moritz' Wagen. Er hat die Lichter ausgeschaltet. Der wartet schon, zerstreut Sophie ihre Zweifel, weil ich ihm sonst sicher nie verzeihen werde. Und selbst wenn, gäbe es auch dafür eine Lösung.

Der Türöffner summt. Als sie im Flur auf den Lift wartet, geht die Wohnungstür von Top 1 einen Spalt auf. Sophie sieht das Gesicht einer alten Frau, die sie mustert.

»Ich hab dich hier noch nie gesehen«, sagt dieselbe Stimme, die durch die Gegensprechanlage zu hören gewesen war.

»Mein Vater wohnt in der obersten Etage«, sagt Sophie.

»Das wäre mir neu«, sagt die Frau und klingt jetzt ziemlich unfreundlich.

Sophie hat in der obersten Etage eine ganze Weile vor der Tür gestanden. Nachdem sie doch endlich geklingelt hat, staunt ihr Vater zwar, ist aber weniger überrascht, als Sophie gehofft hat.

»Komm herein!«

Er will auch nichts wissen. Wie? Und was? Und warum? Aber die Fragerei wird später ganz sicher noch kommen.

In der Küche ist eine Frau in einem weißen Trägershirt und Unterhosen damit beschäftigt, sich in ihre Jeans zu zwängen. Als sie fertig damit ist, streckt sie Sophie die Hand hin und lächelt verlegen.

»Ich bin Gabi.« Sie scheint keine Zweifel zu haben, wem sie da gegenübersteht. »Soll ich eine Runde spazieren gehen?«

»Nein«, entscheidet Sophies Vater, ohne lange zu überlegen. »Du bleibst hier!«

Gabi hat große leuchtende Augen und einen blonden Pagenkopf. Sophie tastet sie mit ihren Blicken ab.

»Willst du was trinken?«

»Nein.«

»Willst du dich setzen?«

»Nein.«

»Es muss noch etwas im Topf sein, wenn du Hunger hast.«

»Nein.«

»Dein Vater hat mir schon öfters von dir erzählt«, versucht es Gabi erneut.

»Hab ich ihm eigentlich nicht erlaubt«, sagt Sophie schnippisch.

»Vielleicht gehe ich doch besser spazieren.« Ohne eine Antwort abzuwarten, macht Gabi sich Richtung Flur auf.

»Bleib bitte hier!« Sophies Vater hält sie am Arm fest.

»Vielleicht sollen wir Sophie fragen, was ihr lieber ist, ob ich da bin, während ihr redet, oder nicht?«

»Mir egal« Sophie verfolgt einen anderen Gedanken, der, seit sie die Wohnung betreten hat, langsam heraufdämmert.

Gabi setzt sich an den Tisch, wo halbvolle Teller und Weingläser stehen. Mit ihrer Gabel wickelt sie gedankenverloren Spaghetti auf und schiebt sie langsam in den Mund.

Bei ihrem Besuch mit ihrer Mutter gab es hier nur das Nötigste in der Wohnung, weiß Sophie plötzlich, keine Vorhänge, keine Bilder an der Wand, keine Teppiche. Ihr Vater hatte damals gesagt, ich brauche nicht mehr, ich arbeite nur in Salzburg, ich lebe nicht hier. Ich lebe bei euch in Wien. Seitdem hat sich in der Wohnung drastisch viel verändert. Es gibt einen großen Schrank, dessen Türen gerade offen stehen, in einer Hälfte des Schranks stapeln sich Gabis Sachen. Das Bett ist ungemacht, die Vorhänge sind zugezogen. Zwischen den Fenstern hängen acht vergrößerte Fotografien in hellen Holzrahmen. Auf allen ist Gabi zu sehen, Gabi, als sie noch um einiges jünger war und lange Haare trug, Gabi auf einem Motorrad, Gabi mit einer Katze in den Armen, Gabi in einem Vergnügungspark. Aber es gibt auch zwei aktuelle Fotos, auf einem ist sie sogar mit Papa abgebildet. Gemeinsam umschlingen sie einen Baum, dessen Stamm so dick ist, dass sie sich nicht mit den Fingern erreichen können. Glücklich lachen sie in die Kamera. Mit hängenden Armen steht Sophie mitten im Zimmer und fühlt einen leichten Schwindel in sich aufsteigen. Das hier ist der absolute Hammer: Diese Gabi ist hier nicht nur zu Besuch. Diese Gabi wohnt hier. Papa und diese Gabi leben hier zusammen.

»Weiß Mama, dass du hier bist?«

»Weiß Mama, dass du mit dieser Frau schon viel länger hier zusammenlebst?«, fragt Sophie. »Nicht erst seit ein paar Wochen?«

Sophies Vater läuft rot an. Verlegen blickt er zu Boden. Gabi wickelt ungerührt Spaghetti mit der Gabel auf. Bisher wusste Sophie nicht, dass sich ihr Vater vor ihr schämen kann, und Sophie wusste auch nicht, dass ihr Vater Angst vor ihr haben kann. Sie schielt zu Gabi und überlegt, wie sie als Schülerin ausgesehen haben mag, damals, als ihr Vater in sie verliebt gewesen war und nicht den Mut hatte, es ihr zu sagen. Vermutlich genauso hässlich wie jetzt, denkt Sophie, obwohl sie mit eigenen Augen sieht, dass Gabi ziemlich hübsch ist.

»Das ist eine Sache zwischen deiner Mutter und mir«, sagt Sophies Vater kleinlaut.

»Und mich geht das nichts an, oder wie?«

»Zieh deine Jacke und deine Schuhe aus«, hört Sophie ihren Vater sagen. »Ich werde Mama anrufen und ihr sagen, dass du bei mir bist. Morgen bringe ich dich nach Hause und dann werden wir reden …«

Aber da ist sie schon durch die Türe geflitzt und stürmt das Treppenhaus hinunter. Sophie hat genug gesehen und gehört.

»Sophie! Sophie!«, hört sie ihren Vater hinter ihr herrufen, immer wieder ihren Namen. Bisher hat sie nicht gewusst, wie verzweifelt ihr Vater klingen kann. Sie überspringt mehrere Stufen, landet im dritten Stock, im zweiten, jagt an Top 1 vorbei, die Frau von vorhin steht in der offenen Tür und schüttelt den Kopf. Sophie ruft ihr zu: »Halten Sie ihn auf!«

Als Sophie auf der Straße steht, hat sie für einen Augenblick die Orientierung verloren. Steht Moritz' Sportwagen nun rechts oder links? Rechts oder links? Sie sprintet nach rechts, an drei Häusern vorbei. Da wartet er auf sie. Als sie die Tür des 911er aufreißt, kommt der Vater durch die Haustüre, schreit: »Sophiiiiiiie!«

»Fahr los!«

Moritz startet und hechtet mit quietschenden Reifen regelrecht auf die Straße. Sophie schaut über ihre Schulter und sieht durch die Heckscheibe ihren Vater hilflos mit den Armen durch die Luft rudern.

»Das ging ja schneller als erwartet«, sagt Moritz und grinst.

Sophies Handy klingelt. Auf dem Display blinkt Papa. Sie hebt ab. Ohne ein Wort ihres Vaters abzuwarten, schreit sie: »Kümmere dich nicht um mich! Und vor allem ruf Mama nicht an! Wenn du das tust, rede ich nie wieder ein Wort mit dir!«

Und wenn er es doch tut? Auch egal.

Noch zweimal ruft ihr Vater an, jedes Mal drückt sie ihn weg, dann stellt sie ihr Handy auf lautlos.

41

Paul blättert in seinem Tagebuch bis zu der Stelle, wo er das erste Gespräch mit Sophie Wort für Wort protokolliert hat. Er braucht nur drei oder vier Sätze zu lesen, schon hat er ihre Stimme im Kopf. Paul hört ihr zu, Satz für Satz, und als das notierte Gespräch zu Ende ist, lauscht er wieder von vorne. Schon klar, Sophie sagt nur die Sätze, die da stehen. Keine Fragen, keine Antworten. Besonders befriedigend ist das nicht.

Es ist kurz nach neun, als Paul bei Sophie klingelt. Nach einer Weile hört er Schritte in der Wohnung. Als die Tür aufgeht, steht eine Frau in einem rosa Bademantel vor ihm, vermutlich Sophies Mutter. Paul kann sich nicht erinnern, ihr zuvor schon einmal begegnet zu sein. Sie ist etwa so alt wie seine Mutter, nur größer und kräftiger. Ihre Augen sind müde. Er fragt nach Sophie. Sie weiß nicht, wo sie ist. Obwohl es schon Abend ist, scheint ihre Mutter sich aber auch keine Gedanken über ihren Aufenthaltsort zu machen. »Bist du neu im Haus?«, fragt sie stattdessen.

Paul nickt.

»Dann bist du der, der bei Herrn Schober wohnt?«

»Ja, das bin ich.«

Also weiß sie vermutlich auch den Grund seines Umzugs, weiß vom Unfall seiner Mutter und so weiter, vermutet Paul.

»Ich kenne sie nicht ...«, Sophies Mutter unterbricht sich, als hätte sie etwas Falsches gesagt.

»Wen?« fragt Paul, obwohl er es sich eigentlich denken kann.

»Deine Mutter. Das heißt, ich habe gehört, sie liegt bei uns auf der Komastation.«

»Sind Sie Krankenschwester?«

Sophies Mutter nickt. Sie hat einen ähnlich geschwungenen Mund wie Sophie und auch Locken wie sie.

»Fährst du sie manchmal besuchen?«

Paul zuckt mit den Schulten. Er will nicht zugeben, dass er schon fast zwei Wochen nicht mehr dort gewesen ist. »Ich wollte Sophie besuchen«, sagt er schnell.

»Sie ist nicht da, wie gesagt.«

»Ja.« Verlegen schaut Paul zu Boden.

»Soll ich Sophie etwas ausrichten?«

Sagen Sie ihr, dass ich sie einfach nur gerne gesehen hätte. Sagen Sie ihr, dass ich einfach nur gerne mit ihr gesprochen hätte. Sagen Sie ihr, dass ich sie vermisse. Sagen Sie ihr, ich wollte sie fragen, ob sie heute bei mir übernachtet. Statt das alles wirklich zu sagen, fragt er Sophies Mutter nach einem Stück Papier, um Sophie seine Handynummer aufschreiben.

Anschließend fährt er mit dem Aufzug nach unten, setzt

sich draußen vor der Haustür auf die oberste Treppenstufe und lässt die Zeit verstreichen. Die Nacht ist lau und absolut windstill. Auf der Straße knattern zwei Motorräder um die Wette. Der Vollmond wandert langsam über den Nachthimmel, bis es so aussieht, als würde er auf der Kirchturmspitze stecken. Es ist schon fast elf, als Paul die Tür hinter sich hört und den Alten an seinen schlurfenden Schritten erkennt.

»Willst du nicht reinkommen?«, hört er seinen Großvater fragen. »Es ist schon spät. Du musst morgen zur Schule.«

Paul schüttelt den Kopf. Der Alte setzt sich neben Paul auf die Treppe und zündet sich eine Zigarette an. Pauls Knie wippen rhythmisch auf und ab. Als sein Großvater zu Ende geraucht hat, steht er langsam wieder auf.

»Ich gehe noch eine Runde, da kann ich gut nachdenken.«

Paul sieht ihm nach, bis er um die nächste Hausecke verschwunden ist. Eine Weile riecht er noch den Zigarettenrauch. Nur allzu gerne würde er wissen, worüber sein Großvater nachdenkt.

Mittwoch, 3. Juni, kurz vor Mitternacht. Zum ersten Mal seit Tagen schreibe ich wieder. Lieber würde ich schon friedlich schlafen. Aber ich muss schreiben, sonst würde mein Kopf platzen oder meine Gedanken würden sich so lange im Kreis drehen, bis ich verrückt werde, wie Frau Zymann. Lieber würde ich schlafen. (Sorry, das habe ich schon geschrieben, so durcheinander bin ich) Aber ich kann nicht, unmöglich. Und es liegt nicht am Vollmond. Es liegt an dem 911er, ich habe ihn sofort erkannt (an seinem Sound), als er um die Ecke gebogen ist, an dem Typen (wenigstens hat er heute nicht diese bescheuerte Sonnenbrille getragen, wäre ihm aber auch nachts zuzutrauen gewesen). Und an Sophie. Ich bin im allerletzten Moment von den Stufen aufgesprungen und habe mich halb hinter der Säule versteckt. Ich wollte sehen, was da abgeht. Als sie mit hängenden Schultern an mir vorbeizog, starrte sie vor sich hin. Irgendwas stimmt schon wieder nicht, wie damals in der U-Bahn. Vor allem stimmt nicht, dass sie sich wieder mit diesem Typen trifft, mitten in der Nacht. Wozu? Wo waren sie? Was haben sie vor? Aber was weiß ich schon … außer dass es mich verdammt fertig macht. Aber genau das ist es: Ich weiß nichts. Außer dass ich am liebsten den 911er-Fahrer killen würde. Ich könnte ihm auflauern und ihm mit einer Eisenstange den Schädel zertrümmern. Ich könnte die Bremsen an seinem Auto manipulieren. Ich könnte ihm ein Messer in den Bauch rammen. Natürlich kill ich ihn nicht, das zu überlegen ist total kindisch! Ich schreib es nur. Auch das ist kindisch. Aber es tut gut, es zu schreiben. Und es muss eine andere Lösung geben. Aber im Augenblick kann ich keinen klaren Gedanken fassen. Ich kann aber auch nicht aufhören zu schreiben. Nur wenn ich schreibe, werde ich nicht verrückt. Also schreibe ich, dass ich schreiben muss. Ich schreibe, dass ich schreibe, dass ich schreiben muss. Schreibe, dass ich schreibe, ich würde schreiben, dass ich schreiben muss. Ich schreibe und schreibe und schreibe und darf nicht aufhören zu schreiben und schreibe und schreibe …

42

Sophies Mutter trinkt in aller Ruhe ihren Kaffee. Ihr Vater scheint sie also tatsächlich nicht darüber informiert zu haben, dass Sophie heute Nacht bei ihm aufgetaucht war. Außerdem fragt sich Sophie, ob ihre Mutter gar keinen Nachtdienst gehabt hat. Dafür müsste sie nämlich eigentlich erschöpfter aussehen. Aber warum hat ihre Mutter dann nicht bemerkt, dass Sophie erst kurz vor Mitternacht nach Hause gekommen ist? Egal. Hauptsache, sie weiß nicht alles über Sophie, so wie Sophie offenbar nicht alles über ihre Mutter weiß.

Sophie löffelt Cornflakes und lässt sie zwischen ihren Zähnen krachen. Gleichzeitig checkt sie ihre Nachrichten. Von ihrem Vater sind noch zwei auf der Sprachbox, außerdem drei SMS. Sie reagiert weder jetzt auf diese Nachrichten, noch wird sie in Zukunft jemals auf etwas reagieren, das von ihrem Vater kommt. Sie klickt weiter. Vanessa hat schon wieder ein paar Fotos geschickt. Sie hat endlich die gleichen Sneakers gefunden, die Sophie vom Geld ihrer Mutter erstanden hatte. Ich will dich sehen, liest Sophie. Ich dich auch, schreibt sie. Sie verabreden sich für später im Aquarium. Susa hat die üblichen Fragen geschickt. Alles klar bei dir? – Alles klar. – Kommst du auch? – Wohin? – Später ins Aquarium?

Sophies Mutter bittet sie, während des Frühstücks nicht mit dem Handy zu spielen. Erst da entdeckt Sophie einen Zettel mit einer Telefonnummer, der halb unter ihren Kakaobecher geschoben ist. Langsam zieht sie ihn heraus. Kein Name. Doch ehe sie ihre Mutter fragen kann, was das soll, dämmert es ihr, dass sie diese stark nach rechts geneigten Buchstaben schon einmal wo gesehen hat.

In der Schule muss Sophie andauernd an Moritz denken. Und an Paul. An Paul und an Moritz. An Moritz und an Paul. Natürlich hat sie Paul heute Nacht auf der Treppe gesehen, hinter der Säule versteckt.

Herr Bauer, der Musiklehrer, schließt das Fenster, um ein Musikstück von Mozart zu starten. Die Aufgabe lautet, jene Instrumente herauszufinden, die Solostellen übernehmen. Ein paar aus der Klasse stöhnen entnervt auf. Herr Bauer lässt sich davon nicht beirren und fordert die Schüler auf, die Augen zu schließen und sich zu konzentrieren. Nach einer Weile glaubt Sophie, eine einzelne Trompete herauszuhören. Es könnte aber auch irgendein anderes Blasinstrument sein. Sie schaut auf die Uhr. In einer halben Stunde wird Moritz sie vor der Schule abholen. So haben sie es gestern ausgemacht, bevor sie aus dem Porsche kletterte. Aber heute ist sie sich nicht sicher gewesen, ob sie das wirklich will. Und je später es wird, umso übler findet sie den Gedanken, ihr wird buchstäblich schlecht, eine dumpfe Übelkeit kriecht aus dem Magen nach oben, und sie hat einen bittersauren Geschmack im Mund. Heute ist es tatsächlich ernst, nicht wie in der Stunde von Frau Sommer, als sie Schwindel und Übelkeit nur vorgetäuscht hat, um mit Jonas sprechen zu können.

Yvonne blickt bereits besorgt. »Soll ich Herrn Bauer was sagen?«, fragt sie leise.

Sophie nickt.

»Sophie muss sich gleich übergeben!«, meldet Yvonne sich zu Wort.

Die Klasse brüllt vor Lachen. Andere Stimmen erheben sich: Kein Wunder bei der Musik. Ich auch. Und so weiter.

»Wer will sich noch auskotzen?«, fragt Luis, als wäre er der Lehrer.

Mehrere Hände fliegen hoch.

Tobi steckt seinen Finger in den Hals. »Mir kommt es auch gleich hoch!«

Herr Bauer hat die Musik abgestellt. Enttäuscht schaut er in die Klasse. Er hätte so gerne, dass uns diese Art von Musik etwas bedeutet, denkt Sophie. Dann scheint er sich an Yvonnes Wortmeldung zu erinnern. Seine Augen fliegen durch die Reihen, über die Köpfe der Schüler und Schülerinnen hinweg. Obwohl er die Klasse schon mehr als zwei Jahre lang unterrichtet, hat er keine Ahnung, wer von ihnen Sophie ist. Langsam erhebt sie sich, kalkweiß im Gesicht. Mittlerweile haben auch die anderen kapiert, dass es ihr wirklich nicht gut geht. Niemand lacht mehr.

»Ich begleite sie ins Sekretariat«, bietet Yvonne sich an.

Herr Bauer ist damit einverstanden. Im Flur lehnt Sophie sich gegen die Wand.

»Soll ich jemanden holen?« Yvonne will ihren Job als Krankenschwester unbedingt gut machen.

Sophie schüttelt den Kopf. »Tu mir einen Gefallen«, bittet sie Yvonne.

Yvonne würde in diesem Augenblick alles für Sophie tun.

»Ich muss hier verschwinden.«

»Warum das denn?«, fragt Yvonne überrascht.

Natürlich will Sophie keine langen Erklärungen abgeben. »Ich sag es dir morgen«, beteuert Sophie, »ich hab jetzt keine Zeit mehr.«

»Und ich?«, fragt Yvonne, »was soll ich Herrn Bauer sagen?«

»Du gehst da jetzt rein und holst unsere Schultaschen, erklärst, du würdest mich nach Hause begleiten. Aber mach schnell! Bitte!«

Nachdem Yvonne mit den Schultaschen aus der Klasse gekommen ist, rennt Sophie einfach los, raus aus der Schule, eine Straße hinunter, auf der Moritz ihr bestimmt nicht entgegenkommen wird. Wieder hat sie Yvonne vor den Kopf gestoßen. Irgendwann, nimmt sich Sophie vor, wird sie sich bei ihr dafür entschuldigen.

Bei der erstbesten Gelegenheit biegt sie ab (man kann ja nie wissen), trabt auf Parkwegen weiter, bis sie außer Atem ist und setzt sich auf eine Parkbank zwischen zwei Büschen. Eine Frau mit einem Hund an der Leine marschiert an ihr vorbei. Auf der Wiese gegenüber stehen riesige Kastanienbäume, unter denen haben Punks Decken ausgebreitet und lungern mit ihren Hunden darauf herum. Ein Typ mit rot gefärbten Haaren spielt Gitarre. Dazu singt er mit brüchiger Stimme, als wäre er ein alter Mann. Das soll seinem Gesang wohl etwas Besonderes verleihen. Jeder Ton, jedes Wort hat etwas Tastendes. Vermutlich erfindet er Melodie und Text im Moment.

Sophie schaut auf ihre Handyuhr. Es ist zehn vor zwei. Um diese Zeit erklingt in der Schule das Pausenzeichen. In ihrer Klasse springen alle von ihren Stühlen auf und jagen nach draußen. Moritz steht in seinem Sportwagen auf dem Zebrastreifen und wartet auf sie. Vielleicht ist er ausgestiegen wie beim letzten Mal und lehnt lässig an seinem Wagen. Oder er hat das Cabriodach geöffnet, bei diesem Wetter gut möglich. Sophie stellt sich vor, wie Moritz mit verschränkten Armen im Getümmel der anderen Schüler, die die Rampe herunterkommen, nach ihr Ausschau hält. Wie lange dauert es, bis er kapiert, dass sie nicht mehr kommen wird. Fünf Minuten? Zehn? Mittlerweile ist es Viertel nach zwei. Aber keine Nachricht von Moritz. Sophie lauscht eine Weile auf den Gesang des Gitarristen. Es klingt total falsch, aber immer noch besser als Mozart.

Und dann funkt auch noch Paul die ganze Zeit dazwischen, als hätte er ihr Gehirn gehackt, als wäre er gerade dabei, alle ihre Dateien zu öffnen und eine nach der anderen zu lesen. Dass sie im Augenblick viel lieber mit ihm auf dem Dach wäre, steht da zum Beispiel. Dass sie lieber dort oben wäre, zwischen Himmel und Erde. Mit ihm. Später wird sie Paul eine Nachricht schicken …

43

Ohne dass sie sich verabredet hätten, tragen alle *drei Prinzessinnen* die gleichen Pullis und Hosen. Nur Susa fehlen die passenden Sneakers. Vanessa trabt mit drei Chai Latte an. Pavel winkt zu ihnen herüber. Sophie winkt zurück und lacht. Vanessas Blick geht zwischen den beiden hin und her.

»Und, alles klar?«

»Und bei euch?«, lenkt Sophie ab.

Vanessa zuckt mit den Schultern. »Wollen wir was unternehmen?«

»Im Vergnügungspark haben sie eine neue Achterbahn eröffnet, hab ich im Fernsehen gesehen«, schlägt Susa mit glühenden Augen vor. »Die größte Europas.«

Sophie staunt, sie wusste nicht, dass Susa sich dafür interessiert.

»Mit zwei Loops«, schwärmt Susa. »Das ist bestimmt der totale Kick!«

Vanessa sagt, ihr fehle das nötige Kleingeld. Sie würde lieber am Kanal abhängen, dort gibt es neue Lokale, die könnten sie erkunden und im Freien was trinken.

»Und dafür hast du Geld?«, fragt Susa erstaunt.

»Ja, dafür habe ich Geld«, antwortet Vanessa knapp.

Aber auf Rumsitzen hat Susa keine Lust. »Ich könnte mir eure Sneakers kaufen«, überlegt sie. »Kommt ihr mit?«

Niemand antwortet. Also nicht. Es fliegen weitere Vorschläge zwischen den beiden hin und her, aber sie können sich auf nichts einigen.

»Und du?«, fragt Vanessa schließlich in Sophies Richtung, »weißt du was?«

Sophie hat die ganze Zeit mit dem Strohhalm im Mund dagesessen und den Diskussionen von Susa und Vanessa desinteressiert zugehört. Jetzt stellt sie ihren Becher ab und sagt mit feierlicher Stimme: »Ich muss was fragen.«

Beide sehen sie mit großen Augen an. Sophie schluckt.

»Du wirst ja rot«, bemerkt Vanessa und grinst.

Tatsächlich glüht Sophies Haut, und für einen Augenblick ärgert sie sich, davon angefangen zu haben. Sie könnte sich schnell etwas anderes einfallen lassen, aber mit wem soll sie sonst darüber sprechen?

»Glaubt ihr, man kann in zwei Menschen gleichzeitig verliebt sein?«, fragt sie leise.

»Wie meinst du das?«, fragt Susa.

»Was ist daran nicht zu verstehen?«, will Vanessa wissen.

»Bist du etwa in zwei Typen verliebt?«, staunt Susa.

»Nein, nur theoretisch«, fügt Sophie schnell hinzu.

»Deshalb bist du so anders in letzter Zeit«, sagt Vanessa.

»Ich bin anders?«

Vanessa lacht. »Natürlich!«

Sophie will protestieren, aber Susa unterbricht sie: »Natürlich ist das möglich!«

»Und was muss man dann tun?«, will Sophie wissen.

»Sich entscheiden.«

»Und wenn man das nicht kann?«

»Dann sind beide weg«

»Bist du sicher?«

»Blödsinn«, mischt sich Vanessa ein. »Und Susa ist ja nicht gerade unsere Expertin.«

»Ist ja nur theoretisch«, wendet Susa ein.

»Es ist nicht nur theoretisch!«, behauptet Vanessa.

»Woher weißt du das?« Susa schaut, als hätte sie etwas verpasst.

»Sophie ist meine Freundin!«, erklärt Vanessa mit erhobener Stimme. »Ich weiß sofort, wenn etwas nicht stimmt.«

Susa schlägt den Blick nieder. Vanessa schiebt ihre Finger ineinander und lässt sie knacken.

»Es stimmt so vieles nicht«, gibt Sophie leise zu.

»Süße ...«, sagt Vanessa etwas ratlos, legt ihre Hand auf Sophies, aber dann weiß sie nicht, was sie weiter sagen soll.

Sophie starrt vor sich hin. Vanessas Finger streicheln über ihren Unterarm. »Ich sehe das anders. Warum soll das nicht möglich sein?« Für einen Augenblick huscht Vanessas Blick in eine unbekannte Ferne und sie presst ihre Lippen zusammen, zwingt sich aber gleich darauf zu einem aufmunternden Lächeln. »Heißt einer von ihnen Moritz?«

»Wie kommst du denn auf Moritz?«, fragt Sophie scheinheilig.

»Na ja.« Vanessa zuckt mit den Schultern.

Susa schaut verwirrt.

»Schließlich hat er dich von der Party heimgebracht«, legt Vanessa nach.

»Und der andere?«

»Was?«

»Der andere?«, fragt Susa noch mal, und als Sophie nicht antwortet, ergänzt sie ungeduldig: »Du wolltest doch wissen, ob man in zwei gleichzeitig verliebt sein kann …«

Sophies ganze Aufmerksamkeit ist aber seit geraumer Zeit von etwas Anderem völlig gebannt: Er steht da, den Rücken an der Betonsäule, die Beine leicht gespreizt. Die Glastüren des Aquariums sind heute zur Seite geschoben. Es würde ihn also nichts daran hindern herüberzukommen. Er müsste nur geradeaus gehen, vielleicht zwanzig oder dreißig Schritte, schon würde er bei den Freundinnen am Tisch stehen. Aber Moritz rührt sich nicht und starrt nur zu ihr herüber. Am liebsten würde Sophie ihn mit einem Wimpernschlag verschwinden lassen, wie einen komplett bescheuerten Gedanken. Aber das klappt nicht. Er steht da wirklich. Das ist keine Erscheinung. Sophie möchte wegschauen, aber sie kann nicht.

Vanessa und Susa sind längst ihrem Blick gefolgt und haben sich nach Moritz umgedreht. Sie haben keinen Zweifel, wen Sophie mit einer Mischung aus Panik und Staunen anglotzt.

»Kennst du den?«, fragt Susa.

Sophie schüttelt den Kopf. »Ich habe mich getäuscht. Ich dachte, da wäre mein Vater«, sagt sie rasch.

»Mitten in der Woche?« Susa klingt skeptisch.

Vanessa schaut Sophie mit undurchsichtiger Miene an.

»Ja«, antwortet Sophie. »Das ist es nämlich.«

»Was ist was?«, fragt Susa verwirrt.

»Mein Vater hat sich in eine Andere verliebt.« Sophie grinst.

»Ist das komisch?«, wundert sich Susa.

»Nein«, gibt Sophie zu und schielt noch mal vorsichtig in Moritz' Richtung, »es ist schrecklich. Es ist der Horror. Vor allem, weil er ständig was von mir will. Keine Ahnung … ich soll ihm verzeihen oder was weiß ich.«

»Und deine Mutter?«, erkundigt sich Susa.

»Ist total fertig mit den Nerven.«

»Kennst du die Andere?«

Sophie nickt.

»Du hasst sie bestimmt?«

»Klar.«

»Seht ihr, ich habe recht, alles was mit Liebe zu tun hat, ist kompliziert, macht Probleme, ist einfach nur Mist.« Susa klingt, als hätte sie zu ihrer eigenen Überraschung doch noch über Vanessa triumphiert.

Vanessa hat die ganze Zeit geschwiegen. »Das dort ist Moritz, oder?«, stößt sie plötzlich hervor, und Susas Triumph fällt augenblicklich in sich zusammen.

Sophies Herz beginnt zu rasen, sie weiß: Leugnen hat keinen Sinn. Sie nickt unmerklich und beugt sich zu Vanessa und Susa. »Wenn ihr wirklich meine Freundinnen seid, dann geht jetzt bitte, bitte, bitte!«, flüstert sie. »Ich werde euch den Rest meines Lebens unendlich dankbar sein! Aber ich muss etwas klären.«

»Dann geht es doch nicht um deinen Vater?«, fragt Susa verblüfft.

»Natürlich nicht!«, zischt Vanessa und will sich noch mal zu Moritz umdrehen.

»Nicht!«, fordert Sophie. »Bitte, nicht!«

»Okay«, sagt Vanessa. »Wir gehen. Aber nur unter einer Bedingung …«

Susa und Sophie ziehen gleichzeitig die Augenbrauen hoch.

»Du musst mir anschließend alles erzählen!«

44

Vanessa und Susa drehen sich auf der Rolltreppe noch mal nach Sophie um. Sie hebt die Hand. Sie ist unendlich froh, dass die beiden weg sind, und beginnt innerlich zu zählen. Bei hundert, nimmt sie sich vor, wird sie erst wieder zu Moritz schauen. Vielleicht ist er ja dann auch weg ... anfangs funktioniert es auch. Aber bereits bei fünfunddreißig sieht sie doch hin. Kaum treffen sich ihre Blicke, stößt Moritz sich von der Säule ab und schlendert Richtung Treppe. Will er, dass sie ihm folgt? Natürlich, sonst hätte er nicht die ganze Zeit da gestanden. Wieder fängt Sophie zu zählen an, wieder will sie bis Hundert kommen, ehe sie sich entscheidet. Aber sie kann nicht anders. Es ist wie ein Sog, sie hat keine Chance, sich dagegen zu wehren, und läuft, bevor sie überhaupt mit Zählen begonnen hat, bereits hinter Moritz her. Als sie ihn einholt, bleibt er stehen und lächelt sie an.

»Hi«, sagt er.

In seiner Rechten hat Moritz den Autoschlüssel. In seinen

Augen flackert etwas, das Sophie noch nie bei ihm gesehen hat.

»Bist du zufällig vorbeigekommen?«, fragt Sophie schnell.

Moritz antwortet nicht. Sophie weiß, dass es nicht so ist. Aber wie konnte er wissen, dass sie hier ist? Egal. Er ist da. Punkt.

Auf der kurzen Strecke bis zum Auto denkt sie tausendmal: Nein, ich will nicht zu ihm in seine Karre steigen. Aber sie kann nicht Nein sagen, Nein ist überhaupt keine Option. Vorm Einsteigen zögert sie dann doch. Aber Moritz sagt »Steig ein!«, in einem Befehlston, der sie erschaudern lässt.

»Wohin fahren wir?« Sophies Stimme zittert.

»Du wirst schon sehen«, sagt Moritz freundlich, aber kalt.

Sophies Magen zieht sich zusammen.

Sie fahren Richtung Autobahn, das hat Sophie bald kapiert, sie schlagen den Weg ein, den sie schon einmal gefahren sind, um zum Jagdhaus zu kommen. Immer noch weiß sie nicht, ob Rocky jetzt eigentlich tot oder lebendig ist, fällt ihr ein. Aber das ist nicht der Moment, um danach zu fragen. Sie nehmen die Auffahrt und reihen sich in die linke Fahrspur ein. Mit zunehmender Geschwindigkeit entspannt Sophie sich ein wenig. Vielleicht will Moritz ja einfach wieder nur mit ihr schweben? Sie schließt die Augen, legt ihre Hände locker auf die Oberschenkel und wartet auf das Kribbeln im Bauch ...

»Weißt du, was Schicksal ist?«, will Moritz plötzlich wissen. Er lauert auf eine Antwort, aber als von Sophie keine kommt, fragt er erneut: »Weißt du es?«

Vor allem weiß Sophie nicht, worauf er hinaus will. Sie öffnet die Augen und schüttelt den Kopf. Der Zeiger des Tachos schraubt sich immer weiter nach oben.

»Als wir uns auf der Party getroffen haben, das war Schicksal. Niemand weiß, warum das passiert ist. Es passierte einfach. Man kann nichts dagegen tun. Dauernd passieren irgendwelche Dinge, von denen man nicht weiß, warum sie geschehen«, erklärt Moritz.

Sophie muss unwillkürlich lächeln. Die Milchstraße, die vom Himmel gefallen ist.

Moritz schweigt und sein Schweigen zieht sich hin. Seine Stirn hat sich in Falten gelegt und sein rechter Fuß gibt immer mehr Druck auf das Gaspedal.

»Nicht so schnell«, bittet Sophie.

Moritz nimmt tatsächlich den Fuß vom Gas und der Wagen verliert langsam an Geschwindigkeit. Sophie atmet durch. Aber mitten im Ausrollen steigt Moritz plötzlich voll auf die Bremse. Der Gurt schneidet Sophie ins Fleisch und brennt auf der Haut. Ihre Kehle schnürt sich zusammen. Ein Krächzen kommt aus ihrem Mund, als wäre sie eine Krähe oder eine Möwe oder sonst irgend so ein Vogel. Im nächsten Augenblick fliegt sie wieder zurück in den Sitz und der Kopf schlägt mit Wucht gegen die Nackenstütze. Gerade noch haben sie mit fast hundertachtzig die Stadt hinter sich gelassen, zwischen endlosen Maisfeldern, Richtung Osten. In der Ferne glitzert ein See. Aber jetzt stehen sie. Sie stehen! Sie stehen, mitten auf der Autobahn! Am Horizont verschmilzt das Asphaltband mit dem blauen Himmel. Die

Autos vor ihnen verkleinern sich rasend schnell auf Spielzeuggröße.

»War da ...? Ist da ein ...?« Ein platt gedrückter Hase auf dem Asphalt oder quellen Gedärme aus dem geplatzten Bauch einer Katze? »Bist du deshalb ...?«, fragt Sophie, obwohl sie selbst nicht daran glaubt.

Moritz sitzt reglos neben ihr, hat seine Lippen fest aufeinandergepresst und klammert sich mit beiden Händen am Lenkrad fest. Dann winkelt er seine Ellenbogen an und beugt langsam seinen Oberkörper nach vorne.

»Ist was mit dem Auto nicht in Ordnung?«

»Nichts ist«, sagt Moritz endlich, mehr zu sich selbst als zu Sophie. Er lehnt sich zurück und nimmt die Hände vom Lenkrad.

»Aber warum sind wir dann stehen geblieben?« Sophie hebt ihr Kinn und atmet tief ein. »Warum fahren wir nicht? Warum ...?«

»Halt den Mund, dann erkläre ich es dir!«

Sophie fährt erschrocken zusammen.

»Ich wollte nie, dass Dinge passieren, die ich nicht verstehe«, fährt er langsam fort. »Und jetzt will ich dabei sein, wie das Schicksal entscheidet. Ich will dabei sein, wenn es Ja oder Nein sagt. Das wird ein großer Moment! Diesen Moment erlebt man nur einmal im Leben. Ich möchte diesen Moment mit dir teilen!« Auf Moritz' Gesicht erwacht dieses verschmitzte Lächeln, das Sophie seit ihrer ersten Begegnung kennt. Damals hatte ihr sein Lächeln gefallen, es hatte ihr Sicherheit gegeben. Jetzt ist dasselbe Lächeln völlig undurchschaubar für sie.

Sophie hofft, er steigt gleich wieder aufs Gas, er fährt gleich wieder los und das Ganze war nur ein dämlicher Scherz. Aber so ist das nicht. Er stellt den Motor ab. Mitten auf der Autobahn. Mitten auf der Autobahn! Als wäre das hier ein verdammter Parkplatz! Dann zeigt er seinen erhobenen Zeigefinger, als würde er sagen wollen, dass sie still sein soll, der Zaubertrick, den er Sophie demonstrieren möchte, würde sonst nicht funktionieren. Langsam schwebt die Fingerspitze durch die Luft, bis sie schließlich auf dem Knopf der Musikanlage landet. Ein ohrenbetäubender Lärm braust los. *What we do, what we do, yeah, we do what we do, yeah, we do what we do, yeah, we do what we do!* Irgendein Remix von Jessie J's Song. Die tiefen Bässe schlagen wie Fäuste auf ihren Körper ein und sie versteht gerade überhaupt nichts. Weder was er sagt, als sich seine Lippen bewegen, noch was der Sinn dieser ganzen Aktion sein soll. Aber erst als es hinter ihnen hupt, einmal, zweimal, kapiert Sophie, in welcher Gefahr sie sich befinden, und es hupt noch mal, lang, laut und dröhnend, bis schließlich ein weißer Mercedes an ihnen vorbeizischt. Für den Bruchteil einer Sekunde sieht Sophie den Mann hinterm Steuer und in seinem fassungslosen Gesicht die Frage, ob sie total bescheuert sind?

»Fahr doch weiter! Fahr weiter! Fahr!«

Moritz kümmert sich nicht um Sophies Gekreische. Er hat die Backen aufgebläht und nickt mit dem Kopf rhythmisch zur Musik. Vor ihnen gleitet der Mercedes langsam wieder auf die Mittelspur.

»Bitte, fahr doch!« Sophie kann nicht glauben, dass ihm

ihre Panik vollkommen gleichgültig ist. »Faaaaahr!«, kreischt sie, so wild, dass sie fast den LKW übersieht, der riesige Baumstämme geladen hat und rechts von ihnen über die äußerste Spur donnert, wo der eigentlich überhaupt nicht unterwegs sein darf. Als der LKW wieder auf die rechte Spur einschwenkt, schwingt sein Anhänger bedrohlich hin und her.

»Willst du uns umbringen?«

Völlig planlos greift Sophie nach dem Schlüssel im Zündschloss. Um was? Um zu starten! Und dann? Und was dann? Aber auf halbem Weg packt Moritz ohnehin ihr Handgelenk und schiebt ihren Arm weg wie nichts. Sophie versucht dagegenzuhalten, mit aller Kraft, aber er ist stärker, natürlich.

»Lass los!«, presst Sophie hervor.

»Wenn du keinen Scheiß machst!«, droht Moritz.

»Ich? Wieso denn ich?« Er! »Du!« Trotzdem: »Mach ich nicht! Versprochen. Ehrlich. Versprochen!«

Langsam lockert er seinen Griff, Sophie zieht ihren Arm vorsichtig zurück, und ab jetzt gilt nur noch, dass sie hier raus muss! Raus! Raus aus diesem Auto! Sie weiß auch wie: Ganz langsam wird sie ihre Hände Richtung Türgriff und Gurtschnalle wandern lassen und dann gleichzeitig Sicherheitsgurt und Türe öffnen! Danach muss sie es nur noch, ohne überfahren zu werden, bis zum Fahrbahnrand schaffen, sie muss über die Leitplanken klettern, zwischen den Maispflanzen verschwinden und weiter, nur weg. Das ist der Plan.

Sophie bewegt sich so vorsichtig wie möglich und schaut dabei durch die Windschutzscheibe, als würde sie dort irgendwas total Interessantes beobachten. Schon kommt ihr der Weg, den ihre Hände zurücklegen, unendlich weit vor. Aber schließlich berühren ihre Fingerkuppen Metall. Als Sophies Linke endlich das Gurtende ertastet, löst sie es mit einer winzigen Bewegung des Daumens aus seiner Verankerung. Klack. Jetzt noch den Türgriff. Aber da hört sie, wie die Türschlösser nach unten rasseln. Das war's.

»Das hättest du nicht tun sollen«, sagt Moritz düster und dreht ihr den Kopf zu. »Das hättest du echt nicht tun sollen!« Sein Gesicht ist wie versteinert und seine Augen glänzen, als wären sie aus Glas. So sieht man eine Gefangene an, mit der man nichts Gutes vorhat.

Dieser Gedanke lässt in Sophies Bauch einen Vulkan ausbrechen. Er schickt Lava durch ihre Adern. Ihre Haut glüht, die Haarwurzel brennen und Schweiß schießt aus all ihren Poren.

»Bitte, bitte, bitte. Sag mir, was ich tun soll, was soll ich tun!«, fleht Sophie mit einer Piepsstimme, die sie von sich eigentlich nicht kennt. »Ich tu alles, aber fahr weiter. Dann tu ich alles! Alles, was du willst! Aber fahr weiter!«

Moritz schaltet die Musik aus. Sophie erschrickt über die plötzliche Stille.

»Sag mir bitte, was ich tun soll!«, flüstert sie.

»Hör auf, immer dasselbe zu sagen!«, zischt Moritz. »Das ist nämlich ziemlich langweilig.« Dann schaut er zum Rückspiegel hoch und legt nach einer Weile die Stirn in Falten.

»Was ist da?«, fragt Sophie leise.

»Das könnte interessant werden«, sagt Moritz nur.

Sophie reißt ihren Kopf herum. Zwischen den Kopfstützen sieht sie, was Moritz im Spiegel sieht. Ohne zu hupen und ohne zu bremsen rast ein schwarzer SUV auf sie zu, mit Hundertdreißig oder Hundertvierzig oder noch schneller.

»Der kapiert es nicht!« Sophie ist jetzt völlig hysterisch. »Der kapiert nicht, dass wir stehen!«

»Warten wir es ab«, sagt Moritz.

»Das überleben wir nicht!«, schreit Sophie.

Vielleicht den Aufprall noch. Aber dann wird sie der SUV ein paar hundert Meter weit vor sich herschieben, bis sie nach rechts ausscheren, die Leitplanken rammen, sich aufbäumen, abheben und mit den Rädern nach oben und dem Dach nach unten durch die Luft fliegen.

Wie man es im Flugzeug vor einer Notlandung machen soll, beugt Sophie sich nach vorne, klemmt ihren Kopf zwischen die Knie und faltet ihre Hände im Nacken. Im allerletzten Augenblick schert der SUV mit quietschenden Reifen aus und zieht an ihnen vorbei, so knapp, dass der Fahrtwind das Auto erfasst. Es ruckelt kurz hin und her.

»Der hätte uns fast erwischt!« Sophie hat fast keine Stimme mehr.

»Hat er aber nicht.«

»Warum tust du das?«

»Hab ich dir doch erklärt!«

»Du bist krank! Du bist vollkommen verrückt!« Und dann nimmt Sophie alle Kraft zusammen, schreit los und schlägt wild um sich, und Moritz lacht wie ein Irrer, und Sophie schreit lauter und schlägt noch wilder, und Moritz lacht noch lauter, und Sophie schreit und schlägt so lange, bis sie ihn irgendwann mit ihrem Ellenbogen voll ins Gesicht trifft.

Schlagartig vergeht Moritz das Lachen. »Scheiße«, flucht Moritz. »Scheiße, verdammt!«

Sophie hat ihn voll auf der Nase erwischt. Er betrachtet seine Hand. Sie ist voller Blut, es schießt ihm nur so aus der Nase. Sein Hemd ist voller Blut. Die Arme auch. Das Lenkrad. Sophies Hände. Sophies Hose.

»Ich kann kein Blut sehen!« Kreidebleich starrt Moritz auf seine zitternden Hände.

»Was?«, Sophie glaubt ihn nicht richtig verstanden zu haben.

»Ich kann kein Blut sehen!«, sagt er mit weinerlicher Stimme. »Das kann ich einfach nicht.« Sein Gesicht ist weiß wie ein Leintuch und seine Schultern hängen nach vorne.

Da keimt zum zweiten Mal Hoffnung in Sophie auf. Und sie redet so ruhig wie möglich auf Moritz ein: Dass er den Motor starten soll. Dass er fahren soll. Dass er zumindest die Türe öffnen soll. Dass alles gut wird, dass sie ihm verzeiht, sagt Sophie, auch ein zweites Mal und ein drittes Mal. Die Sätze purzeln nur so aus ihr heraus. Bis Moritz tatsächlich, keine Ahnung warum, die Türsicherung aufspringen lässt. Er hat sie geöffnet. Sophie kann es kaum glauben. Sie reißt die Tür auf. Im nächsten Augenblick ist sie schon draußen, rennt über den Asphalt, hechtet über die Leitplanken. Dahinter ist ein Maisfeld.

Die Pflanzen sind einen Kopf höher als Sophie. Sie läuft zwischen die Pflanzen, taucht unter, verschwindet dazwischen. Ihr Atem geht schnell, die Blätter peitschen gegen ihre Arme und zerkratzen die Haut. Auf der Spur bleiben, denkt sie, in einem Maisfeld kann man sich leicht verirren, dann läuft man im Kreis und findet nicht mehr heraus.

Sophie weiß, dass niemand sie verfolgt, trotzdem hetzt sie davon. Ihre Beine sind einfach nicht zu stoppen. Zwischen den Pflanzen ist es kühler und leiser. Der Autobahnlärm dringt von weit weg an ihr Ohr. Immer wieder dröhnendes Hupen von LKWs.

Ein Haufen Vögel flattert auf. Sophie erschrickt, obwohl sie sie selbst aufgescheucht hat. Es ist ein ganzer Schwarm, der sich zu einer Wolke aufbläst, die erst einen erstaunlichen Zickzackkurs nimmt und schließlich in einem weiten Bogen zurück Richtung Autobahn treibt.

Auch als ihre Lungen schmerzen, beendet Sophie ihre Flucht nicht, sie bleibt auf der Spur, so lange, bis sie plötzlich vor einer schmalen Straße steht. Auf der anderen Seite geht das Feld weiter. Die Straße durchschneidet es. Sophie schaut nach rechts und nach links. In beide Richtungen sieht sie das Gleiche: das Asphaltband und die Maispflanzen und den blauen Himmel. Als sie wieder zu Atem gekommen ist, geht sie nach rechts. Warum? Weil es ihr logisch erscheint. Warum? Keine Ahnung. Sie geht einen Kilometer, zwei, drei. Nichts verändert sich, immer noch Straße und Mais und Himmel. Einmal kreuzt der Vogelschwarm das Bild. Derselbe wie vorher? Egal. Sophie will nichts weiter, außer das hinter sich zu lassen, was auf der Autobahn passiert ist. Sicher, irgendwann wird sie sich Gedanken darüber machen müssen, wie sie von hier wieder wegkommt. Dann wird sie sich auch fragen, wo sie hier eigentlich ist. Aber noch ist es nicht so weit.

45

Paul sieht den anderen Skatern erst einmal nur zu. Wenn er einen besonders tollen Trick beobachtet, versucht er zu verstehen, wie es gemacht wird: Wann in die Hocke gehen, wann Druck geben, wann die Hände ausbreiten. Schließlich begibt er sich an den Rand der Pipe. Als er dran ist, macht er dort weiter, wo er an dem Tag aufgehört hat, an dem er gestürzt ist. Er stößt sich ab, geht kurz vorm tiefsten Punkt der Röhre in die Hocke, drückt die Beine durch, hechtet über den Rand und dreht nach rechts, die Arme auseinander, fliegt einen Moment, verliert für den Bruchteil einer Sekunde den Kontakt zum Brett, zusammen machen sie eine hundertachtzig Grad Drehung, Paul spürt das Brett wieder unter sich, jetzt die Arme anlegen … beide Hände berühren die Enden des Boards, dann die Landung, er federt mit den Knien ab, rollt ein Stück weit die Gegenseite hoch.

Erleichtert sitzt Paul im Gras. Zum ersten Mal ist ihm der Trick gelungen, den Tim ihm beibringen wollte, ehe Paul nach dem Unfall seiner Mutter umziehen musste. Er vergegenwärtigt sich noch mal jeden einzelnen Schritt. Als er sich schließlich hochrappeln will, um den Trick ein zweites Mal durchzuziehen, klingelt sein Handy.

»Ich bin es«, hört er Sophie im Hörer. »Ich weiß nicht, wo ich bin.« Ihre Stimme ist brüchig, möglicherweise liegt es aber auch an der Verbindung. »Kannst du mir helfen?« Sie spricht langsam, als würde sie das Sprechen größte Anstrengung kosten.

Paul überlegt, was das bedeuten kann.

»Bist du noch da?«

»Ja, ja, ja«, ruft Paul in den Hörer.

»Was soll ich tun?«, fragt Sophie.

»Aber was …?« Er versteht gerade gar nichts.

»Da sind Felder und sonst nichts.«

»Wo bist du?«

»Das weiß ich eben nicht.«

»Wie bist du dort hingekommen?«

»Ich weiß nicht … das ist … es ja …«, stottert Sophie.

Pauls Gehirn arbeitet auf Hochtouren. Vielleicht ist es ja im Augenblick nicht so wichtig, wie sie dorthin gekommen ist, sondern bloß wie sie wieder wegkommt. Schließlich hat er eine Idee: »Hast du ein Smartphone?«

»Ja.«

»Dann öffne Google Maps und bestimme deinen Standort.«

Es dauert eine Weile, dann hört Paul: »Hab ich.« Sophie klingt jetzt weiter entfernt, weil sie vermutlich das Handy vom Ohr genommen hat.

»Und?«, will Paul wissen.

»Moment … die App öffnet sich nicht … nein … tut sie doch …«

»Und …?«

»Moment … da … da ist ein blauer Punkt.«

»Das bist du«, erklärt Paul.

»Aber da ist kein Ort weit und breit.«

»Verkleinere das Bild!«

»Okay.« Sophie schiebt das Bild mit Zeigefinger und Daumen zusammen. Jetzt sind viele Orte zu erkennen, aber die Namen nicht mehr zu lesen.

»Es gibt da eine Funktion, mit der du die Koordinaten von deinem Standort ablesen kannst«, hört sie Paul sagen. »du musst nur deinen Standort antippen, dann öffnet sich ein Fenster … hast du?«

»Nein … ja, okay.« Sophie versucht sich zu konzentrieren. »Funktioniert.« Dann liest sie Längen- und Breitengrad vor. »48,1951 bzw. 16,3757.«

Paul schaltet auf Lautsprecher, öffnet seine App und bittet Sophie, die Ziffern zu wiederholen. Er tippt sie in das Suchfeld. Und: Go! Eine Sekunde später weiß er: »Von mir zu dir fährt man mit dem Auto eine Stunde und fünf Minuten.«

»Kannst du mich irgendwie abholen?«, fragt Sophie leise.

»Ja.« Paul nickt unwillkürlich, auch wenn er noch nicht weiß, wie das funktionieren soll. Ein Bus oder so fährt dort sicher nicht hin. Ein Taxi würde ein Vermögen kosten! Und wer weiß, ob er überhaupt einen Taxifahrer finden würde, der bereit wäre, mit ihm so eine Tour zu machen.

»Aber …«

»Was?«

»Sag bitte niemandem etwas davon.«

»Ich komme«, sagt Paul. »Das verspreche ich dir.«

Zu Hause angekommen, versucht er seinen Großvater wachzurütteln. Unmöglich. Erst als er den Fernseher abdreht, schreckt der Alte aus dem Schlaf hoch. »Was denn?«

»Ich brauche deine Hilfe!«

»Hat das nicht Zeit?«, grummelt er.

»Nein! Wir müssen los …!«

»Aber was ist denn …?«

»Und diesmal wäre es mir zum ersten Mal lieber, du sagst nichts«, unterbricht Paul ihn. »Bitte!«

Der Alte schaut ihn einen Augenblick erschrocken an, dann grinst er und nickt: »Einverstanden.«

Nachdem Paul erklärt hat, dass sie mit dem Auto fahren müssen, stößt der Alte zwar einen weiteren Fluch aus, steht aber auf und streift seine Jacke über. Er ist tatsächlich bereit, keine Fragen zu stellen. Als sie die Schranke vom Parkplatz hochfahren lassen, will er nur wissen: »Und wohin geht es?«

Im Nachhinein glaubt Sophie, Herrn Schobers Schrottkiste bereits erkannt zu haben, als sie als kleiner Punkt am Horizont aufgetaucht ist. Jetzt stehen Paul und Sophie voreinander, als könnten beide nicht glauben, dass das hier gerade wirklich passiert. Schweißperlen stehen auf ihrer Stirn und sie blinzelt nervös.

»Das hat aber gedauert.« Sophies Worte klingen in Pauls Ohren zwar wie ein Vorwurf, gleichzeitig ist er sicher, dass sie in Wahrheit total erleichtert ist. Erst als der Großvater hupt, schrecken sie auf und klettern rasch auf die Rückbank.

»Hallo«, grüßt Sophie leise.

Der Alte sieht Paul durch den Rückspiegel an. Der nickt. Sie können losfahren.

Anfangs sind Sophies Augen starr auf die Nackenstütze des Vordersitzes gerichtet, ihre Hände ruhen bewegungslos im Schoß. Nach einer Weile beginnt sie zu zittern. Vorsichtig legt Paul seinen Arm um sie. Sophie lässt ihren Kopf auf seine Schulter sinken. Ihre Haare streichen über sein Gesicht. Das kitzelt. Der Alte wirft ab und zu einen Blick nach hinten. Obwohl er bestimmt genauso viele Fragen hat wie Paul, hält er sich an sein Versprechen und stellt keine einzige.

Eine Stunde später halten sie auf dem Parkplatz neben dem Hochhaus. Niemand rührt sich. Wie eine eingeschworene Gemeinschaft, die gerade etwas angestellt hat, von dem besser niemand etwas wissen sollte, bleiben sie einfach im Auto sitzen. Es sagt auch keiner etwas. Obwohl sie alle wissen, dass sie sollten: einen Schwur, ein Versprechen oder einfach ein paar belanglose Worte, irgendetwas.

Sophie müsste zu weit ausholen.

Paul beißt die Lippen aufeinander.

Es ist der schweigsame Alte, der den Mund aufmacht: »Wann immer ihr über etwas reden wollt ... aber es ist natürlich ... was ihr sagen wollt und was nicht ... das ist eure Sache. Aber wie gesagt ...«

»… wir müssen nicht?«, fragt Paul

Sein Großvater nickt. »Es ist eure Entscheidung.«

Paul begleitet Sophie in den neunten Stock. Ihre Mutter ist nicht da. Sophie schaut auf die Uhr und zuckt mit den Achseln. Sophie bittet Paul, bei ihr zu bleiben. »Bis ich eingeschlafen bin. Aber wenn ich schlafe, dann geh! Versprichst du mir das?«

Sophie legt sich aufs Bett, verschränkt die Arme im Nacken und starrt mit leerem Blick zur Decke. Paul sitzt im Schneidersitz auf dem Boden und sieht sie einfach nur an.

Zeit vergeht, viel oder wenig.

»Du darfst nicht denken …«, sagt Sophie irgendwann leise.

»Was?«

Aber statt einer Antwort rollt Sophie sich zusammen und dreht Paul den Rücken zu. Nach einer Weile hört er ihren regelmäßigen Atem. Obwohl die Versuchung groß ist, aufzustehen, zu ihr zu gehen, sich neben sie zu legen, ihre Haut zu berühren, sie in seine Arme zu nehmen … Paul steht langsam auf und sucht im Durcheinander von Sophies Schreibtisch nach einem Blatt Papier und einem Stift.

Morgen nach Sonnenuntergang auf dem Dach?

46

Es ist wie an dem Tag, als sie das erste Mal gemeinsam heraufgekommen waren: keine Boxen, keine Liegestühle, kein Sonnenschirm, nur das leere, leicht abschüssige Dach, die Antennen und natürlich die unglaubliche Aussicht. Aber Paul sitzt mit dem Rücken zu ihr, sodass er die Metalltür unter den Handymasten im Blick hat. Als er die Leiter unter Sophies Gewicht quietschen hört, springt er auf.

»Hat dir dein Großvater nicht den Schlüssel abgenommen?«, ist Sophies erste Frage.

»Ich habe schon damals einen zweiten nachmachen lassen«, erklärt Paul und grinst.

»Und wenn er uns wieder hier entdeckt?«

Wozu soll Paul jetzt darüber nachdenken? Wenn es passiert, wird ihm schon wieder etwas einfallen. Sophie schaut über das Lichtermeer unter ihnen. Paul stellt sich neben sie.

»Danke für gestern«, sagt sie nach einer Weile.

»Gern geschehen.« Paul zuckt mit den Schultern, als ginge

es um etwas völlig Belangloses. Natürlich hat er immer noch tausend Fragen, aber er beobachtet Sophie bloß aus den Augenwinkeln. Sie schaut ein paarmal zu ihm hoch und wieder weg. Will sie von sich aus noch mal darüber sprechen, was gestern passiert, wie sie dorthin gekommen ist? Ihre Entscheidung.

»Hast du über gestern in dein Heft geschrieben?«, fragt Sophie schließlich.

»Noch nicht.«

»Wirst du?«

Erst jetzt fällt Paul auf, dass es vollkommen windstill ist.

»Ich schäme mich so schrecklich«, sagt Sophie leise. »Für alles, was mit Moritz gewesen ist.«

Zum ersten Mal hat sie in seiner Gegenwart seinen Namen ausgesprochen, aber Paul weiß sofort, wen sie meint.

»Dass ich es nicht erkannt habe …«

»Was hat du nicht erkannt?«

Es fällt Sophie schwer, darüber zu reden. »Können wir uns hinsetzen?«

Von der Stadt kommt nur wenig Licht bis hierher und sie weiß, dass ihr Gesicht kaum zu erkennen ist, so ist es einfacher, über das alles zu sprechen. Und dann erzählt Sophie von ihrer ersten Begegnung bei der Party, wie sie mit Moritz die ganze Nacht unterwegs gewesen ist, wie sie in der Autobahnraststätte waren, wie er sie zu Hause abgesetzt und sie sich morgens in die Wohnung geschlichen hat. Sie erzählt, wie sie immer an ihn denken musste, aber anfangs einfach nicht auf die Idee gekommen war, ihn anzurufen.

Als sie plötzlich verstummt, ist Paul sich nicht sicher, ob noch etwas kommt oder ob es das gewesen ist. Aber es geht weiter, immer weiter: Wie Sophie Moritz nach dem Streit mit Vanessa und dem Gespräch mit ihrer Mutter über ihren Vater dann doch anrief und er sie abholte. Sie erzählt von der Polizeikontrolle, den Fragen des älteren Polizisten, ihre Fahrt zu dem Holzhaus und dem kleinen See. Wie Moritz auf keinen Fall wollte, dass sie ein Foto von ihm macht. Da hätte sie sich doch eigentlich denken müssen, dass mit dem Typen irgendwas nicht stimmt!, wundert sich Sophie über sich selbst. Als sie von Rocky berichtet, von dessen Tod, und davon, wie Moritz mit Rocky vor der Villa auf sie zukam, unterbricht Paul Sophie das erste Mal.

»Ist Rocky jetzt tot oder nicht?«, fragt er verwirrt.

»Ich weiß es nicht«, sagt Sophie leise.

Paul erinnert sich an die gemeinsame Fahrt in der U-Bahn. »Hast du mich da wirklich nicht gesehen?«

Sophie schüttelt den Kopf. »Ich war völlig durcheinander, völlig fertig!«

Und dann erzählt sie auch noch, wie sie in dieser Nacht sämtliche Klamotten zerschnitten hat. »Hältst du mich jetzt für verrückt?«

»Ein bisschen.« Paul lacht.

Sophie lässt sich von seinem Lachen anstecken. »Ja, du hast recht.«

Eine Weile schweigen sie. Sophie hat das Gefühl, in seinem Blick zu versinken, und Paul hat das Gefühl, ihrer saugt ihn auf.

»Und wie ist es weitergegangen?«

»Moritz ist wieder aufgetaucht«, sagt Sophie und berichtet, wie sie zu ihm in den Wagen stieg, obwohl sie eigentlich nicht wollte, wie sie mit ihm zu ihrem Vater gefahren ist, und wie sie dachte, sie könnte Moritz tatsächlich verzeihen, weil sie das, was ihr Vater getan hatte, für noch viel schlimmer hielt. »Aber dann auf der Autobahn … ich habe noch nie solche Angst gehabt, wie in Moritz' Auto. Ich habe gedacht, ich muss sterben«, sagt Sophie, »Und jetzt, wenn ich nur daran denke, kommt diese Angst wieder.«

»Dann denk nicht dran«, sagt Paul.

»Wie soll das gehen? Ich muss. Immer. Wenn ich es nicht aus dem Auto geschafft hätte …«

»Aber du hast es geschafft …«

Sophie nickt langsam. »Nur manchmal kommt es mir vor, als würde ich mir meine Flucht aus dem Wagen nur einbilden. Dann fürchte ich, dass ich in Wahrheit immer noch in dem Auto sitze.«

»Tust du aber nicht!«, sagt Paul mit Nachdruck.

Bisher hat Sophie ihre Beine angezogen und mit ihren Armen umschlungen gehabt. Jetzt streckt sie sie aus. Nachdenklich schaut sie in den Sternenhimmel. »Wenn es nur irgendeine Möglichkeit gäbe …«

»Was meinst du?«, fragt Paul nach einer Pause.

»Die Zeit zurückzudrehen oder das alles ungeschehen zu machen.«

»Ich glaub, ich weiß was …«

»Was weißt du schon wieder«?, fragt Sophie etwas gereizt.

Seit Paul die Geschichte von Rocky gehört hat, hat er einen vagen Plan im Hinterkopf. Jetzt ist er plötzlich konkret. Paul zieht sein Heft aus einer Tasche seiner Cargohose und schlägt es dort auf, wo er das erste Mal über Moritz geschrieben hat.

Und dann habe ich plötzlich im Augenwinkel dieses Cabrio am Straßenrand gehabt, schätzungsweise fünfzehn, zwanzig Meter entfernt. Das Dach offen. Ein 911er. Dunkelblau. Aber das Entscheidende: Das Mädchen aus dem neunten Stock saß drin. Irgendwie passte das überhaupt nicht, wohnt bei uns im Neunten und fährt in einem 911er mit? Und der Typ neben ihr war vielleicht zwanzig. Mit grüner Basecap und goldverspiegelter Sonnenbrille, wie die Augen einer Fleischfliege, zu groß für sein längliches Gesicht. Jemand, der denkt, das sieht cool aus, aber keine Ahnung hat, dass es eigentlich scheiße aussieht. Er hatte die Hände am Lenkrad, grinste das Mädchen aus dem Neunten an und redete irgendwas, was ich aus der Entfernung natürlich nicht hören konnte.

Paul hat diese Passage so langsam und deutlich vorgelesen, dass Sophie hätte mitschreiben können. Sie hat zugehört, ohne ihn zu unterbrechen. Erst als er ganz langsam die Seite aus dem Heft und in kleine Stücke reißt, will sie wissen, was er da macht. Paul antwortet nicht, er sucht bloß in aller Ruhe die nächste Seite, auf der er über Moritz geschrieben hat, fabriziert abermals Konfetti, blättert weiter und reißt eine Seite nach der anderen heraus. Schließlich geht er zum Dachrand vor und wirft die Papierschnipsel mit Schwung in die Luft.

Langsam segeln sie nach unten, ein Windstoß erfasst sie, treibt sie nach oben, wirbelt sie durcheinander, und dann rieseln sie wie Schnee und verschwinden schließlich in der Dunkelheit. Eine Weile sieht Paul ihnen nach, dann dreht er sich zu Sophie um und sagt: »Jetzt gibt es keinen Moritz mehr …«

47

Sophie will ihren Freundinnen nicht erzählen, was gestern auf der Autobahn passiert ist. Aber sie hat eine Idee, wie sie Vanessa und Susa von blöden Fragen ablenken wird. Sie ruft Paul an. Der verlässt gerade seine Schule. »Soll ich dich wieder irgendwo abholen?«, fragt er möglichst ernst.

»Sehr witzig.« Sophie lacht gekünstelt.

Statt ihn auf dem Dach zu treffen, möchte Sophie, dass er ins Aquarium kommt. Sie erklärt ihm, wo das ist, aber Paul kennt es ohnehin von seinem Weg zur U-Bahn. »Und es werden ein paar Freundinnen da sein«, verkündet sie.

Paul fragt nicht lange nach. »Dauert aber bestimmt noch mindestens eine halbe Stunde.«

Vanessa hat schon drei Nachrichten geschickt. Bin gleich da, hat Sophie jedes Mal geantwortet und noch einen kleinen Umweg eingeschlagen. Als Sophie endlich im Aquarium eintrudelt, sind seit dem Telefonat mit Paul fast zwanzig Minuten vergangen. Susa platzt vor Neugierde, Vanessa starrt nur vor sich hin. Aber Sophie stellt sich erst einmal an der Theke in die Schlange, um sich ihren Chai abzuholen. Wenn alles gut geht, sind es noch zehn Minuten, bis Paul auftauchen wird.

Mit einem tiefen Seufzer lässt Sophie sich neben ihren Freundinnen auf die Bank fallen.

»Ist was passiert?«, will Susa erschrocken wissen.

»Moritz ist ein Idiot«, stößt Sophie zwischen den Zähnen hervor, zieht ihre Jacke aus und setzt sich auf einen Stuhl, von dem aus sie den Eingang im Blick hat.

»Aber gestern warst du noch in ihn verliebt«, wundert sich Susa.

»Ja, gestern.«

»Was ist passiert?«

»Nichts ist passiert.«

»Dann verstehe ich es nicht.«

»Weil du überhaupt nichts davon verstehst«, mischt sich Vanessa ein, die bisher verdächtig still gewesen ist.

Aber schon hat sie die ganze Aufmerksamkeit. Sophie ist das nur recht.

»Es muss nichts passieren, nichts Besonderes, aber plötzlich ist es dir klar«, redet Vanessa unbeteiligt vor sich hin.

Etwas in ihrem Blick verrät Sophie, dass irgendetwas Vanessa verletzt hat. »Was mit Jonas?«

»Er ist auch ein Idiot!«

»Über ihn haben wir das gleich gesagt …«, kommentieren Sophie und Susa gleichzeitig.

Vanessa bringt die beiden mit einem wütenden Blick zum Verstummen. »Jedenfalls ist es vorbei.«

»Einfach so?«

»Nein, natürlich nicht einfach so.«

»Ich habe gedacht ...«, sagt Susa verwundert.

Vanessa hat nur auf eine Gelegenheit gelauert, um von sich zu erzählen. Und jetzt müssen Sophie und Susa sich anhören, wie sie ihn beim Chatten mit Gloria erwischt hat und wie er erst alles abstreiten wollte, aber dann hat sie sich sein Handy geschnappt und musste da die unglaublichsten Sachen lesen, wie sehr Vanessa ihn nerven würde, wie sehr Gloria ihn bedauert. »Es war so demütigend!«

»Versteht ihr jetzt, warum ich mich nie verlieben will?«

»Nein!«, entfährt es Sophie.

Vanessa und Susa glotzen sie ungläubig an. Sophie schielt zur Uhr. Paul müsste eigentlich jeden Augenblick kommen. Die Sensation wird perfekt und zwei Fliegen werden mit einem Schlag getroffen sein: Vanessa wird nicht mehr wegen Jonas rumheulen und niemand wird mehr etwas über Moritz wissen wollen. Könnte Paul also bitte endlich auftauchen! Und als er kurze Zeit später auf das Aquarium zuschwimmt, strahlt Sophies Gesicht wie ein Lüster mit hundert Glühbirnen. Susa und Vanessa drehen sich nach der Tür und glotzen Paul wie einen Außerirdischen an.

»Schaut nicht so!«

Da ist er schon bei ihnen: »Hi.«

Susa starrt ihn an. »Und wer ist das jetzt?«

»Das ist der Andere«, tut Sophie kund und wird rot. »Das ist Paul.«

»Und er ist kein Arsch?«, fragt Susa ganz ernsthaft.

Paul lacht. »Was habt ihr denn für Diskussionen laufen?«

Sophie stellt ihre Freundinnen vor. Paul erklärt, dass er bei Sophie im Haus wohnt. »Aber das wisst ihr wahrscheinlich schon.«

Vanessa und Susa schütteln den Kopf. »Wir wissen gar nichts.«

»Aber ist nur vorübergehend.«

»Warum das denn?«, fragt Susa.

»Was ist nur vorübergehend?«, will Vanessa wissen und grinst breit.

Sie reden belangloses Zeugs, nur wenn Vanessa wieder von Jonas anfängt, lenkt jedes Mal einer das Thema in eine andere Richtung. Zwischendurch fällt Sophie auf, wie Vanessa Paul mustert, es ist etwas Skeptisches in ihrem Blick. Ist sie enttäuscht, weil er nicht wenigstens zwei, drei Jahre älter ist? Hätte Moritz sie mehr beeindruckt? Sophie erkundigt sich, ob irgendwer einen Plan für heute Nachmittag hat. Susa sagt, sie hätte ohnehin nicht mehr viel Zeit. Sie muss zum Judo, das sie neuerdings mit einer Freundin aus ihrer Klasse besucht. Sie will nur noch das Getränk austrinken und dann los. Vanessa will shoppen gehen. Und dann verkündet Paul, dass er gerne mit Sophie alleine losziehen würde. Genau das wollte Sophie eigentlich auch die ganze Zeit. Forschend schaut Paul in die Runde. »Wenn das kein Problem ist?«

Vanessa zuckt gleichgültig mit den Schultern.

Sophie würde am liebsten laut jubeln. »Macht es dir auch wirklich nichts aus, Vanessa?«

Die betrachtet ihre Fingernägel und schweigt. Ganz klar

macht es ihr etwas aus und sie wartet darauf, dass Sophie Paul überredet, Vanessa mitzunehmen, wohin auch immer. Aber Sophie will hundertmal lieber mit Paul alleine sein.

Erst auf dem Weg zur U-Bahn fragt Sophie, wohin es eigentlich geht. Dorthin, wo er hinwollte, als sie ihn angerufen hat, erklärt er. Ins Krankenhaus. Zu seiner Mutter.

»Es ist dasselbe Krankhaus, in dem auch meine Mutter arbeitet«, sagt Sophie, als sie aus der U-Bahn steigen.

»Ich weiß.«

Sophie hat ihre Mutter erst zweimal auf der Station besucht und fand die Atmosphäre dort ziemlich ungemütlich.

Der Mann hinter der Theke am Eingang des Krankenhauses sieht im Computer nach. Es dauert, bis er seinen Blick wieder hochhebt und die beiden die blaue Linie entlangschickt, bis zum Aufzug und dann in den dritten Stock. Zimmer 314. Dort, wo sie stehen, starten eine rote, eine grüne, eine gelbe und eine blaue Spur, den Gang hinunter laufen sie parallel, am Ende des Gangs biegen rot und grün nach links ab. Hier musste Paul früher entlang, als seine Mutter noch nicht auf eine andere Station verlegt worden war. Gelb und blau schwenken nach rechts. Ein junger Mann mit Vollbart, der eine Frau im Rollstuhl schiebt, überholt Paul und Sophie. Die Frau scheint ihren Spaß zu haben, weil sie so rasant unterwegs sind. Als die blaue Linie in einen weiteren Flur abbiegt, folgt ihr das Paar mit quietschenden Reifen um die Kurve. Beim Aufzug holen Sophie und Paul die beiden ein.

»Wohin wollt ihr?«, fragt der Bärtige mit einem ausländischen Akzent.

»Drei«, sagt Paul.

Der Pfleger drückt drei und vier. Die Frau mustert Paul mit einem schiefen Blick. Im dritten Stock ist Paul sich plötzlich nicht mehr sicher, welche Zimmernummer der Mann am Empfang gesagt hat. Sophie weiß es noch: 314. Die meisten Türen der Zimmer stehen offen. Sie haben große Fenster und sind sonnendurchflutet.

»Sucht ihr jemanden?«, hören sie plötzlich von hinten.

Paul und Sophie drehen sich um. Eine ziemlich dicke Krankenschwester sieht sie freundlich an. Paul erklärt, wer er ist und wer Sophie ist. Sophie will wissen, ob sie ihre Mutter kennen würde, die auch hier arbeitet.

Die Schwester nickt. »Natürlich kenne ich sie.« Dann fordert sie die beiden auf mitzukommen.

Sophie lässt sich ein wenig zurückfallen. Paul dreht sich nach ihr um und streckt ihr die Hand hin: »Komm! Du musst keine Angst haben!«

Sophie streift mit ihren Fingern seine, wie unabsichtlich. Am Ende des Gangs dreht die dicke Schwester sich nach ihnen um und öffnet gleichzeitig die Türe. »Hier sind wir.«

Sophie lässt Paul den Vortritt. Seine Mutter liegt friedlich auf dem Bett, so wie auf der anderen Station. Den Kopf auf dem Kissen, die Arme neben ihrem Körper, die Handflächen nach oben. Nur stehen hier weniger Geräte um sie herum. Paul atmet durch. Eine Weile steht er da und starrt den Körper seiner Mutter an. Nicht, dass er sich an ihren Zustand gewöhnt hätte, das wird nie passieren, aber er bereitet ihm nicht mehr diese Angst wie am Anfang. Sophie steht immer noch in der Tür, ist ein wenig blass und starrt auch seine Mutter an. Auf dem Tisch unter dem Fenster steht ein bunter, schon ein wenig verwelkter Strauß.

»Wenn das in Ordnung ist, lasse ich euch jetzt alleine«, sagt die Schwester.

Paul nickt, aber dann hält er sie doch noch mal auf: »Von wem sind die Blumen?«

»Von einem älteren Herrn«, antwortet die Schwester. »Ich nehme an, es war dein Großvater

»Echt?« Paul ist baff. »War er alleine hier?«

»Ja.«

Paul stellt sich vor, wie der Alte nicht wusste, wohin mit den Blumen. Die Schwester hat ihm eine Vase gebracht und ihn dann alleine gelassen. Blieb er stehen? Oder hat er sich einen Stuhl genommen und zu seiner Mutter ans Bett gesetzt? Wie lange ist er hier gewesen? Hat er mit ihr gesprochen? Was hat er zu ihr gesagt? Warum hat der Alte ihm nichts davon erzählt? Hat er Alfred gegenüber seinen Besuch erwähnt?

»Ich nehme die Blumen mit. Frisch sieht nämlich anders aus.«

»Mama möchte, dass sie noch bleiben!«, sagt Paul schnell.

»Verstehe.« Die Schwester stellt die Vase wieder ab und ordnet die Blüten ein wenig, drei, vier zwickt sie ab und lässt sie in den Abfallkorb fallen. »Wenn ihr irgendetwas benötigt, findet ihr mich im Schwesternzimmer«, damit verabschiedet sie sich.

An der Wand entlang, an der ein paar Fotografien mit vergrößerten Blüten hängen, schleicht Sophie Richtung Bett, auf dem Sonnenstreifen liegen.

»Das ist sie«, sagt Paul zu seiner Mutter. »Das ist Sophie.«

»Hallo«, sagt Sophie.

Danach weiß Paul nicht, was er noch sagen soll. Aber plötzlich bemerkt er, wie Sophies Finger abermals seine streifen, sich aber jetzt langsam mit seinen verknoten.

»Sprichst du tatsächlich mit ihr?«, fragt Sophie leise. Wenn er Ja sagt, überlegt Paul, hält sie ihn vermutlich für durchgeknallt. »So, wie du es in deinem Heft geschrieben hast«, fährt sie fort, als fürchte sie, er habe sie nicht richtig verstanden.

»Nein«, sagt Paul rasch. »Das habe ich nur so geschrieben.«

»Und warum wusstest du dann, dass sie nicht will, dass die Schwester die Blumen wegbringt?«

»Keine Ahnung.« Paul zuckt mit den Schultern. »Ich wusste es einfach.«

Sophie lächelt.

»Findest du das irgendwie …?«

Aber Sophies Hand drängt sich bloß noch mehr in seine. Das ist alles.

Nach einer Weile klopft es an der Tür. Als Sophie und Paul sich nach ihr umdrehen, steht Sophies Mutter vor ihnen. Ihr Blick fixiert Paul: »Schön, dass du sie besuchst.«

Paul nickt.

»Ich habe gehört, dass ihr … ich habe in einer Viertelstunde Dienstschluss … ich kann euch mit nach Hause nehmen.«

Sophie hat Pauls Hand immer noch nicht losgelassen, und als er bemerkt, wie Sophies Mutter einen Augenblick lang darauf starrt, löst er seine Finger.

Als sie auf der Rückbank des Autos sitzen, betont Sophies Mutter noch mal, wie schön sie das fände, dass er und Sophie seine Mutter besucht hätten und wie wichtig das für Komapatienten sei.

Paul sieht aus dem Fenster, draußen zieht die Stadt vorbei. Er ärgert sich darüber, dass er vorhin Sophies Hand losgelassen hat, weil er fürchtete, ihre Mutter könnte eine doofe Bemerkung machen. Seit Sophie seine Hand genommen hat, hat sich nämlich etwas verändert, so, als wüsste er jetzt mehr über sie.

»Aber solche Aktionen wie vor ein paar Tagen finde ich weniger gut«, fährt Sophies Mutter plötzlich fort.

Sie kann nur das Dach meinen, dass sie die Sachen aus dem Keller von Sophies Eltern nach oben geschleppt haben. Der Alte wird mit ihr darüber gesprochen haben. Aber Sophies Mutter meint nicht das Dach. Sie redet von einem nächtlichen Besuch bei Sophies Vater. Sophie kaut verlegen auf ihren Lippen.

»Dein Vater hat mich erst heute Vormittag erreicht«, erklärt Sophies Mutter. »Ich bin ein paar Tage nicht ans Telefon, wenn ich seine Nummer gesehen habe.«

»Er wollte hierherkommen, aber er ist nicht. Er hatte es mir versprochen«, beschwert sich Sophie.

»Ich weiß«, sagt ihre Mutter. »Das hat er mir auch gesagt.«

Paul macht den Mund auf, um zu fragen, worum es eigentlich geht. Aber Sophies flehentlicher Blick lässt ihn stumm bleiben.

»Wir sind mit dem Zug hin und mit dem letzten zurück.«

»Das habe ich mich nämlich gefragt«, erklärt Sophies Mutter. »Dein Vater hat nur … ich weiß nicht, er hat gar nichts gesagt. Nur dass ihr zu zweit dort gewesen seid. Und ich habe mich gefragt, wer …«

»Sie müssen sich keine Sorgen machen«, mischt Paul sich jetzt doch ein. »Sophie hat mir von ihrem Plan erzählt, und ich habe gesagt, ich begleite sie.«

»Danke, das war nett von dir«, sagt Sophies Mutter und bremst vor einer roten Ampel. Als dürfte man in einem stehenden Auto nicht sprechen, schweigt sie so lange, bis sie wieder losgefahren ist. Dann will sie wissen, wie es dort gewesen ist.

»Bei Papa?«, fragt Sophie.

»Genau.«

»Ganz normal.«

»Was heißt das?«

Sophie zuckt mit den Achseln.

Später schickt Paul eine Message aus dem Parterre in den neunten Stock: Kannst du mich bitte aufklären?

Sophie antwortet: Morgen. Auf dem Dach.

48

Am Morgen hat es geregnet und auf dem Dach stehen noch ein paar kleinere Pfützen. Die Flugzeuge nehmen die Route über die Stadt. Paul und Sophie haben ihre Pullover ausgezogen und sich draufgesetzt. Nachdem Sophie erzählt hat, wie sie vor ein paar Tagen mit Moritz bei ihrem Vater gewesen ist, streckt Paul ihr wortlos sein Tagebuch hin.

»Hast du wieder etwas geschrieben?«

Er nickt.

Sophie schlägt das Heft auf und blättert bis zum letzten Eintrag vor, ein Eintrag ohne Datum. Sie lehnt sich an das Häuschen mit den Antennen drauf. Dann beginnt sie zu lesen.

Seit Alfred und Großvater zusammen in der Wohnung im zehnten Stock leben, bin auch ich dorthin gezogen. Sophie hat mir geholfen, meine Sachen hochzubringen. Und als die Leute im Haus mitgekriegt haben, was da los ist, kamen sie aus den Wohnungen und haben uns unterstützt. Alfred ist mit mir ins Tierheim gefahren und wir haben Dienstag abgeholt. Sie miaute während der ganzen Fahrt vor Aufregung und Freude. Mama habe ich noch nicht erzählt, dass ich alles über meinen Großvater und Alfred weiß. Sie ist vor einer Woche aus dem Koma aufgewacht, ist aber noch schwach. Sophie und ich verbringen jetzt jede freie Minute miteinander. Sie hat sich ein Skateboard besorgt und ich zeige ihr Tricks, wie früher Tim mir welche gezeigt hat. Sie sagt, ich sei ein ziemlich guter Lehrer. Sophies Vater hat übrigens verkündet, dass er wieder zurück nach Wien kommen wird, sogar einen neuen Job hat er gefunden, alles wird wie früher, Sophie und ihre Eltern werden zusammen im Neunten wohnen und ihr Vater denkt nicht mehr an diese andere Frau, genauso wenig, wie Sophie an Moritz denkt …

»Wird das echt alles wahr, was du da geschrieben hast?«

»Ja«, sagt Paul mit fester Stimme.

»Aber so ist das Leben nicht, dass alles, was man sich wünscht, auch in Erfüllung geht.«

»Aber kann man es sich nicht trotzdem wünschen?«

»Und was denkst du dir für Vanessa und Susa und mich aus?«, fragt Sophie und blickt über den Heftrand hinaus in den blauen Himmel.

»Sag du es mir.«

Vanessa, Susa und Sophie sind eigentlich schon längst nicht mehr beste Freundinnen …

… aber ich habe es genauso wenig mitgekriegt, wie ich nicht mitgekriegt habe, dass Moritz nicht gut für mich ist, überlegt Sophie, und genauso wenig, wie ich nicht mitgekriegt habe, dass mein Vater schon längst nicht mehr zu unserer Familie gehört …

»Was wünschst du dir?«, probiert Paul es ein zweites Mal.

»Ich wünsche mir, dass alles so ist wie früher. Und doch anders.« Sie sieht Paul an und nach einer Weile fügt sie hinzu: »Aber vor allem wünsche ich mir …«

In diesem Augenblick klingelt ihr Handy. Sie geht nicht ran. Aber nachdem das Klingeln aufgehört und sofort wieder eingesetzt hat, zieht sie es doch aus ihrer Hosentasche, um es auf lautlos zu stellen. Paul sieht sie blass werden.

»Was ist?«, fragt er besorgt.

»Das ist … Moritz …«, stammelt sie.

»Gib es mir!«, fordert Paul sie auf, ohne lange nachzudenken.

Sophie schaut Paul verwirrt an. »Wozu?«

»Ich will mit ihm reden!«

Noch ehe Sophie etwas dazu sagen kann, hat Paul ihr das Handy entwendet und den Anruf angenommen.

»Sophie?«, hört er Moritz' Stimme.

»Keine Sophie«, sagt Paul.

Sophie hat sich mittlerweile aufgesetzt und zittert am ganzen Körper.

»Kann ich mit ihr sprechen?«

»Nein!«

»Und warum nicht?«

»Weil du nicht existierst.«

»Scherzkeks!«, murmelt Moritz gereizt. »Und jetzt gib sie mir.«

»Wie gesagt, das geht nicht.«

»Ist sie bei dir?«, will Moritz wissen.

»Ja, ist sie«, bestätigt Paul.

»Dann weißt du sicher auch, was passiert ist«, sagt Moritz nach einer Pause mit weinerlicher Stimme. »Auf der Autobahn. Es tut mir so leid. Ich will mich bei ihr entschuldigen.«

In aller Ruhe erklärt Paul es ihm noch einmal: »Das geht nicht. Wie sollte das auch funktionieren, wenn es dich nicht gibt? Überleg mal!« Er hört noch ein kurzes, schäbiges Lachen, dann legt Paul auf und streckt Sophie das Handy hin.

»Doch, es gibt ihn sehr wohl!«, sagt Sophie leise und blickt auf die Stadt. Irgendwo dort ist er. Aber dann merkt sie, dass es ihr gleichgültig ist, vollkommen gleichgültig, zumindest solange es auch Paul gibt …

Danksagung

… Dank an Florian, Sebastian und Thomas, die mir über Hürden geholfen haben.

… Dank den kritischen Lektüren meiner Lektorin Tanja Poestges.

… Dank der one world foundation in Sri Lanka, wo ich in der Endphase des Schreibens Unterkunft bekommen habe.

… Dank der Oberösterreichischen Landesregierung, die mich finanziell unterstützt hat.

KULTUR LAND

OBERÖSTERREICH